MW00953210

A chi, nel Bene e nel Male,

non mi ha mai lasciato solo.

Domani Sarà un Giorno Migliore

Francesco Merlin

- *Prologo* -

Correvo nella pioggia. Correvo. Senza fermarmi, senza neanche voltarmi. Correvo, semplicemente, correvo.

In ogni fibra di ciascuno dei miei muscoli scorreva l'energia di tutto quello che può essere riassunto con un'unica semplice parola: speranza.

Una speranza nuova, travolgente. Uno di quei pensieri che ti pervade e ti restituisce la vita.

La vita... già, non è qualcosa che comprende solamente il semplice respirare. Non è solo lo svegliarsi alla mattina e trascinarsi in un letto la sera.

È qualcosa di più. La vita può essere, quando ti viene tolta, una cosa senza la quale non puoi stare.

La vita può essere un bicchiere d'acqua per l'uomo smarrito nel deserto. Può essere un biglietto vincente della lotteria per chi ha perso ogni cosa. Può essere un amico, un cane, un fiore, un'idea...

Per me la vita era lei.

Lo era sempre stata e io l'avevo sempre saputo.

Ma me l'avevano portata via, avevano distrutto ogni certezza che possedevo, avevano massacrato la mia anima.

Ora l'avrebbero pagata, e con il sangue.

E mentre me ne convincevo, mentre fomentavo ciascuno di questi concetti nel profondo di me stesso, continuavo a correre, e correre.

Ma ormai quell'auto era lontana, non ce l'avrei fatta.

La terribile consapevolezza che non l'avrei raggiunta, come un pugnale di rabbia che ti entra nel petto e viene rigettato dal tuo corpo in un fiume di collera.

E a poco a poco, mentre mi fermavo, e affannavo, ingoiando l'aria e l'acqua e quel che avevo intorno, mentre mi accasciavo a terra, capii che avrei dovuto scegliere.

Una scelta che speravo non avrei mai dovuto operare, ma che, alla fine, sapevo da tempo mi si sarebbe posta dinnanzi.

Ne avevo la certezza, anche se continuavo a illudermi.

Ora era lì, insieme a me, per terra, a mischiarsi con il sudore, il fango e le lacrime.

Cosa avrei ritenuto più importante…

La vendetta, o l'amore.

Capitolo I

Se la Tua Vita
Non Ti Basta

Avete presente quando si ha l'impressione di aver appena conosciuto una di quelle persone che non si riescono per bene ad inquadrare? È una sensazione strana, lo so.

Ma d'altronde, cosa non lo è?

Ogni aspetto della nostra vita… ogni singolo istante… racchiude in se quella stranezza che lo contraddistingue da tutto il resto e che gli dona quel qualcosa in più, per cui vale la pena che esista…

Ammetto di non essere molto chiaro ma, credetemi, faccio il possibile.

E… dio… sono consapevole che questo non sia il modo migliore per iniziare il mio racconto…

Non so neanche il perché abbia deciso di scrivere questa storia… o forse, il motivo, è sepolto in fondo alla mia anima… e la decisione che ho preso mi farà compagnia nella tomba.

Ciò che conta, ad ogni modo, è iniziare, e lo farò parlando di un certo Nic… una persona che, giuro, chiunque avrebbe definito come uno schizzato uscito da un film tipo "Blow".

Nic era un ragazzo di circa vent'anni o poco più. Mi si presentò mentre stavo ai giardini con un paio di amici, anzi, sarebbe più opportuno dire che l'abbiamo avvicinato noi…

Ma prendiamo le cose con ordine…

Non so bene come ma da qualche tempo mi ero messo a fumare. Non molto, eh… sia chiaro. Solo qualche sigaretta ogni tanto… giusto per divertirmi un po' e fare qualcosa di diverso con la compagnia, nulla di ché per intenderci.

Quel pomeriggio, però, la sfiga decise che nessuno di noi si sarebbe trovato nelle tasche un fottuto accendino o un qualche fiammifero… così non restò altro da fare che chiedere in giro…

…e Nic apparve come dal nulla…

Nessuno di noi l'aveva notato, e invece se ne stava laggiù, appoggiato contro un albero pensando a chissà cosa.

Un colpo di vento spostò alcune foglie da quella parte attirando la sua attenzione. Fu così che, alzando gli occhi, sembrò notarci.

Tom decise di prendere l'iniziativa.

«Scusa amico…» gli domandò «…non è che per caso hai da accendere?»

Nic non rispose, anzi, non diede proprio l'idea di averlo sentito… e Tom, titubante, guardò verso di noi con aria perplessa.

«Ehm… dico… ce l'hai allora?»

Nic abbassò appena la testa verso di lui.

«Fumare non fa affatto bene alla vostra età…» fece con tono sprezzante e superiore «…forse non ve l'ha detto, vostra madre?»

Tom rimase basito ed io sentii che era il caso di intervenire…

Non so bene il perché, capiamoci… era più che altro una sensazione… una di quelle cose che ti senti dentro, e basta.

«Beh… certo che lo sappiamo, ovvio…» replicai avvicinandomi «…ma l'avrai fatto anche tu qualche volta, no? Dai… insomma, voglio dire… alla fine non è nulla di che…»

Ci fu un momento di silenzio, giusto un istante, e un po' d'aria mi scompigliò i capelli.

Nic non dava cenno di voler replicare… poi ad un tratto, senza un apparente motivo, si staccò dall'albero al quale era appoggiato.

«La sai una cosa, ragazzino?» fece lui lasciandomi leggermente stupito «Hai perfettamente ragione!»

Max era perplesso e mi guardò come per vedere se anch'io avessi avuto la stessa reazione.

«Beh, ci fai accendere… si o no?» sbottò Tom con tono arrogante «Qui si fa notte!»

Nic tirò un sospiro.

«Ho detto che il tuo amico ha ragione, non che vi avrei accontentato… sbaglio?»

Sbuffando forse troppo vistosamente, Tom tornò indietro e, dopo poco, Nic lo seguì.

«Scusa eh… ma non ho capito che vuoi ora!» esclamò Max con tono anche più arrogante di Tom, tono che per altro, non so perché, mi dava fastidio che usassero con quel tipo che, fino ad allora, non si era nemmeno presentato.

«Niente di che…» rispose lui «Solo fare un paio di chiacchiere, credo…»

Io lo fissai…

Di tutta risposta, con estrema nonchalance, Nic si mise una mano nelle tasche dei jeans, vi frugò un po' e tirò fuori uno Zippo d'oro con il quale si accese una Lucky Strike.

«Si… va bene!» commentò Tom «No ma dico… poi hai anche il coraggio di farci la predica?!»

Il mio amico non ci vedeva più ma cercava di mantenere un tono che sembrasse abbastanza divertito e giusto un po' accondiscendente.

«Si, è esattamente così…» rispose il tipo sorridendo «…comunque piacere ragazzi, io sono Nic»

«Ah beh… Thomas…» si presentò il mio amico «… e lui è Max»

«So dire il mio nome!» sbottò lui.

Nic non lo stava nemmeno ascoltando…

«Io sono Alex…» aggiunsi.

Nic mi fissò in modo strano, come se non gli avessi detto nulla di nuovo… come se sapesse già perfettamente chi fossi…

…come se sapesse chi fossimo tutti quanti…

…e, a dirla tutta, quella sensazione non mi piaceva neanche un po'.

«Beh… senti un po'… *"Nic"*… per cosa sta? Se posso chiederlo, dico…»

Nic abbassò gli occhi, come se avessi posto una domanda sbagliata, come se lo avessi messo in imbarazzo.

«In effetti… beh, per niente…» rispose lui come parlando fra sé e sé «…o meglio, starebbe per Nicolas…»

Sospirai. «Nicolas eh? Ma dai…»

Nicolas era un nome che mi era sempre piaciuto, ma davvero tanto. L'avrei anche preferito al mio… non so perché. Semplicemente mi piaceva, senza una ragione precisa. Una volta, addirittura, quando i miei zii dovettero scegliere il nome per il mio cuginetto appena nato, mi impuntai apertamente perché fosse quello, andando contro le opinioni comuni di tutto il parentado, inutile dirlo, senza successo.

Ad ogni modo dovevo essermi tipo incantato perché Nic mi stava guardando storto.

«Beh… Che c'è?» chiese lui «Poi che importa come mi chiamo…»

«Ma no, niente…» spiegai «Diciamo che quel nome mi piace molto… tutto qua…»

«Capisco…» rispose lui dopo aver fatto un lungo tiro con la sigaretta.

Io lo osservavo incuriosito…

«Che hai da fissarlo così?!» Mi fece Max con un tono provocatorio e non troppo ironico «Ah giusto… Vuoi provarci anche con lui?!»

I miei occhi lo fulminarono.

«Ammazzati!» commentai «Fai un piacere a tutti!»

Tom mi guardò con aria leggermente stupita: non ero solito scaldarmi per così poco e lui lo sapeva bene.

In quell'occasione, credo, reagii principalmente per due motivi. In primo luogo perché da alcuni mesi Max continuava a sostenere che a causa della mia scarsissima abilità con il genere femminile avrei cominciato a manifestare i sintomi della disperazione che, secondo lui, consistevano nel tentativo di provarci con un qualsiasi essere vivente che respirasse o semplicemente avesse una consistenza fisica, e, secondo questa sua teoria, sarei persino arrivato a chiedere di uscire al mio cane di lì a poco.

L'altro motivo, decisamente più importante, è che non avevo nessuna intenzione, per nessun motivo, di farmi vedere un perdente di fronte a quel Nic.

«Guarda che non è colpa mia se sei un fallito con le ragazze...» replicò Max cercando di smorzare i toni «dai... puoi sempre dedicarti al Poker, eh... magari ti viene meglio... sai, il mio vecchio dice sempre che l'amore è come il poker... e in questo caso, te, Alex, hai tutto quello che ti serve...»

Lo squadrai con sguardo interrogatorio.

«Dai eh!» si intromise Nic «...vediamo di non litigare per queste sciocchezze...»

Mordendomi le labbra decisi di non commentare alla squallida provocazione del mio... *amico*... e prestai attenzione a Nic che ci sorrideva.

«Pensate piuttosto a cosa fare questo sabato sera...» ci fece «...a quattordici anni facevo di tutto io, mica me ne stavo a deprimermi ai giardini, eh...»

«Lo vedete?» fece Tom con aria superiore «Questo tizio ha perfettamente ragione: a quattordici anni noi dovremmo...»

All'improvviso realizzai quanto aveva detto.

«Scusa, eh...» ne uscii «... ma te che ne sai? Di quel che facciamo noi... o di quanti anni abbiamo... Cioè...»

Ci fu un momento di silenzio, interrotto solamente dal vento che faceva muovere le foglie degli alberi sopra le nostre teste e da qualche bambino che non la voleva smettere di gridare qualche metro più in là.

«Cosa, scusa?» mi rispose lui «Direi che si vede… non saprei…»

«Sarà… comunque tu sei strano!» replicai «Senza contare che non ti abbiamo mai visto qui in giro…»

«Perché sono solo di passaggio…» spiegò Nic «…mi fermerò per poco. Giusto il tempo di sbrigare alcune faccende. Nulla di più. Tranquilli…»

«Beh…» ne uscì ad un tratto Max «…noi stavamo cercando un accendino, quindi, a meno che non ci voglia accontentare tu… se non ti dispiace…»

«Oh no, ma figuriamoci, fate pure…» ci fece lui «A presto ragazzi!

E detto questo si girò e rimettendosi lo Zippo in tasca se ne andò più in là, salì su un Audi nera e sparì in fondo alla strada.

Non appena mi voltai mi resi conto che non ricordavo nemmeno che faccia avesse, eppure, giuro, mi sembrava di averlo già visto in giro… ma non importava, tanto ero sicuro che non ci sarebbe voluto molto perché io e i miei amici lo incontrassimo di nuovo.

L'unico rammarico era che Kevin, quel giorno, non fosse con noi.

- - -

Non era né tardi né presto quella mattina di gennaio, era semplicemente l'ora giusta per scendere in strada e festeggiare sulla neve, ma non ne avevo alcuna voglia.

L'aria di Welsberg era fresca e pungente, e la temperatura non voleva saperne di salire sopra lo zero da alcuni giorni ormai, così la neve si era accumulata sopra i tetti delle case dipingendo tutto il paesaggio di quel bianco candido che piaceva tanto a Viki.

I parenti già li avevo sentiti allo scoccare della mezzanotte per i consueti auguri di buon anno e di buon compleanno nella stessa telefonata di convenevoli, ed ora il telefono si era rimesso a squillare nel buio della mia stanza…

Quel trillo insopportabile…

…così dannatamente insopportabile…

…ma è quello il suo scopo, giusto?

Deve essere così odioso, altrimenti non riuscirebbe nell'intento di romperti le balle abbastanza da svegliarti…

Perciò, alla fine, si può affermare di comune accordo che quel trillo sia una cosa da apprezzare…

Beh, quella mattina, inutile negarlo, non la apprezzai per nulla.

Anzi, impiegai alcuni minuti, rigirandomi più e più volte nel letto, prima di trovare la forza di alzarmi… cosa non da poco se si considerano i postumi della sbornia… e per tutto il tempo quel dannato telefono aveva continuato a squillare!

«Si?! …*Chi è?*» Chiesi con aria assonnata.

«Servizio sveglia, signore» disse la voce di una giovane ragazza dall'accento fortemente tedesco «Sono quindici minuti che proviamo a chiamarla…»

«Ah… si, grazie…» risposi «Scendo subito, giusto un minuto…»

«Non si preoccupi signore, avviso i suoi amici. Buona giornata!»

La ragazza dall'altro capo del telefono riattaccò.

«Un quarto d'ora…» pensai «Ma che cazzo!»

Passai giusto un secondo davanti allo specchio, una sistemata veloce ai capelli, mi misi la giacca e scesi nella hall. I miei amici mi aspettavano con l'impazienza di chi dopo avere fatto baldoria fino alle cinque trovava comunque la forza di alzarsi tre ore dopo per andare a sciare, e non sopportava i miei quindici minuti di ritardo.

«Allora Nic…» mi fece uno di quei mattinieri «Ventidue anni, quasi una laurea in mano, e sembri già uno di quei matusa che frequenti all'università!»

In effetti sembravo davvero uno di quelli che Massimo definiva "matusa" in certi miei modi di fare, o almeno così sosteneva la maggior parte delle persone che mi aveva conosciuto.

«Senti… vediamo di non rompere, eh!» replicai con aria ancora troppo assonnata.

Fortunatamente un provvidenziale sbadiglio mi otturò i timpani giusto in tempo per non sentire i poetici commenti dei miei amici riguardo alla mia fiacchezza.

«Okay, okay, adesso da bravi andiamo.. su, su, che la montagna ci aspetta!» ci fece Viki con fare da mamma.

Vittoria, per gli amici Viki, era la mia migliore amica, o meglio, l'amica di più vecchia data che avevo: lei era quel genere di amica che ti ha visto in ogni momento imbarazzante della tua vita e non perde occasione per ricordartelo in qualsiasi circostanza... era quell'amica che quando è con te propone competizioni di "rutto libero" perdendo ogni forma di femminilità... o ancora quel tipo di amica che trovandoti ancora nudo dopo essere uscito dalla doccia si mette ad asciugarti i capelli invece che ottemperare al senso del pudore...

...e avrei altri esempi... ma credo, o spero, che il concetto sia passato...

«Sarà...» le dissi sbadigliando «...ma io... beh, me ne sarei stato volentieri a letto ancora un'ora... o due... o una mezza giornata magari...»

«Dai non diciamo boiate di pingui proporzioni, signorino!» replicò Viki sorridendo «Prendete gli sci e partiamo... e questo è un ordine!»

Dopo aver obbedito ai comandi di Viki uscimmo fuori dall'albergo e senza troppa fretta ci incamminammo verso le auto attraversando la piazza in centro al paese.

Conoscevo benissimo quel posto: l'avevo visto col sole, con la pioggia e, ovviamente, innevato, proprio com'era quel giorno.

Dio solo sa quanto mi piacesse lasciare le impronte nella neve, mi era sempre piaciuto, e anche in quell'occasione mi divertii un sacco calcando in modo esagerato i piedi per terra.

«Sarebbe anche ora che tu crescessi un pochino, non trovi?» commentò Robby.

Robby non era propriamente un mio amico, anzi, era un ragazzo di venticinque anni amico di Viki... quel genere di amico, come mi spiegava spesso lei, che spesso dormiva nella sua stanza.

Non dovemmo guidare a lungo perché, fortunatamente, la pista da sci era poco distante... neanche una ventina di chilometri, presso il lago di Toblach...

Una volta arrivati sul posto, sciammo quasi fino alle tre del pomeriggio in compagnia di alcuni altri ragazzi incontrati li... davvero molto simpatici, non c'è che dire... poi ci prendemmo un panino e una birra insieme.

Dio solo sa quanto odiassi i discorsi a vuoto e pieni di frasi fatte o simili stronzate che si generano, sempre e inevitabilmente in quelle occasioni...

«...In questo modo si potrà costruire il ponte sullo stretto vi dico, è scienza, non più fantascienza!» spiegò Michele, uno di quei ragazzi «Alla facoltà di ingegneria non parliamo d'altro da mesi!»

«Tra l'altro» si intromise Viki «Non ho mai capito perché non siamo ancora riusciti a costruirlo questo dannato ponte. Non siamo più nel medioevo! Hanno fatto il tunnel sotto la manica da una vita ormai, dovremmo muoverci, no?»

«Precisamente!» rispose Michele «Abbiamo l'obbligo morale di darci una mossa. Io sono dell'opinione che non si possa rimandare in continuazione una cosa che avrebbe già dovuto essere stata fatta da una vita!»

«Beh… se abbiamo aspettato una vita…» mi intromisi io, giusto per dare un po' di filo da torcere a quelle parole campate per aria che non avevano ragione di esistere.

«Dico… che sarà mai qualche altro anno? La calma è la virtù dei forti… credo che si dica così in questi casi, no?»

Michele mi osservava incuriosito, e per distogliere lo sguardo chiamai la cameriera del bar, una ragazza piuttosto carina di circa trent'anni.

«Mi dica, cosa posso portarle?» esordì lei.

«Andiamo» risposi sorridendo «Dammi del tu… sennò mi fai sentire vecchio!»

Lei sorrise giusto un momento.

«Va bene…» si corresse «Che ti porto?»

«Ecco così va molto meglio» commentai «Gradirei un caffè, anzi due. Fammene uno doppio che facciamo prima. Che ne dici?»

«Che può essere una buona idea…» commentò «Faccio un doppio allora?»

«Dipende…» dissi guardandola dritto negli occhi e assumendo un'espressione cupa e volutamente più seria del dovuto «Puoi farne uno… *triplo*?»

Lei mi guardò straniata.

«Lo lasci perdere…» disse Viki ad un tratto «Fa sempre così! Sa… crede di far ridere!»

«Oh ma io faccio ridere, non è vero?» chiesi io compiaciuto.

«No, per nulla!» rispose lei ridacchiando in maniera non troppo femminile «Ti porto un doppio bello lungo…»

La ragazza si allontanò dirigendosi verso il bancone ed io tornai a parlare con gli altri.

«Un doppio bello lungo è quasi un triplo, non trovate? In un certo senso è un successo appena ottenuto. Credo che dovrei andarne fiero!»

«Per un caffè triplo?» chiese Michele con tono provocatorio che manifestava la palese intenzione di verificare fino a che punto mi sarei spinto con il mio blaterare sulla vita e la caffeina.

Decisi di accontentarlo.

«Vedi» cominciai «Non è per il caffè in se e per se. È ciò che quel caffè rappresenta. Io avrei tranquillamente potuto ordinare un normalissimo caffè, ma in questo momento sono stanco come non mai. In questo caso il bar mi mette a disposizione l'opzione di un caffè doppio. Ora però io dico: se doppio non è sufficiente e non c'è un tipo di caffè ancora più abbondante devo forse accontentarmi? Certo che no. Perché andrebbe indubbiamente a contrastare con la naturale indole umana di ricercare sempre un qualcosa di migliore di quello che già si ha. In un certo senso io avevo già quel caffè doppio, era già a mia disposizione, eppure non mi avrebbe soddisfatto. Avevo quindi due possibilità: accontentarmi o cercare qualcosa di meglio, e così ho fatto, semplice no?»

«Oppure…» aggiunse Viki «potevi semplicemente ordinare tre caffè…»

«Vero» commentai «Ma che gusto ci sarebbe stato? Lo sai quanto mi diverto. E poi ho già spiegato le ragioni profonde che stanno dietro a quel caffè. La tazzina che quella ragazza fra poco mi porterà è un po' la metafora di ciò che voglio dalla vita: sempre qualcosa di più!»

«Capisco…» commentò Michele «E tutto questo, ovviamente, lo si coglie da un caffè?»

Scoppiammo a ridere tutti quanti, io non tanto divertito, lo ammetto, ma continuammo la nostra conversazione.

Quando furono all'incirca le cinque e un quarto tornammo alle auto per rientrare e terminare la giornata con bel piatto di knödel, in perfetto stile tirolese.

Fu davvero una piacevole giornata, eh… una di quelle che credevo sarebbe stata come tutte le altre simili vissute negli anni precedenti… inutile dire che mi sbagliavo.

Capiamoci: fu realmente una giornata degna di esser ricordata, certo, ma fu anche l'inizio dell'esperienza più importante di tutta la mia vita.

E lo avrei scoperto di lì a venti minuti.

- - -

Quella notte pioveva e tirava un gran vento e non riuscivo a dormire.

I lampi riflettevano le ombre dei rami all'interno della mia camera creando delle figure spettrali e angoscianti, così come il rumore della pioggia che sbatteva contro il vetro della finestra mi metteva parecchio a disagio.

Mi alzai dal letto e mi diressi verso la porta della stanza, procedendo cauto nel buio ed aiutandomi con la luce dei lampi che filtrava da fuori.

Il vento che sibilava fra gli alberi… prima con quel suono… poi facendo sbattere le imposte…

Scesi in cucina ed aprii il frigorifero. La testa mi girava per la stanchezza e facevo persino fatica a stare alzato, figuriamoci decidere se era meglio un bicchiere di latte o del succo di albicocca…

Decisi che non mi importava. Presi un bicchiere e ci versai dentro qualcosa, quindi cominciai a bere fissando la parete…

C'era un certo silenzio una volta abituatomi al crepitio della pioggia…

Quel tic tic incessante…

…quel suono così avvolgente che ancora non sapevo come la sorte me lo avrebbe proposto nei momenti più dolorosi della mia vita…

…come adesso…

Quella notte, però, ancora ero ingenuo dinnanzi a tutto questo… ignaro di un futuro inevitabile… e con la tranquillità di un ragazzino mi fermai un istante a pensare, seduto sul ripiano di fianco ai fornelli.

Qualcosa non quadrava: si trattava solo di una sensazione, nulla di più, eppure ero certo che ci fosse qualcosa di strano…

Mah… mi convinsi che non né sarei venuto a capo e mi trascinai in soggiorno, accesi la TV e cominciai fare Zapping tra i canali.

C'era una squallida replica di un gioco a quiz, e a seguire trovai un programma di cucina, un film che sembrava essere un Western, e un sacco di televendite. Nemmeno la televisione sembrava volermi dare una mano.

Mi passai le mani fra i capelli, strizzando gli occhi e sperando in un'illuminazione, un'idea su cosa fare per ammazzare il tempo…

Così, alla fine, feci quello che ogni ragazzo annoiato della mia età avrebbe fatto al mio posto: accesi il Mac e mi collegai al mio profilo su facebook.

Non sapevo neanch'io per quale scopo, volevo semplicemente fare qualcosa per distrarmi un po': sfogliai qualche vecchia foto… controllai i messaggi…

Nessuno dei miei amici era online a quella tarda ora. Feci per chiudere lo schermo quando all'improvviso mi venne l'idea di cercare il profilo di Nic e mi resi subito conto che non sapevo niente di lui, nemmeno dove abitasse o quale fosse il suo cognome.

Eppure c'era qualcosa in quel ragazzo che mi incuriosiva incredibilmente: forse per via del suo bizzarro modo di fare o forse per lo strano approccio che aveva adottato con noi il giorno prima.

Approccio del quale, per altro, ignoravo il motivo.

Mi convinsi allora che avrei fatto qualcosa per saperne di più: forse l'avrei cercato, o avrei chiesto di lui in giro…

Quello che non sapevo, anche se in un certo senso lo sentivo, è che non ce ne sarebbe nemmeno stato bisogno.

- - -

Quando me l'avevano detto non l'avevo nemmeno creduto possibile, quel giorno invece, che ce l'avevo davanti agli occhi, ero sicuro che si trattasse di un qualche scherzo, o qualcosa del genere.

Il professor Graspan, tuttavia, sosteneva il contrario, e con lui pure tutta l'equipe di ricerca dell'università.

Ormai non avevo poi tante possibilità, o seguivo il progetto o ero fuori, e in ogni caso non lo facevo solo per la media scolastica o qualche sciocchezza simile, era in ballo l'affare più grande di tutta la mia vita.

Quando il professore mi chiamò al cellulare, sei mesi prima, il giorno del mio compleanno, nemmeno ci credevo.

«Buonasera Nicolas...» esordì il professore.

«Salve...» risposi «A che devo il piacere della sua telefonata?

«Beh...» disse lui «Non è forse più permesso ad un vecchio insegnante di neurologia fare gli auguri di buon compleanno all'allievo migliore del suo corso?»

«Così mi lusinga prof.» replicai io «Faccio solo il mio dovere...»

Quello che Graspan non sapeva è che mi lusingava eccome dal momento che non avevo mai fatto nulla per essere il migliore, anzi, mi ero semplicemente ritrovato ad esserlo.

Era come se vessi sempre saputo tutto ciò di cui parlavamo durante le lezioni, ancor prima di trattare quegli argomenti.

«Ad ogni modo, Nic, non è solo per questo che ti ho telefonato...» continuò il professore «...c'è una cosa di cui ti devo palare...»

«Mi dica pure professore...» risposi io pronto e un po' incuriosito.

«Sei sicuro di essere nelle condizioni di poter ascoltare quello che ho da dirti?»

La voce di Graspan si era fatta seria.

«Ma… professore…» replicai «Come faccio a saperlo se nemmeno so cosa ha da dirmi?»

«Acuta osservazione, ragazzo mio, niente da dire, davvero acuta…» continuò il prof. «…dove ti trovi adesso?»

«In auto… sto guidando verso l'albergo. Ne avrò per altri dieci minuti credo.»

«Troppi…» commentò Graspan «C'è qualcuno con te?»

«No… Sono solo io…»

«Va bene, allora… accosta!»

«Mi scusi, cos'ha detto?» chiesi io esterrefatto.

«Ho detto di accostare, Nic… ciò che devo dirti richiede tutta la tua attenzione e… Andiamo Nic, accosta. Dimmi quando ti sei fermato. Ti spiegherò tutto con calma…»

Il tono del professore era serio e cupo, ma allo stesso tempo emozionato ed elettrizzato e questo mi incuriosiva parecchio, così accostai e fermai l'auto alla prima piazzola di sosta sul ciglio della strada.

«Ci sono. È ancora lì professore?»

«Si, Nicolas…» rispose lui «Non vado da nessuna parte, credimi…»

«Bene…» commentai «Allora adesso potrà spiegarmi il motivo di tutto questo. Non è così?»

«Certamente…» rispose «Si tratta del progetto, Nic… ci siamo!»

Restai in silenzio un istante che mi parve un'eternità prima di replicare.

«Quel progetto?» domandai.

«Si Nic, *quel progetto*… Il giorno che sei partito ho ricevuto una telefonata da parte del centro di ricerche di San Francisco, non ti ho chiamato prima perché ho aspettato che confermassero il tutto, capiscimi… si sono detti interessati alle nostre ricerche, hanno persino accettato il fatto di collaborare con altre potenze mondiali pur di concorrere al progetto stesso…»

«Quindi mi sta dicendo che…»

«Esatto Nicolas!» mi interruppe il professore «Abbiamo i fondi!»

«Ma è fantastico professore, si rende conto di che cosa significa?»

Non stavo più nella pelle all'idea che finalmente potessimo giungere ad un qualcosa di concreto.

«Certo che me ne rendo conto!» mi rispose Graspan «Significa che, a parte completare il progetto e metterlo in atto, ora ci rimane solo da andare a parlare con lui… e sarai tu a farlo Nic!»

Ora le cose stavano prendendo una piega insperata. Già poter collaborare ad un progetto di tale entità era un privilegio riservato a nessun altro giovane come me, figuriamoci poterne diventare il protagonista assoluto.

«Io? Perché *proprio io* professore? Non ho nessuna qualifica per farlo…»

«Ma che c'entrano le qualifiche!? Ho parlato con gli altri vertici del progetto e sono tutti d'accordo con me. Certo dovrai seguire degli schemi precisi, e eseguire ogni istruzione che ti verrà data… In ogni caso il tuo nome è stato approvato all'unanimità, sia perché l'idea di fondo è stata tua sia perché sei giovane e puoi sopportare il trattamento… Inoltre, Nicolas, perché…» Graspan tirò un sospiro «Sappiamo che sarà dura ragazzo, ma vedila dal lato positivo. Ci sono persone che hanno pregato e sperato per una vita intera per avere l'opportunità che ti viene offerta. Non sprecarla Nic, non sprecarla!»

«Non ci penso nemmeno prof.» risposi felice come non mai «Questa è l'opportunità della mia vita, giusto? Si figuri se me la lascio scappare!»

«Bravo Nic! È quello che volevo sentirmi dire!» commentò il professore «Ti aspetto martedì presso la sede. Il tempo stimato per completare i lavori è di poco meno di sei mesi… Avremo parecchio da fare e serviamo tutti: mentre noi lavoreremo alla realizzazione della versione iniettabile tu verrai istruito riguardo alle mansioni che ti spetteranno, è tutto chiaro?»

«Chiarissimo professore!»

«Bene allora!» commentò lui «Rimettiti in marcia adesso, ti aspetto fra quattro giorni per la ripresa dei lavori!»

«Non mancherò, glielo prometto!» risposi.

«Lo credo bene Nic, lo credo bene!» disse lui prima di riattaccare «A presto!»

Le mie mani tremavano per l'eccitazione e non avevo alcuna fretta di rimettere in moto la macchina.

Ora che ero ad un passo dal veder realizzato tutto quanto non potevo più essere scettico: era possibile…

Ad essere del tutto sincero me lo sentivo che avrebbe funzionato tutto quanto, anzi, ne ero sempre stato sicuro. Solo che… un conto è sapere che ce la farai, un conto è poi farcela davvero!

Ad ogni modo tutto questo non aveva più importanza ormai. Ciò che contava era che, a sei mesi da quella telefonata, se tutto fosse andato per il meglio, avremo riscritto la storia… se invece qualcosa fosse andato storto… beh, sarebbe stato un male non da poco.

Capitolo II

Questioni di Lavoro

Fu una giornata strana quella. Ma strana davvero.

Quella mattina mi concessi una colazione al bar con brioche alla crema e cappuccino, e la gustai fino in fondo. A dire il vero non ero mai stato un grande amante del cappuccino, solo era un buon modo per rilassarmi, e quel giorno direi che ne avevo bisogno.

Il volume della radio del bar era alto e, in effetti, dava un po' fastidio, ma è grazie alla signorina de "l'ora esatta vi è offerta dai Biscottini Pesciolini" che ricordo perfettamente che erano le nove del primo di Settembre del 2016, quando cominciai il mio lavoro.

Il sole era caldo e non c'era una nuvola a coprirlo, così la tazza di vetro del cappuccino scintillava leggermente, ed io, dimostrando un'età cerebrale poco superiore a quella di un bambino di sei anni, mi divertii a lasciarmi abbagliare da quel luccichio.

Persi abbastanza tempo in questo modo ma alla fine, resomi conto di quanto dovevo apparire stupido, mi alzai e dopo aver pagato mi diressi alla mia auto.

Avevo le idee abbastanza chiare su cosa avrei fatto di lì a poco, tuttavia non riuscivo a capire se davvero quello sarebbe stato l'approccio migliore. Non potevo fare altro che fidarmi di lui, e, per essere più sicuro sul da farsi, decisi di telefonargli.

Ero solito fare lunghe chiacchierate con il professore: aveva la straordinaria abilità di calmarmi e tranquillizzarmi in qualsiasi occasione, e questa sua capacità si era rivelata essenziale prima che mi iniettassero il siero sperimentale vista la mia paura per gli aghi…

Comunque il cellulare fece appena uno squillo prima che Graspan rispondesse.

«Pronto, professore?»

«Si… che vuoi?»

La voce dell'uomo era brusca come non l'avevo mai sentita prima.

«Andiamo Prof. … oggi è una bella giornata, può essere più cordiale, non trova?»

Al telefono sentii chiaramente che il prof. Graspan tirò un lungo sospiro.

«Hai ragione… è che non mi sono ancora abituato a sentire la tua voce, non so se mi capisci… è… strano…»

«La capisco prof. Ma ci tengo a ricordarle che sono passati due anni ormai!»

«Sarà anche come dici tu, ma per me è come se fossero stati due giorni…» e tirò un altro sospiro «Comunque dimmi, Nic… per cosa mi hai chiamato? Sei già sul posto?»

«No… ci sto andando ora… solo… ho paura che qualcosa vada storto, è una cosa strana direi…»

«Andiamo!» mi rispose il prof. sforzandosi di adottare una voce il più possibile calma e sicura «…non vedo cosa potrebbe non funzionare, dico davvero. Ne abbiamo già parlato…»

«Che ne so…» replicai «… ad esempio potrei non riconoscere il contatto, ecco…»

«In quel caso, lasciatelo dire, al tuo posto mi preoccuperei…» mi rispose il prof. cercando di abbozzare una mezza risata con scopo rassicurante, che, devo dargliene atto, riuscì nell'intento.

Aveva ragione.

Non avevo alcun timore di non riuscire a riconoscere il mio obiettivo, anzi, direi che sarebbe stato impossibile, e comunque il piano era semplice. Il compito che mi spettava consisteva, in un certo senso, nel fare giusto due chiacchiere.

«Ha ragione professore…» convenni io «Andrà tutto per il meglio… La chiamo per aggiornarla…»

Graspan mi salutò ed io riattaccai.

Le auto scorrevano veloci in direzione opposta alla mia, mentre procedevo verso la mia destinazione.

In seguito al viaggio intrapreso quella stessa mattina la testa aveva continuato a pesarmi eccessivamente, ma il fastidio andava scemando e durante il tragitto in auto era scomparso quasi del tutto.

Dopo non troppi chilometri riconobbi la strada, e la imboccai. Procedevo con i finestrini abbassati, quasi a passo d'uomo, e così assaporavo di nuovo l'odore della resina dei pini che erano ben sistemati ai lati del viale, così come il profumo di quelle aiuole di tulipani piantate tra un albero e l'altro.

Quel posto significava tutto per me, e lo conoscevo fin nei minimi dettagli: non era cambiato di una virgola rispetto a come me lo ricordavo.

Finalmente giunsi in fondo alla via e spensi il motore della macchina.

Mi fermai ad osservarmi un istante nello specchietto retrovisore: i miei capelli non avevano nessuna voglia di starsene a posto, e il gel che cercava di farli star calmi dava come unico effetto che il mio naturale castano scuro sembrasse piuttosto un nero bagnato. Non aveva alcuna importanza: non stavo affatto male, e comunque, cosa più importante, non sarei stato riconosciuto.

- - -

Non avevo dormito bene quella notte. Sembrerà strano ma passai gran parte del tempo che normalmente riservo al sonno per pensare a dove avevo già incontrato quel Nic.

Eppure niente.

La mattina seguente mi alzai e scesi per la colazione del tutto controvoglia. Normalmente non salterei la colazione per nessun motivo ma, quel giorno, proprio mi sedetti a tavola come se fosse la cosa peggiore del mondo.

Mia madre aveva preparato le frittelle, le mie preferite, eppure neanche lei riuscì a stuzzicarmi l'appetito: la mia mente era altrove, dovevo accettarlo.

«Alex!» mi chiamò ad un tratto mio padre «Pensi di degnarci della tua presenza?»

Non risposi. Non per scortesia o chissà cos'altro, semplicemente fu come se non lo sentissi.

«Passato una nottataccia, eh?» cercò di indovinare mia madre, come suo solito.

«No… tutto a posto… niente di che…»

«Sarà…» aggiunse «però a me non sembra affatto che sia tutto a posto, anzi…»

«Anzi cosa?!»

La fulminai con gli occhi. Non avevo alcuna voglia delle sue prediche.

«Niente…» rispose lei «…lascia stare, non importa…»

Mio padre stava masticando l'ultima frittella, con molta calma e senza curarsi troppo della discussione, quando suonarono al campanello.

Sbuffando trangugiò l'ultimo boccone e andò sulla porta a vedere chi fosse, quindi indugiò sulla soglia, scostando la tenda.

«Aspettatemi di là!» ci disse ad un tratto, con fare brusco «Muovetevi!»

Quello scatto improvviso mi seccò parecchio.

«Ma che diavolo…»

«Ho detto "muovetevi"!» ribadì mio padre, con tono ancora più deciso.

Mi alzai senza aggiungere altro, e seguii mia madre nella stanza accanto. Quindi mio padre chiuse a chiave la porta, e aprì a chi aveva suonato.

«Ciao vecchio mio…» sentii attraverso la parete. Chi era entrato e aveva salutato mio padre doveva conoscerlo piuttosto bene.

«Come stai?»

«Bene…» la voce di mio padre tremava «Io… ti chiedo scusa, faccio fatica a concepire la cosa…»

«Figurati io!» rispose la voce accanto a lui.

«Alex, vieni qua subito!» mi rimproverò mia madre «Non sta bene origliare!»

«Ma io…»

«Alex non lo ripeterò un'altra volta… VIENI SUBITO QUI!»

Il tono di madre era strano, era come se sapesse cosa stava succedendo e volesse tenermelo nascosto, e la cosa mi incuriosiva ancora di più, tuttavia decisi di non tirare troppo la corda.

Andai a sedermi accanto a lei e cominciammo a parlare del più e del meno: cioè dei miei pessimi voti a scuola, del mio pessimo modo di reagire alle avversità, che per mia madre combaciavano con i miei pessimi voti a scuola e, tanto per cambiare, lei insistette per espormi una sua strana teoria secondo la quale i miei insuccessi con le ragazze erano causati dai miei pessimi voti a scuola.

Dopo poco mi accorsi che nonostante mia madre stesse ancora cianciando a caso nel mal riuscito tentativo di esporre le sue ben poco interessanti considerazioni, la mia mente vagava altrove.

Mi misi a contare i gattini di ceramica che stavano sopra le mensole: alcuni si leccavano una zampa, altri dormivano, altri ancora tenevano in bocca un pesciolino o facevano altre cose da gatti.

A nessuno in famiglia erano mai piaciuti quei soprammobili che sembravano sempre fissarti, ma non si sa come amici e parenti continuavano a regalarcene, forse convinti che fossimo degli appassionati del genere vista l'ingente quantità di felini ornamentali che ci ritrovavamo in casa.

Quando arrivai al micio numero dodici sentii mia madre tirare un sospiro ed interpretai il gesto come conclusivo della sua esposizione. Feci per dire qualcosa, ma lei ricominciò subito.

Fortunatamente quella imbarazzante discussione finì alla svelta, perché nell'altra stanza mio padre e l'altra persona si alzarono e si diressero verso la porta che li separava da noi.

«Quindi sei sicuro che non succederà nulla?» Chiese mio padre.

«Tranquillo, te l'ho già detto, non c'è nessun problema...» rispose l'altro «Ho provato ed è tutto a posto!»

«Allora hai la mia benedizione...» rispose mio padre ridacchiando mentre apriva la porta «Alex, voglio presentarti una persona... un mio vecchio amico...»

Mi voltai di scatto.

«Ciao Alex, è da un po' che non ci si vede eh?»

Nic stava sulla porta e mi salutava con la mano destra alzata e un gran sorriso stampato sulla faccia.

«Tu.. tu..» facevo fatica a decidere quali fossero le parole migliori da usare «Tu... che... ci fai... qui?!»

«Sono venuto a far visita a tuo padre...» spiegò «come ha detto lui, in un certo senso, siamo vecchi amici...»

«Bene! vedo che voi due già vi conoscete...» disse mio padre ad un tratto, con aria non troppo sorpresa «Meglio così: Non c'è bisogno di presentazioni!»

«Si ma...» replicai con fare confuso «...Cioè... mi spiegate bene cosa succede? Dico... va bene, voi due siete vecchi amici e tutto il resto, ma... perché? Cioè... cosa ci fa qui lui? E poi... se siete così tanto amici perché io non l'ho mai visto?»

Un sacco di domande mi frullavano per la testa e scegliere a quali dare la priorità sembrava non essere troppo facile.

«Beh... perché...» mio padre tentava di rispondere ma si vedeva che era parecchio in difficoltà.

«Non ti mentirò Alex...» intervenne Nic «Io e tuo padre siamo sempre stati amici, praticamente lui mi ha visto nascere, e... siamo sempre stati amici, ecco...»

«Andiamo, così mi fai sentire vecchio!» fece mio padre arrossendo.

«...purtroppo sono successe delle cose, vedi... che hanno allontanato tuo padre da me, irrimediabilmente. Non starò a spiegarti il come o il perché, o almeno non ora, ma di recente ho avuto la possibilità di tornare da queste parti e l'ho colta al volo. Tutto qui...»

Non era affatto chiaro, ma sembravo essere l'unico che trovava strana quella situazione.

«Insomma...» risposi «Quindi la tua è una visita di piacere?»

«Dipende...» replicò lui «...una visita è di piacere se il piacere è sia per chi visita sia per chi ospita. È un piacere per te Alex?»

Nic mi fissò con una strana e innaturale intensità dello sguardo, come per capire qualcosa, o per dirmi qualcosa.

«Io… io credo di si…»

Non sapevo bene cosa dire e un sacco di pensieri cominciò a turbinarmi per la mente. Prima fra tutte le mie preoccupazioni fu riguardo al nostro incontro al parco: se quel Nic era davvero così amico di mio padre chi mi diceva che non gli avesse già detto di avermi beccato a fumare l'altro giorno? In quel caso sarei stato un uomo morto! A pensarci bene però mio padre non aveva un'aria crucciata, né mi guardava in malo modo. Forse si era dimenticato di parlargliene o magari non aveva ritenuto la cosa abbastanza importante per essere il primo argomento di conversazione dopo così tanto tempo che due amici non si vedevano.

«Beh…» disse Nic all'improvviso «che hai da essere così pensieroso?»

Sussultai un istante.

«Tranquillo, Alex… credimi» continuò «Non ho detto niente…»

«Niente di cosa?» chiedemmo io, mia madre, e mio padre all'unisono.

«Beh… Niente di così strano da poter lasciare un ragazzo come te così pensieroso…» spiegò Nic, guardandomi come per volermi dire qualcosa.

Quel tipo non me la raccontava giusta. Non ci voleva un genio per capire che stava mentendo. Mio padre ridacchiò giusto un attimo per quello che aveva detto il suo amico ma io ero certo che Nic in realtà si stesse riferendo a qualcosa d'altro.

Possibile che mi avesse letto nel pensiero? Possibile che sapesse su cosa stessi rimuginando in quel preciso istante? Forse mi sbagliavo ma tutta la faccenda era davvero strana.

«Vuoi qualcosa da bere Nicolas?» chiese ad un tratto mia madre smorzando la tensione che stavo accumulando «Magari una spremuta d'arancia. Ho preso giusto questa mattina delle arance favolose. Chiedi pure, non fare complimenti, sai?»

Nic la guardò un attimo e le sorrise.

«No grazie, Monika» rispose Nic con tono cordiale «Ho bevuto una birra poco fa in compagnia di tuo marito. E comunque me ne stavo giusto andando…»

«Capisco…» rispose mia madre sorridendo in modo esagerato «Quando avremo il piacere di riaverti da queste parti?»

«Mah…» rispose Nic «Non saprei, dipende…»

«Domani!» si intromise mio padre «Domani facciamo un bel barbecue e Nic sarà dei nostri. Non è vero Monika?»

«Verissimo» rispose lei «Un gran bel barbecue con salsicce e tutto il resto. Ti aspettiamo a mezzogiorno e tu sarai puntuale, dico bene?»

Nic sembrava perplesso e mi guardò cercando complicità.

«Non ho molta scelta, vero?» commentò.

Io lo guardai e gli feci cenno di no con la testa assumendo un'aria rassegnata e divertita.

«In questo caso...» concluse «Direi che non posso far altro che accettare. Sarà un piacere per me!»

«Lo sarà anche per noi» disse mia madre «Ci divertiremo, vedrai!»

«Ne sono sicuro...» commentò Nic «Ma ora devo proprio andare. Allora a domani...»

«A domani Nicolas» disse mio padre «Alex ti accompagnerà al cancello...»

Mi alzai di scatto. Non mi era mai andato a genio che qualcuno mi offrisse volontario per fare un qualche piacere: avevo sempre pensato che se si dice "volontario" la persona in questione debba volere fare quel piacere. In quel momento però mi andava davvero di accompagnare Nic alla sua auto, e così in un attimo ero sulla porta.

Lui mi seguii fin sul vialetto, oltrepassò la soglia del marciapiede e salì sull'Audi nera che avevo visto il giorno prima. Volevo chiedergli un sacco di cose ma non sapevo da dove cominciare.

Lui chiuse la portiera dell'auto, si allacciò la cintura di sicurezza e abbasso il finestrino.

«Non gliel'ho detto...» disse ad un tratto «Sta tranquillo....»

«Che cosa scusa?»

«Dell'altro giorno…» precisò «Lo sapevi benissimo di cosa stavo parlando. Lo sapevi anche poco fa, in salotto. Non spetta certo a me il compito di informare i tuoi genitori se decidi di farti del male. Non è un mio dovere così come non è nemmeno un mio diritto. È questo il punto. È questo il motivo per cui non l'ho fatto… Ma dimmi… Trovi che abbia fatte bene ad agire così, Alex?

Cercai di mettere insieme qualche parola ma tutto quello che riuscii ad esprimere fu un accenno della testa, come per dire di sì.

«Affatto!» replicò Nic «Questo non era per niente il modo giusto di agire, ma non era neanche quello sbagliato…»

Lasciai trasparire la mia espressione perplessa mentre Nic tirò un lungo sospiro.

«Sarebbe stato profondamente ingiusto privarti della libertà di fare la cosa giusta, anticipandoti nel parlare con i tuoi genitori, e allo stesso tempo sarebbe stato incredibilmente sbagliato lasciarti continuare in questo principio autolesionista… Ecco… credo che questo sia il problema di fondo riguardo a questa faccenda. In ogni caso se ho agito così è perché so che anche tu mi hai mentito, o perlomeno hai mentito a te stesso e quindi nulla di tutto questo ha senso, mi capisci?»

Sospirò una seconda volta, quindi accese il motore dell'auto. «Probabilmente no… ma sono certo che prestissimo capirai cosa voglio dire…»

Lo avevo ascoltato esterrefatto. Lui… sapeva?

«Ma tu…» chiesi cercando le parole giuste «…tu parli sempre in questo modo con le persone?

Lui mi sorrise.

«Assolutamente no! Davvero… Lo faccio solo quando voglio divertirmi un po' o quando la persona con cui parlo ne vale la pena!»

Subito dopo accelerò bruscamente e partì sgommando, salutandomi con la mano fuori dal finestrino dell'auto in corsa.

Non vedevo l'ora che fosse l'indomani.

- - -

Il sole era già alto nel cielo quando mi alzai. La casa che il professore mi aveva messo a disposizione era anche meglio di quanto avessi sperato: si trattava di una piccola villetta di due piani con un bel giardino, piuttosto ben curato, nel quale erano stati piantati due ciliegi parecchi anni prima. Uno dei due era cresciuto più dell'altro e alcuni rami finivano sul tetto facendo ombra alla mia stanza da letto: in questo modo non c'era mai troppa luce e svegliarsi così era a dir poco piacevole.

Mi alzai dal letto e mi buttai sotto la doccia.

L'acqua scrosciava sui miei capelli implacabile come il destino che pesava sulla mia coscienza. Sapevo che non avevo alcun diritto per perseguire nel mio intento eppure non riuscivo ad impormi di starmene buono e rispettare i miei doveri. Sembrava che il mondo volesse distruggermi dopo avermi dato quest'opportunità, per corrodermi l'anima fin nel profondo, e questa cosa avrebbe finito per distruggermi se non mi fossi aggrappato ad una qualche speranza.

Pensai per quasi tutta la mattina a quale fosse stato l'atteggiamento migliore da adottare e alla fine giunsi alla conclusione che avrei agito d'istinto.

Mi vestii alla svelta e presi le chiavi dell'Audi. Quando ero ragazzo, ricordo che avrei fatto di tutto per averne una, una macchina tutta mia… e che macchina poi! Ma ora… ora che il professore me l'aveva messa lì, a mia completa disposizione, non mi dava neanche troppa soddisfazione il poterla guidare…

Quando arrivai alla grigliata, all'incirca verso l'una, purtroppo erano già tutti lì… e Dio, non so cosa avrei pagato per non trovarmi nella "situazione dello scrutato"…

Eh già, perché è questo che succede all'ultimo arrivato ad una festa: tutti cominciano a fissarti e leggi chiaramente nei loro occhi pensieri quali "Ma questo da dove salta fuori?" o ancor peggio "Ma chi diamine l'ha invitato?", così che la tua unica via di salvezza sta nell'incrociare lo sguardo di un amico e attaccar bottone. Viene da sé che se l'amico non lo trovi alla svelta non ti resta altro da fare che inventartene uno al volo e così, molto semplicemente, feci quel giorno.

«Piacere» esordii «Nicolas»

Una signora in rosso sulla sessantina mi guardò con aria diffidente, ma poi, evidentemente decise di aprirsi.

«Il piacere è tutto mio Nicolas…» rispose «Vanoni, sono la signora Vanoni, ma puoi chiamarmi Sarah… e dammi del tu, mi raccomando, che se no mi fai sentire vecchia e poi non ti perdono!»

La fissai leggermente perplesso.

«Come vuole Sarah…» le dissi balbettando leggermente. Lei mi fulminò con gli occhi.

«Ah si…» mi corressi «Come *vuoi* Sarah…»

«Molto meglio così, giovanotto, vedo che imparate alla svelta voi ragazzi!»

Tirai un sospiro e sorrisi. «Si, mi sono confuso… mi deve scusare…»

Mi fulminò una seconda volta, con maggior intensità credo, così che non appena scorsi Alex che se ne stava in un angolo a mangiare una salsiccia trovai la scusa per sfuggire a quella trappola in gonnella color porpora.

«Lei mi deve assolutamente scusare» le dissi congedandomi «Ma il dovere mi chiama; e quando chiama… beh, avrà già capito immagino…»

Così, mentre la signora Vanoni mi ripeteva per l'ennesima volta che per me lei doveva essere semplicemente Sarah, mi avvicinai al ragazzo portando con me un bicchiere di birra in più preso di fianco al tavolo delle costine.

«Guarda te chi si vede…» esordii «…che ci fai da queste parti ragazzo mio?»

Alex fece una smorfia tra il divertito e lo scocciato.

«Mah…» mi rispose «Se non ti da troppo disturbo ti ricordo che questa sarebbe anche casa mia, sai com'è? Le persone, sai… di solito è normale incontrarle nella loro casa piuttosto che in casa d'altri, non trovi?»

Il suo sopracciglio inarcato lasciava chiaramente intendere il desiderio di uno scontro verbale, forse per prendersi la rivincita dal giorno prima: non è affatto bello essere lasciati senza parole, e questo evidentemente Alex lo sapeva bene!

«Può essere anche come dici tu…» risposi «Ma allora questa festa è una contraddizione pura non trovi? Intendo… A questa festa stai incontrando un sacco di gente che è qui in qualità di ospite, mentre queste persone incontrano soltanto voi tre come padroni di casa. Anzi, a dire il vero qualsiasi festa contraddice quanto hai appena detto. In un certo senso è come voler ribaltare i ruoli… e ribaltarli causa sempre un po' di confusione, ne sono consapevole… tu cosa ne pensi del ribaltamento dei ruoli, Alex?»

Gli porsi il bicchiere di birra e sorrisi mentre lui mi guardava divertito.

«In che senso? Cioè… tipo un qualcosa come mettersi nei panni di un'altra persona?»

Presi fiato prima di rispondere, e calcolai con cura le parole. «No, è più uno scambiarsi realmente la situazione. Il mettersi nei panni di un'altra persona richiede solamente una discreta capacità empatica, e in ogni caso lo sforzo termina quando lo desideriamo. Ribaltare i ruoli invece implica un completo cambiamento: lo schiavo diventa realmente il padrone e viceversa, il potente diventa il debole mentre l'oppressore diviene l'oppresso e così via. Capisci cosa dico? Questo processo può essere intrapreso per nostra volontà oppure, come molto più spesso accade, essere semplicemente frutto del tempo che passa. Vuoi un esempio più concreto?»

Alex mi guardava davvero interessato. Avevo la sensazione che non avesse capito del tutto ciò che avevo detto ma che comunque cercasse il modo di sostenere la conversazione: credo desiderasse fare bella figura con me o qualcosa del genere, e questo, ovviamente, non poteva che farmi piacere… stavo raggiungendo uno scopo che, in un certo senso, neanche sapevo di avere…

«Io…» disse «Io credo di aver capito… solo non capisco perché te ne sei venuto fuori con 'sta roba. Cioè… cosa c'entrava con le salsicce?»

Sorrisi un attimo, quindi cercai di spiegarmi meglio. «Vedi, quello che voglio dire è che molto spesso questo ci capita così lentamente che neanche ce ne rendiamo conto. Mi sembra ieri che avevo la tua età e parlavo con uno strano ragazzo che studiava all'università, e adesso quel ragazzo sono io e faccio strani discorsi al figlio quattordicenne di Gerry. Beh, credo che sia lecita una riflessione di questo tipo, no?»

Alex fece un accenno con le spalle accompagnato da un'espressione che trasmetteva simpatia, che credo equivalesse a qualcosa come un "Perché no?".

«Ci può stare…» mi disse «Ma resta il fatto che tu sei strano forte, amico. Ma strano davvero. Se un giorno ti becchi il mio vecchio prof. di lettere per strada gli attacchi una predica che vi trovo lì tre giorni dopo. Anzi… questo mi fa venire in mente un'idea…»

Alex si mise a ridere fra sé e sé e la cosa mi fece sorridere subito prima che Gerry mi venisse incontro.

«Nic, ciao ragazzone! Come andiamo? Ti diverti? Spero di sì, caspita!»

Annuii vistosamente, e fui sincero nel farlo.

«Non c'è male, non c'è male davvero. È divertente Gerry, parecchio!»

- - -

Ebbi la netta sensazione che quel "parecchio" fosse riferito alla conversazione che Nic aveva appena avuto con me.

«Mi fa piacere…» rispose mio padre «Vieni Nic, devo assolutamente presentarti quella persona… È qui da qualche parte… ma dov'è finita?»

Mio padre sembrava davvero agitato e preoccupato che Nic si stufasse di aspettare, ma, al contrario, lui sembrava essere tranquillissimo.

«Non ti preoccupare Gerry...» disse «Al massimo me la farai conoscere più tardi, quando salta fuori. Non c'è problema....»

«No no, si tratta di *quella persona*, Nic!» ribadì mio padre «Va da sé che è incredibilmente importante! Ora la vado a cercare... tu nel frattempo... non so... vuoi una sigaretta?»

Questa poi era bella strana. Mio padre non era un grande fumatore, anzi, quando finiva un pacchetto in una settimana era tanto, eppure non ne offriva mai a nessuno, per nessuna ragione. Nic esitò un istante prima di rispondere. «No grazie, Gerry. Non fumo. E neanche tu dovresti, lo sai!»

Ecco, questa era anche più strana: non ci stavo capendo più nulla...

«Beh...» continuò mio padre «...tu cerca di divertirti e di stare in compagnia senza dare troppo nell'occhio. Io faccio più in fretta che posso!»

Subito dopo si confuse tra gli invitati e così fece anche Nic dopo avermi fatto un cenno di saluto con la mano.

Qualcosa non quadrava. Perché mai Nic avrebbe dovuto mentire così spudoratamente ad un amico che, a detta sua, era di così vecchia data? Non aveva troppo senso, anzi, direi che non ne aveva affatto.

Ad ogni modo ritenni che mi stavo costruendo troppi castelli per aria e ne identificai la ragione in quel ragazzo: era un po' strano, questo è innegabile, ma al di fuori del suo strano modo di parlare o di relazionarsi con gli altri non aveva nulla di troppo fuori dall'ordinario, e questa era la cosa che mi incuriosiva di più. Come mai ero così in soggezione quando mi trovavo con lui? Perché provavo questo strano desiderio di fare bella figura, di essere all'altezza della situazione? La verità è che potevo solo fare qualche supposizione e che comunque nessuna ipotesi avrebbe mai trovato riscontro. In linea di massima credevo che mi comportassi in quel modo perché avevo la sensazione che Nic riuscisse a leggermi dentro. In un certo senso mi sembrava che riuscisse a capire davvero quello che mi frullava per la testa, e così era sempre un passo avanti.

Mentre vagavo tra questi pensieri me ne stavo seduto contro il muro all'angolo della casa, vicino al barbecue che ormai era rimasto inutilizzato.

Una strana tristezza mi stava scendendo addosso: quel genere di tristezza che provi quando ti sembra che tutto faccia schifo e nulla vada mai per il verso giusto, così, in generale, senza una ragione precisa.

C'era un'ape che ronzava dalle mie parti e non sembrava darsi pace. Io la seguivo con gli occhi incuriosito, tanto per pensare ad altro, ma neppure quell'insetto riusciva a darmi un deterrente sufficientemente valido per quella mia malinconia del primo pomeriggio.

Non potevo certo definirmi un ragazzo sfortunato, in virtù dell'oggettività... ma chissà perché... mi sembrava di essere il più triste di tutti.

Era da un po' che ci stavo pensando: la mia vita stava andando avanti per inerzia e io non stavo facendo niente per aggiustarne il tiro. Non stavo facendo assolutamente nulla forse perché credevo che non avrebbe avuto senso nemmeno provarci, o forse perché mi sentivo impotente di fronte a tutti quei casini che mi stavano distruggendo dentro. Primo fra tutti i miei problemi era la solitudine. In passato avevo avuto degli amici, forse dei veri amici, ma di recente avevo cominciato a frequentare delle persone a caso solo perché mi davano l'impressione di saperci fare, anche se, a dire il vero, sapevo anch'io che valevano ben poco. Avevo quattordici anni, già compiuti da un bel po' anche, e non potevo dire di aver mai avuto un amico degno di tal nome, a parte uno, certo.

Tutti mi dicevano che ero un ragazzo molto maturo per la mia età e non sapete cosa si prova a sentirsi dire in continuazione questa sciocchezza: se maturo significa star male perché ci si rende conto di essere da soli… beh… avrei di gran lunga preferito essere il più scemo di tutti!

E in effetti, forse, un po' scemo lo ero anche, altrimenti a quattordici avrei già avuto una ragazza, e invece niente, anzi, nemmeno un rifiuto, perché neanche avevo il coraggio di provarci…

Insomma, avevo alcune persone che mi volevano bene, certo, primi fra tutti i miei genitori, eppure mi sentivo solo come non mai. E non potevo farci niente.

Niente…

…niente…

Mentre mi deprimevo rannicchiato contro il muro, il tempo passava e mio padre era uscito dalla porta sul retro insieme a Nic dopo esser stati dentro a parlare con un altro signore di mezz'età per almeno mezz'ora.

Li fissai camminare in modo concitato… come se stessero aspettando qualcosa…

Subito dopo accadde "quel qualcosa" e, in quel momento, ogni mio pensiero passò in secondo piano.

Due uomini sulla quarantina, vestiti di tutto punto in giacca e cravatta, si stavano avvicinando al cancello di casa, e nessuno pareva notarli.

Mi alzai e andai verso di loro per dare un'occhiata più da vicino: erano due uomini normalissimi eppure mi si raggelava il sangue al solo guardarli negli occhi.

Entrambi erano di un'eleganza impeccabile e uno dei due portava una valigetta appresso a se mentre l'altro, di colore, giocherellava con quella che mi parve essere una pistola, subito prima che la riponesse sotto la giacca.

Mi voltai a destra e a sinistra per controllare se qualcuno avesse visto quello che avevo appena visto io, ma niente: pareva che nessuno avesse neppure fatto caso ai due tizi che ormai erano sulla soglia.

Uno dei due mi fissò e, forse per la suggestione, forse per il caldo, provai un brivido freddo corrermi lungo la schiena.

- - -

Appena li vidi la testa cominciò a girarmi.

Non potevo sbagliarmi: erano proprio loro! Erano quei due bastardi che avevano ammazzato mio padre, mia madre, e il mio migliore amico… ed adesso erano lì sulla soglia, a neanche due metri da Alex!

Il tempo sembrava essersi fermato mentre procedevo verso di loro: sentivo solamente il battito del cuore che mi faceva scorrere il sangue sempre più forte, fino ad arrivare alla testa e a farmi pulsare le tempie mentre intorno a me tutto cominciava a vorticare.

Me li ricordavo perfettamente, come se li avessi incontrati il giorno prima, e non avrei mai dimenticato le loro facce che ormai erano impresse nella mia mente come un marchio indelebile.

Uno era bianco, capelli lunghi e neri tirati all'indietro, faccia squadrata, e quell'aria da finto bravo ragazzo che non avrebbe mai ingannato nessuno; l'altro era un tipo di colore, con un'aria molto sicura di sé, alla quale contribuiva la folta chioma di capelli ricci, ben composta, dalla quale pendeva un solo ciuffo di capelli vicino all'occhio sinistro. Entrambi erano uomini di circa trentacinque o quarant'anni, perfettamente distinti, impeccabili nell'abbigliamento e nel modo di fare… ed erano anche i due fautori di una delle più grandi sofferenze della mia vita!

Quello di colore si fece avanti per primo chiedendo ad Alex qualcosa ma lui non rispose: credo che fosse spaventato, o almeno è quanto mi ricordo. Nel frattempo li avevo raggiunti, e anche Gerry stava arrivando.

Quello di colore prese l'iniziativa.

«Buongiorno. È lei il signor Karin con la kappa?»

«No…» cominciò Alex «Credo che cerchiate mio padre… è l'unico che…»

Gli misi una mano sul petto e lo tirai un po' indietro. «Sta zitto Alex! Non devi parlare con loro!»

«Ma io…» provò a dire lui «Io…»

«Non importa Alex, va in casa, adesso!»

Alex arretrò di un paio di metri, ma poi si fermò. Gerry era appena arrivato.

«Salve…» esordì «Posso sapere chi siete e cosa desiderate?»

Quello di carnagione chiara si fece avanti e dopo avermi fissato negli occhi rispose. «Stiamo cercando un certo Nicolas, è lei il padrone di casa?»

«Si… ma non so di chi parliate. Quindi mi dispiace ma devo chiedervi di andarvene …»

Ci fu un attimo di silenzio mentre Gerry cercava le parole. Quei due non si scomposero nemmeno per un istante e nell'aria la tensione diventava sempre più pesante.

«Vede…» cominciò quello di colore «Forse abbiamo cominciato con il piede sbagliato. Il mio nome è Larry Mercer, sono americano. Il mio collega qui di fianco a me invece viene dalla Svizzera. Abbiamo fatto davvero un lungo viaggio per parlare con questo tale di nome Nicolas che dovrebbe trovarsi qui in giro. Capisce? È davvero importante per noi…»

Quello con i capelli lunghi intanto ridacchiava leggermente. Gerry li fissava dritto negli occhi, e nel frattempo qualche invitato al barbecue aveva cominciato a prestare attenzione alla scena.

«Ho capito…» rispose Gerry «Mi dispiace che siate venuti fin qui a vuoto. Ma la mia risposta non cambia, non c'è nessun Nicolas in questa casa. Siamo solo io, mia moglie, mio figlio e alcuni amici e parenti. Li conosco tutti, mi dispiace… Ribadisco, la vostra presenza sta turbano i miei ospiti, devo chiedervi di andare via!»

Il tono di Gerry era serio e fermo come solo poche l'avevo sentito.

«No… caro il mio signor Karin con la kappa…» rispose il nero «Credo che tu non abbia affatto capito. Non ci siamo fatti un viaggio del genere per venir qua e sentirci dire delle cazzate senza senso. Sappiamo perfettamente che il ragazzo che cerchiamo si trova qui e gradiremmo la sua collaborazione… non vorrà mica che qualcuno si faccia del male, dico bene?»

Mentre parlava mosse la giacca così che per un istante i raggi del sole fecero luccicare il manico della pistola che pendeva dal fodero. Gerry impallidì ed io capii che dovevo fare qualcosa.

«Sono io…» sbottai «… vediamo di stare calmi, eh, siamo d'accordo?»

«Nic, ma che diamine…?!»

Gerry mi guardava sbigottito e spaventato.

«Nessuno deve rimetterci per causa mia Gerry, non può e non deve succedere, lo sai!» risposi prima di rivolgermi ai due tizi. «Voi due che volete?!»

«Solo fare due chiacchiere… nulla di più…» rispose quello con i capelli lisci «Ah, che sbadato, io non mi sono ancora presentato… il mio nome è Karl Abbt. Saresti così gentile da seguirci Nicolas?»

Oh si, li avrei seguiti di certo. Dovevo assolutamente sapere per quale ragione quei tizi si erano avvicinati alla famiglia Karin dal momento che, ne ero certo, avrebbero portato solo del male dovunque fossero andati.

Avrei voluto fargliela pagare più di ogni altra cosa al mondo, forse ammazzarli prima che potessero nuocere a qualcuno, ma questo sarebbe andato sia contro il protocollo sia contro l'etica del progetto stesso.

Ad ogni modo cercare di mantenere questa lucidità e razionalità non era per nulla semplice.

«Dove volete andare?» chiesi io con tono fermo e carico di rancore.

«Il dove non ha importanza Nicolas…» rispose Karl «L'importante è chiarire al più presto quanto abbiamo da dirti. Quindi…»

«… quindi ora ci segui e la pianti di fare domande!» concluse Larry «Dico male Karl?»

«Affatto Larry!» rispose il collega. «Impeccabile come al solito!»

Si voltarono e presero ad allontanarsi dalla casa ed io li seguii dopo aver fatto un cenno Gerry come per dire che andava tutto bene.

Camminammo per circa due minuti lungo il marciapiede finché non giungemmo ad una Porsche blu nuova di zecca. Larry si mise al volante mentre Karl salì sul sedile posteriore e mi invitò a fare altrettanto.

Mai avrei desiderato di sedermi accanto ad uno di quegli assassini ma la situazione in cui mi trovavo non mi lasciava molta scelta.

Mi sistemai il più possibile distante da quell'uomo, schiacciato contro la portiera e guardando fuori dal finestrino pur tenendo sotto controllo la situazione con la coda dell'occhio.

«Sai chi siamo?» iniziò Larry.

«Si…» risposi io con tono freddo.

La tensione era insopportabile.

«Posso chiederti il perché?» fece Karl ad un tratto.

«Vuoi dire che…» risposi «… giusto… probabilmente voi neanche lo sapete…»

La rabbia stava cercando di prendere il sopravvento sui miei tentativi di autocontrollo e non sapevo per quanto ancora sarei riuscito a resistere.

«No, Nicolas, ti sbagli…» mi disse Larry «Lo sappiamo perfettamente. Sappiamo che sei al corrente dei nostri… *metodi*… e sappiamo che non vuoi che capitino delle cose brutte. Dico male Karl?»

«Dici benissimo Larry!» commentò l'altro.

«…e a questo proposito…» continuò Larry «ritengo giusto dirti che credo che tu ti sia fatto un'idea sbagliata sul nostro conto. Noi siamo i buoni Nicolas… facciamo solamente il nostro lavoro, e tu più di chiunque altro sai che portiamo sempre a termine le nostre mansioni…»

Non ci vedevo più: ancora qualche parola e sarei esploso. Per fortuna Karl si intromise.

«Quello che Larry sta cercando di dire…» cominciò «…è che non vorremmo mai che fraintendessi le motivazioni del nostro operato. Siamo perfettamente consci che non sei ancora in grado di comprendere ma ti devi fidare di noi. È la tua unica possibilità, credimi…»

Le parole di quell'uomo avevano dell'incredibile: davvero secondo lui io avrei mai potuto fidarmi della persona che aveva contribuito alla morte di mio padre e del mio migliore amico!? Con che coraggio mi faceva questo genere di discorsi!?

Non trovavo risposta e tutto ciò mi dava sui nervi…

«Veniamo al dunque Nic…» continuò Karl «Dobbiamo chiederti di portare a termine il tuo lavoro senza interferire con il nostro, quando sarà il momento. È di vitale importanza che tutto vada in questo modo e anche se ti sembrerà una richiesta fuori dal mondo permettimi di insistere. Dovrai attenerti solamente al protocollo del progetto di cui fai parte. Niente di più. In parole povere… raccogli le informazioni che ti servono e poi interrompi ogni contatto. Semplice, chiaro, pulito! In caso contrario il signor Karin e la sua famiglia… beh, anche in quel caso si tratterebbe solo di un lavoro…»

«Già!» commentò Larry «Un lavoro semplice, chiaro e pulito! Dico male Karl?»

«Affatto Larry» rispose l'altro «Affatto!»

- Capitolo III -

Beretta 92

«Si può sapere che ti è preso?! Potevi farti ammazzare! E se quei due ti avessero sparato?! Cosa avresti fatto?! IO COSA AVREI FATTO?!»

Mio padre era su tutte le furie e urlava addosso a Nicolas in maniera proporzionale solo alle strigliate che solitamente riservava al sottoscritto.

«No, Gerry…» tentò d rispondere Nic «Io… ero *sicuro* che non mi avrebbero fatto del male… capisci cosa voglio dire? Loro… non potevano… io *sapevo* che non lo avrebbero fatto…»

Mio padre prese fiato prima di ricominciare ad urlare.

«Ma se l'avessero fatto?! Cosa ne sai che è tutto come ce l'hai tu nella testa… qualcosa potrebbe anche non corrispondere! È un esperimento Nic! L'hai detto anche tu! POTEVI MORIRE DANNAZIONE!»

Io osservavo la scena leggermente in disparte. Per fortuna tutti gli invitati se ne erano andati da un pezzo quando quell'auto aveva lasciato Nic davanti a casa, così, se non altro, nessuno poteva assistere. Nessuno eccetto mia madre che piangeva nell'anglo dove ero stato rannicchiato qualche ora prima.

«Gerry…» cercò di spiegare Nic «Vedi… deve per forza essere esattamente così come è lo vedo nella mia mente… deve… il siero ha funzionato, te l'ho detto. Beh, te ne accorgi da solo che ha funzionato direi…»

Non ci stavo capendo niente. Di cosa diamine parlavano Nic e mio padre?! Che razza di discorsi stavano facendo?! Ero incredibilmente confuso e frustrato per questa sensazione di impotenza che mi sentivo addosso.

Dovevo assolutamente saperne di più e così mi misi ad ascoltare con la massima attenzione ogni parola che dicevano. Non fu nemmeno troppo difficile dal momento che sembravano essere così alterati da essersi dimenticati che mi trovavo lì pure io.

«Ma magari ha dato effetti differenti da quelli che avete programmato! Porca miseria Nic! Quello che quel siero ti permette di fare, ad oggi è fantascienza… cosa ne sai che ha funzionato perfettamente?! Non ne hai la certezza! Non puoi avere la presunzione di essere sicuro al cento per cento di quello che passa per la testa alla gente. Non è così matematico che una persona farà davvero quello che secondo te di lì a poco dovrebbe fare… Dannazione Nic! Hai corso un rischio inutile!»

Anche a mio padre scese una lacrima e provai una sensazione spiacevolissima nell'osservarlo. Nic sorrise e assunse un tono caldo e confortante.

«Dai Gerry…» cominciò «…non ero del tutto in pericolo, avevo anche il teaser che mi ha dato Graspan…»

Nic tirò fuori una specie di pistola dalle fattezze squadrate e la passò a mio padre.

«Ma che ci fai con questa roba?!» replicò lui «Un'arma vera ti serve… devi proteggerti Nicolas! Che farei se ti accadesse qualcosa?! Io… Io non me lo perdonerei mai, lo sai!»

Nic si rabbuiò.

«Allora tu cosa suggerisci?» chiese «Dovrei lasciar perdere tutto secondo te? Lo sai che non posso…»

Mio padre tirò fuori il pacchetto delle sigarette e se ne accese una, mentre il cielo si era ingrigito e cominciava a piovere. Non aveva mai fumato di fronte a mia madre.

«Lo so…» disse dopo aver fatto un lungo tiro «Lascia almeno che ti dia la Lucky, ha sempre portato fortuna a mio padre… spero che ne porti anche a te…»

Nico lo guardò come se sapesse esattamente di cosa stava parlando mio padre. Eppure non poteva: la Lucky era una sorta di segreto di famiglia del quale era proibito far parola. Era una beretta calibro nove che il nonno aveva lasciato a mio padre prima di morire. Non aveva mai sparato neanche un colpo con quell'arma ma si era sempre premunito di portarla con se, scarica, come portafortuna. Nic doveva essere stato davvero un grande amico dio mio padre visto che gliene aveva parlato.

«La Lucky…» cominciò Nic «Ne sei proprio sicuro? Ci sei molto legato, lo so…»

Mio padre buttò a terrà la sigaretta e sorrise.

64

«Appunto. È sempre stata un prezioso portafortuna della nostra famiglia ed ora porterà un po' di buona sorte anche a te che ne hai più bisogno. E poi…»

Nic sorrise. «E poi cosa?»

«… E poi non te la regalo mica! Consideralo un prestito fino a quando non dovrai partire, ci stai?»

Nic annuì e ringraziò.

«Benone!» commentò mio padre «Vado a prenderla allora. Tu aspettami qui!»

Mio padre si voltò ed entrò in casa. Nel frattempo mia madre aveva smesso di piangere ed ora osservava la scena stando dietro di me.

Avevo troppe domande che mi frullavano per la testa e quell'attimo di silenzio mi sembrò il momento ideale per provare a dar loro una risposta.

«Nic…» iniziai «…cosa… io… io ho un sacco di domande da farti ma…»

Tirai un sospiro nel tentativo di comporre una frase di senso compiuto.

«…ma non sai da quale cominciare» concluse lui.

Restai un attimo a fissarlo con aria ebete. «Si… più o meno è così…»

«Beh…» commentò «Prova a partire con una facile. Monika vuoi suggerirgliene una tu?»

Nic sorrise a mia madre e lei lo guardò in malo modo, quindi si alzò e si diresse in casa.

«Vi lascio due minuti da soli…» commentò «Vedete di non combinar danni…»

Qualche istante dopo sparì nell'ingresso e si chiuse dietro la porta.

«Bene!» esordì Nic «Abbiamo circa cinque minuti per esaudire la tua sete di curiosità. Se conosco bene i tuoi, Monika starà cercando di convincere Gerry che affidarmi la Lucky è pericoloso e che qualcuno potrebbe farsi male, ma alla fine cederà e ce li ritroveremo qui con quella pistola…»

Nic mi guardava come se si aspettasse che di lì a poco ne uscissi con una domanda impossibile.

«Sai sparare?» chiesi «Dico… l'hai mai fatto?»

Di tutte le domande che potevo fargli avevo scelto istintivamente la più inutile.

«Sì… ho imparato che ero solo un ragazzo» cominciò «Mi avevano sempre affascinato le pistole e le armi da fuoco in genere. Credevo che fossero fonte di sicurezza. Tutto qua…»

Non capivo cosa volesse dire con quel "credevo": Possedere un'arma significava effettivamente avere con se una fonte di sicurezza, l'avevo sempre pensato pure io.

«Ah… e di quei due tizi di prima che mi dici? Tu sai che cosa volevano?»

Nic mi fissò dritto negli occhi.

«Sì…»

Io lo guardavo incuriosito.

«Si… quindi?» chiesi incalzante.

Nic restò un attimo in silenzio prima di rispondere.

«Mi hai chiesto se lo so…» cominciò «Non se posso dirtelo… Alex ti prego di non odiarmi ma ci sono delle cose che non posso proprio dirti. Non è perché non voglio, e in effetti non voglio, ma è perché non posso. È per questo che devo chiederti di cercare di capire. Non dovrai nemmeno assillare Gerry per avere queste risposte perché anche se ora pensi che ne sappia parecchio ti assicuro che è all'oscuro della maggior parte delle questioni… o almeno di quelle fondamentali. Devi portare pazienza, in sostanza. Arriverà il momento in cui saprai tutto, te lo prometto…»

Nic sembrava essere maledettamente sincero in quello che diceva eppure le sue parole causavano in me un fortissimo senso di frustrazione.

«Lo so. È per via di quel progetto, non è vero?» chiesi con fare arrogante.

Nic batté le palpebre un paio di volte.

«Di quale progetto stai parlando?» replicò con aria innocente.

Ora mi stavo davvero innervosendo. Come poteva credere che mi fossi già dimenticato cosa si erano appena detti lui e mio padre?! Okay che magari per lui ero soltanto un fastidioso quattordicenne che gli ronzava intorno, ma non aveva alcun diritto di trattarmi come uno scemo!

«Del progetto di cui hai parlato poco fa a mio padre!» risposi cercando di mantenere la calma, cosa che per altro non mi riusciva un gran che bene «Vi ho sentiti e lo sai… ero qui a tre metri da voi! Parlavate di un siero o qualcosa del genere… non sono uno stupido Nic, non cercare di fregarmi… mi state tutti nascondendo qualcosa! Mia madre sapeva benissimo che eri tu, ieri… ma ha fatto finta di nulla… e credo che anche mio padre sapesse che c'eravamo già incontrati, e ha mentito fingendo di doverti presentare a me… Nic, tutta 'sta faccenda non mi piace… e poi chi erano quei due di prima?»

Nic rimase in silenzio a fissarmi.

«Ah già!» continuai «Mi ero scordato che non me lo puoi dire… QUI NESSUNO DICE MAI NULLA! NIENTE DI NIENTE!»

Senza rendermene conto stavo urlando. Nic continuava a fissarmi con il suo sguardo impassibile che ostentava calma e sicurezza, e io non riuscivo a reggerlo. Un istante dopo mio padre uscì di casa seguito da mia madre e si diresse verso di noi con la valigetta della Lucky.

«Ecco…» cominciò lui «Ti chiedo scusa per quanto ci ho messo ma… beh, diciamo che io e Monika avevamo da discutere su alcune cose…»

«C'è poco da dire Gerry!» rispose lei «Un'arma non può portare che qualcosa di male! Era meglio se se ne stava dov'era… cioè dal nonno! Nic, mi auguro che tu la metta in una scatola e non la guardi più… sarebbe meglio, credimi!»

Nic le sorrise. «Non preoccuparti Monika. Non succederà nulla, te lo prometto…»

«Lo spero bene!» commentò mia madre «E adesso Gerry, muovi quel sedere flaccido che ti ritrovi e dammi una mano a mettere in ordine la cucina!»

«Mah…» tentò di replicare lui.

«"Mah" niente!» Concluse lei. «E vedi di muoverti!»

Mio padre la seguì fin dentro casa ed io rimasi fuori con Nic, da soli, di nuovo. Non sapevo come riattaccare il discorso e provai un po' d'imbarazzo ripensando alla scenata di poco prima. Però quelle cose le pensavo davvero e tutti quei dubbi continuavano a martellarmi la testa.

«Cosa fai domani dopo la scuola?» mi chiese Nic ad un tratto.

Lì per lì tentennai. «Non saprei… tornerò a casa credo…»

«Ah…» commentò lui «Credevo che ti sarebbe piaciuto provare a fare quattro colpi…»

Subito non capii di che stesse parlando. «Cosa? Quattro… colpi?»

«Già. È quello che ho detto mi pare!» rispose lui «Intendo a sparare… un po' di tiro a segno. È divertente sai?»

Rimasi un po' perplesso da quella proposta.

«Non star troppo a pensare…» continuò «Se l'idea ti attira passa da me. Mentre ti insegno a maneggiare una pistola potremmo fare due chiacchiere… giusto due chiacchiere! Credo che la cosa ti interessi… te lo leggo negli occhi…»

«O nella mente…» commentai buttandola lì.

Nic mi guardò per un attimo e poi sorrise. «A domani allora!»

«Ma io non ti ho detto che verrò!» replicai.

«Hai ragione, non l'hai detto…» rispose «… Ci vediamo domani Alex!»

- *Capitolo IV* -

Giusto due Chiacchiere

«Alex?… Alex si può sapere cos'hai?!»

Non risposi, forse neanche lo sentii. Beh, questo non può essere, però era come se tutti i suoni e i rumori fossero stati un unico grande ronzio che cercava di trapanarmi i timpani.

Kevin tuttavia sembrava non darsi per vinto.

«Alex… te lo si legge negli occhi! Mi vuoi dire cos'hai che non va oggi?»

Sospirai e alzai lo sguardo verso il mio migliore amico. Vi ricordate quando ho detto che non ne avevo mai avuti se non uno, e forse? Beh, forse Kevin era quell'uno.

«Mh… Oggi?»

Lui mi guardava con fare curioso più che realmente preoccupato.

«Si… oggi…» rispose «E quando se no? Domani?»

Ma che stava dicendo?! Erano giorni che stavo messo così e se ne accorgeva solo ora?! Amareggiato, tornai ad accovacciare la testa tra le mie braccia, appoggiato al banco della classe.

«Alex… Senti… Io non so cosa ti stia passando per la testa, ma è tutt'oggi che sei… è come se tu fosse altrove, ecco… però dai… capita a tutti, non dico di no… ma non così! Che cazzo, ripigliati!»

Alzai appena gli occhi, prima di sbuffare e ritornare alla posizione iniziale. La campanella della ricreazione suonò per indicare la fine dell'intervallo, come al solito in anticipo, ma non me ne fregava assolutamente nulla: faceva tutto davvero troppo schifo perché qualcosa meritasse la mia attenzione.

Kevin sembrò rassegnarsi e prese posto nel banco di fianco al mio, stando in silenzio. Nel frattempo tutti gli altri ragazzi stavano tornando in aula, compresa Mary.

Marianna Roverini, Mary per gli amici, e quindi solo Marianna per me, era la classica ragazza per la quale chiunque si prenderebbe una di quelle cotte che non potranno mai essere corrisposte. Mary era una di quelle che già dalle medie aveva la fila di ragazzi che le correvano dietro, figurarsi ora che eravamo in prima superiore! Per fortuna non era lei ad interessarmi, altrimenti non avrei avuto alcuna speranza. Se avessi dovuto provarci con qualcuna, invece, quella sarebbe stata sicuramente Giulia, la sua migliore amica, e questo faceva si che, in ogni caso, non ci fosse alcuna speranza.

A questo poi bisognava unire ogni altro casino che mi stava capitando in quel periodo e si sarebbe ottenuta una discreta spiegazione del perché stavo ridotto così: si capisce in fretta, quindi, che sarebbe stato troppo lungo come discorso da fare a Kevin. Per questo non gli risposi quella mattina, non per altro.

Le ultime due ore passarono in un lampo mentre me ne stavo assorto nei miei pensieri e improvvisamente mi trovai per strada, con la cartella in spalle, a recuperare la mia bicicletta.

Si sentiva che stava arrivando l'autunno: l'aria che soffiava era più fresca e non poteva far a meno di muovere qualche foglia, ormai ingiallita e prossima a marcire.

Senza troppa forza pedalai fino a casa, mi cambiai, e mi rimisi in sella alla bicicletta per andare a casa di Nicolas. Tutto sommato mi faceva piacere: almeno mi sarei distratto un po' ma non credevo che mi avrebbe davvero fatto sparare qualche proiettile… cioè, non era possibile. Conoscevo il quartiere dove mi aveva detto che stava e in quella zona abitavano solamente degli anziani e il vigile del paese: dubitavo fortemente che Nic avesse davvero la facoltà di sforacchiare cocomeri in mezzo al giardino!

Mi sbagliavo, salvo che per i cocomeri e per il giardino.

Quando arrivai in zona ci misi un po' a capire quale fosse casa sua ma alla fine la riconobbi in una villetta appena rimessa a nuovo.

Indugiai sul campanello. Non c'era né il nome né un numero: e se fosse stato il posto sbagliato? Che figura avrei fatto?!

Stavo per tornarmene indietro quando sentii la voce di Nic da dietro il muro della casa. «Tu ti crei troppe paure per niente, lo sai vero?»

Rimasi perplesso. Poco dopo Nic sbucò dal lato destro della villetta, dove c'erano due ciliegi.

«Pensi di star lì impalato o vieni dentro?» mi fece sorridendo. «Puoi lasciar la bici lì sul prato, eh… non farti problemi…»

Mi sentivo un po' spaesato ma decisi di fare come diceva lui. Appoggiai la bici a terra e lo raggiunsi sul retro della casa. C'era una piscina enorme con alcune sdraio disposte lungo i bordi e un paio di ombrelloni, uno solo dei quali se ne stava aperto a far ombra ad un asciugamano.

«Fatto un bel bagno?» chiesi con una punta di invidia.

Nic alzò le spalle. «Ormai l'acqua sta diventando fredda… Si stava meglio qualche settimana fa. Comunque è ancora vivibile… ma fra un po' mi sa che userò quella interna… Visto che c'è…»

Mi domandavo che lavoro facesse quel ragazzo che così giovane sembrava esser già pieno di soldi: forse aveva vinto al lotto o qualcosa di simile… oppure aveva ereditato una fortuna… erano ipotesi plausibili… eppure nessuna mi convinceva.

Mentre pensavo lo seguii in casa.

«Hai sete?» mi chiese «Succo di frutta? Aranciata? … Whisky?»

Senza volere mi scappò da ridere.

«Un bicchiere d'acqua e sono a posto, grazie…»

Nic prese una bottiglia e cominciò a versare dell'acqua in un bicchiere.

«Allora Alex…» mi disse «Alla fine hai deciso di venire. Mi fa piacere… posso sapere come mai?»

Presi il bicchiere e mandai giù alcuni sorsi prima di rispondere.

«Io…» cominciai «Io non lo so… forse mi attirava l'idea di vedere se davvero potevi farmi sparare con una pistola… Non so…»

«Non è questa la verità…» mi rispose «Lo sai bene…»

Lo fissavo cercando di capire dove volesse andare a parare.

«Il punto è che sei curioso!» riprese «Puoi cercare qualsiasi altra motivazione, ma tu… tu sei qui perché vuoi delle spiegazioni riguardo a ciò che hai visto e sentito ieri… Dico male?»

Aveva centrato nel segno, come al solito del resto.

Cominciai a guardarmi intorno, come per cercare un appiglio al quale aggrapparmi mentalmente, e il mio sguardo si soffermò poco distante da me, sulla mensola della cucina. C'era il pacchetto di Lucky Strike che avevo visto alcuni giorni prima, aperto, e con le sigarette ben visibili al suo interno. Erano diciannove. Le contai due volte per essere scuro di non sbagliarmi.

«Alex?» Nic mi richiamò all'attenzione «È come dico o sbaglio?»

«Non lo so… se il motivo fosse questo… tu avresti delle risposte?»

«Quasi tutte…» rispose «Ma potrei comunque dartene soltanto alcune. Saresti in grado di sopportare questa cosa, Alex? Non è scontato, anzi. Per questo te lo chiedo…»

Non sapevo cosa dire e rimasi lì impalato, assumendo un'espressione alquanto disorientata.

«Come immaginavo…» commentò Nic «Seguimi di sotto e non preoccuparti. Scaricando un po' i nervi sarà tutto più facile…»

Appoggiai il bicchiere sul tavolo e scesi dietro di lui per delle scale che partivano di fianco alla sala della cucina e procedevano fin sotto la casa, in una stanza piuttosto ampia, ad occhio e croce grande quasi quanto tutto il piano superiore. In fondo c'erano quattro bersagli con fattezze umane e linee concentriche per identificare le zone di punteggio, mentre proprio di fianco a noi si trovava un tavolino con alcune pistole, un po' di caricatori e una gran varietà di proiettili.

«Ero sicuro che saresti venuto e così mi sono permesso di allestire un po' il nostro poligono personale. Che ne dici? Mica male, eh?!»

Nic sembrava entusiasta del suo lavoro e in effetti quel posto aveva tutta l'aria di un vero poligono, almeno per quel poco che avevo visto nei film.

«Mi sembra okay...» commentai.

«Okay?!» replicò Nic «Questa è un'autentica figata! Ma andiamo!»

In effetti aveva ragione. L'idea di sparare mi gasava parecchio e quello sembrava davvero un buon posto per provare.

«Dai, ti faccio vedere come si fa!»

Senza nemmeno accorgermene Nic mi mise fra le mani una pistola.

Ero agitato, parecchio, e avevo una paura matta di sbagliare e farmi del male.

«Non ti preoccupare...» mi disse «...non può succederti nulla. Sei pronto?»

Annuii non troppo convinto.

«Per prima cosa chiudi gli occhi...»

«Come scusa?!»

«Non parlare e fai quello che ti dico. Fidati di me e andrà tutto bene. Puoi farlo, Alex?»

Una goccia di sudore mi scese giù lungo la fronte e annuii.

«Va bene…» commentò Nic. «Allora cominciamo… per prima cosa fa come ti ho detto e chiudi gli occhi…»

«Fatto…»

«Bravo… adesso dimmi: cosa vedi?»

Non capii quell'uscita prima di un bel po' di tempo.

«Io… niente… ho gli occhi chiusi. Se era una domanda a trabocchetto, ti sei sbagliato… ce li ho davvero chiusi!»

«No Alex, non era una cazzata a caso… voglio davvero sapere cosa vedi, è importante!»

«Vedo tutto nero…» risposi sentendomi un po' idiota nel farlo.

«Fin qui ci arrivo anch'io, Alex… ma tu stai per sparare, per colpire… tu stai per centrare il tuo obbiettivo, tu stai per abbattere il tuo nemico! Capisci cosa intendo, ora? Se non vedi il tuo nemico a cosa sparerai? Guarda… cerca nel profondo della tua mente ciò che ti rende così rabbioso… crea di fronte a te l'immagine di tutto quello che ti fa soffrire… e dimmi: lo vedi?»

Mentre Nic parlava io ripensavo a tutto quanto. Mi tornavano in mente i miei genitori, che pur volendomi bene non erano mai riusciti a capirmi e ad aiutarmi. Mi tornava in mente tutta l'invidia che provavo per Max e per la sua notorietà e il suo successo. Mi tornava in mente Giulia e tutte le occasioni che avevo perso per parlarle… e alla fine, senza neanche rendermene conto, il bersaglio ero io: dritto di fronte alla canna della pistola se ne stava il me stesso che soffriva.

«Lo vedi?» mi chiese nuovamente Nic.

Restai in silenzio.

«Ti vedi?»

Le mie mani stringevano il manico dell'arma più forte che potevano.

«Si...»

Nic sospirò.

«E allora, Alex, c'è solo una cosa che puoi fare...»

Senza rendermene conto stavo piangendo e una lacrima scivolò sulla mia guancia fin sulle labbra facendomi assaporare il gusto salato della tristezza.

«Spara Alex! Abbatti i tuoi problemi, elimina le tue sofferenze... spara e liberati da quest'angoscia... spara e dai un taglio netto allo schifo che ti perseguita!»

«Ma così? Con gli occhi chiusi? E se... se poi sbaglio e colpisco il muro? Cosa...?»

«Smettila di pensare... cazzo Alex, è la tua vita! Spara... spara e non ci pensare...»

Il cuore mi batteva forte nel petto.

«Spara...»

Le tempie cominciarono a pulsarmi spaccandomi la testa in due.

«Spara...»

Tutto cominciò a vorticare... come se di lì a poco avessi dovuto svenire.

«SPARA!»

Cacciai un urlo e premetti quattro volte il grilletto, mettendo in quel gesto tutta la rabbia che mi scorreva nelle vene.

Non partì nemmeno un colpo.

«Ma che…?»

Aprii gli occhi e rimasi perplesso. Nic mi tendeva la mano per prendere la pistola e mi sorrideva.

«Era scarica… Ti avevo detto di non preoccuparti, no?»

«Io… hai ragione…»

«Come ti senti adesso?»

Fino a che non me l'aveva chiesto non ci avevo fatto caso ma in effetti stavo bene, molto bene. Mi sentivo come sollevato da un gran peso.

«Io… bene credo… grazie!»

«Oh ma non devi ringraziare me…» mi fece Nic «Ringrazia te stesso per aver avuto le palle di metterti in gioco piuttosto!»

Non sapevo cosa dire.

«Vuoi fare due tiri veri adesso?»

Sorrisi. «Mi farebbe piacere, davvero…»

Passammo due ore magnifiche: non ci volle molto perché Nic mi spiegasse come maneggiare una pistola semiautomatica e alla fine riuscii a gestire discretamente anche il rinculo. Non c'è che dire: quel giorno feci anche qualche bel colpo tra un tiro e l'altro!

Quando furono all'incirca le sei tornammo di sopra.

«Fra un po' dovrai anche rincasare...» mi ricordò Nic.

«Lo so... le cose belle durano sempre poco, ci sono abituato...»

«Sono belle per quello...»

«Già...»

Restammo entrambi in silenzio per un po' ma alla fine fui io a rompere il ghiaccio.

«Senti Nic... riguardo a ieri...»

«Ah già, volevi delle risposte...»

«No aspetta... volevo dirti... insomma, quel che intendo è che se non puoi dirmi certe cose a me sta bene, non sei costretto... io... io mi ci farò l'abitudine, ecco...»

«Ti ringrazio. Non è da tutti capire, ma d'altronde da te me lo aspettavo. Sei un ragazzo sveglio, lo so bene...»

Non sapevo che dire. Poi mi venne in mente un dettaglio che forse Nic avrebbe potuto chiarire.

«Posso farti una domanda?»

«Spara!»

«L'altro giorno... la sigaretta... tu non fumi, ho visto il pacchetto... non posso dire che sia lo stesso, ovvio, però ce ne sono giusto diciannove... e anche a mio padre hai detto la stessa cosa… perché? Dico, perché mentire davanti a noi?»

Nic ci pensò un attimo.

«Perché credo che fosse la cosa giusta da fare…»

«Giusta da fare per cosa? E poi non credo che mentire sia giusto, no?»

«Dipende il motivo per cui lo fai, credo… e poi l'hai fatto anche tu, lo so. Tu fai finta… qualche volta… per farti vedere da quei due sfigati con cui giravi l'altro giorno, ma non sei così, ne sono sicuro…»

Quel discorso mi suscitò un attimo di stizza.

«Nic… ma tu cosa ne sai di me alla fine? Dico… mi leggi nella mente? È questo quello che fai?»

Nic non dava cenno di voler rispondere.

«Beh perché se non è così non puoi sapere cosa mi frulla per la testa…»

Nic mi sorrise con quell'espressione che solo lui sapeva fare, a metà tra il divertito e il compiaciuto.

«Ti lascio il mio numero di cellulare… quando avrai bisogno di aiuto non esitare a chiamarmi, ci sarò!»

Prese un foglietto e ci annotò sopra il suo numero, quindi me lo passò.

«Grazie…» gli dissi. «… Davvero…»

«Per un foglietto?»

«No… per prima, di sotto. È la prima volta che riesco a sfogarmi così e mi sento… Dio, mi sento libero! Non so quanto durerà, ma ti ringrazio…»

«Quello era un esempio… se vorrai prendere in mano la tua vita dovrai farlo in prima persona, Alex. Nessuno ti regalerà mai nulla. Se vuoi una cosa… beh, alza il culo e vai a prendertela! Ci siamo capiti?»

«Sissignore!» risposi sorridendo e accennando un saluto militare.

«E bravo il mio ragazzo! Ah… se qualche volta vuoi fare un "garino" a chi manca più bersagli fammelo sapere.»

«Lo farò, puoi starne certo!»

Nic mi salutò mentre recuperavo la bici per dirigermi verso casa.

Era una vita che non mi sentivo così potente e padrone di me stesso.

- - -

Non so se stessi facendo la cosa giusta con Alex. Stavo facendo ciò che ritenevo essere giusto, ma questo non implicava necessariamente che fosse la cosa giusta in senso assoluto. Insomma, non ci capivo più nulla, e decisi di pensare a ciò che mi restava da fare.

Quella sera avrei dovuto incontrare Morgan, ma la mia testa, come troppo spesso in quei giorni, era altrove.

Però è così che funziona: prima il dovere e poi il piacere… e siccome il mio dovere, quel giorno, aveva le fattezze di un giovane hacker che si faceva chiamare con quel nome da pirata, le mie scelte erano ben poche.

Impermeabile addosso ed ero già in viaggio, bruciando l'asfalto dell'autostrada.

Era ormai notte quando giunsi alla città.

Guidai fin nei pressi dello stadio, quindi posteggiai l'auto e scesi alla stazione della metro.

Non c'era nessuno.

Mi sedetti su una panchina e cominciai ad aspettare, cercando di portar pazienza e trattenendo a forza gli sbadigli che in tutti i modi volevano ricordarmi che anch'io avevo un gran bisogno di dormire.

Verso l'una arrivò il mio contatto. Un ragazzo più o meno della mia età, jeans e golfino verde sotto ad una giacchetta di pelle, un bel paio di occhiali rotondi, e la tipica faccia da nerd che nessuno potrebbe confondere.

«Nic Jey Ti Zero Due?» mi fece quel tizio.

«Può darsi… se tu sei Morgan…»

«Oh grazie a Dio… avevo paura che fossi uno di quegli sbirri che rompono da due mesi… uno non può neanche più crackare qualche account di Facebook che già di perseguitano… Dico… Facebook?!»

«Ti chiedo scusa, Morgan… ma dei tuoi problemi con la legge mi importa poco. Voglio sapere che hai trovato su chi ti ho chiesto, e non ho tutta la notte…»

Morgan si fermò ed esitò un istante.

«Ce li hai i soldi?»

«Duecento…»

«Oh Dio! Finalmente uno che paga sul serio… non ci speravo più…»

Cercai di assumere un'aria da duro, anche se la cosa sapevo che non mi riusciva troppo bene.

«Morgan… ora conto fino a tre… o mi dici quello che sai, oppure te ne torni a casa con un buco in testa. Ci siamo capiti?»

Il ragazzo si passò istintivamente una mano sulla fronte, quindi si asciugò le gocce di sudore freddo che avevano preso a colargli lungo il collo.

«Si.. si.. certo…» balbettò.

«Bravo… comincia. Voglio sapere tutto quanto su quei due bastardi, tutto!»

Morgan prese fiato prima di cominciare.

«Ti dirò tutto quello che ho scoperto ma ti avviso di riconsiderare quello che sai su di loro. Non sono chi vogliono far credere di essere… Jey Ti… credo che intorno a loro giri qualcosa di grosso. Qualcosa di più grande di me e di te. Qualcosa al cui confronto le mafie di tutto il mondo sarebbero delle bande di ragazzini. Jey Ti… ti sei cacciato in un bel casino, lasciatelo dire!»

Capitolo V

Tutto Accade di Notte

"Prendere letteralmente in mano la mia vita" era una cosa più facile a dirsi che a farsi. Tuttavia le parole di Nic mi avevano in qualche modo caricato a tal punto che mi ero quasi convinto di potercela fare.

Non era trascorsa neanche una settimana da quel pomeriggio a sparare ma mi sembrava un'eternità. E forse, chi lo sa, alla fine lo era davvero. Quando ti passano così tante cose per la testa un secondo può essere molto più carico di significato di una settimana intera, credo.

E d'altronde i tre giorni di introduzione alle superiori ormai gli avevamo fatti e dalla settimana successiva avremmo cominciato la scuola definitivamente. Quello, a quanto pareva, sarebbe stato l'ultimo week-end di libertà e quindi ce ne stavamo sdraiati sul prato vicino al supermercato, guardando le stelle. Kevin ed io, intendo.

Parlavamo del più e del meno, ognuno dei suoi problemi, e nessuno ascoltava davvero l'altro, ma non importava. Era un buon modo per sfogarsi, e lo sapevamo bene.

«…e alla fine hanno scelto il Michi come capitano della squadra…» si lamentava Kevin. «Dico… ma non è capace nemmeno di fare goal se gli mettono la palla a un centimetro dalla porta e bendano il portiere! Anzi, manco se il portiere non c'è proprio! E mettono lui… ma ti pare giusto!?»

Strappai dell'erba di fianco a me e la lanciai poco più in là, osservandola mentre si appoggiava a terra, lentamente, incurante di noi.

«Per niente!» risposi senza pensare «Ma d'altronde che cosa c'è di giusto… io che sono un fallito è giusto? Non credo…»

Kevin raccolse un sasso e lo scagliò in avanti, nel buio della notte, dove nessuno di noi lo sentì atterrare.

«Ma tu non sei un fallito, Alex… Dio se mi fai incazzare quando fai questi discorsi… il Michi è un fallito! E l'hanno pure messo a capitano della squadra!»

«Si vede che ha leccato il culo a qualcuno… Non vedo altre possibilità… e forse è quello che dovrei fare anch'io, magari otterrei qualcosa di più…»

Kevin si rabbuiò.

«Lo sai che sei uno stronzo vero?»

Non capivo cosa intendesse e lasciai che una folata di vento mi scompigliasse i capelli prima di pensarci su.

«Dici sul serio?»

Kevin si prese il suo tempo, soffermandosi a guardare quella che doveva essere l'Orsa Maggiore credo.

«Ovvio che no… sei mio amico, se fossi uno stronzo non lo saresti. Però… beh lasciati dire che a volte fai proprio dei gran discorsi del cazzo!»

«… Io…»

«No Alex… niente "io"… si può sapere cosa vuoi di più? Tu… tu hai tutto dannazione! I tuoi genitori non si sono divorziati quando avevi otto anni, tuo padre non è morto in un incidente stradale del cazzo, e tua madre non ti tira le cose addosso per sfogarsi! Dio… ma si può sapere cos'è che ti manca così tanto?!»

Era strano: Kevin non era solito tirar in ballo quelle cose della sua vita, di solito tendeva a nasconderle, a passarci su, a far finta di niente. Dovevo aver toccato qualche tasto scomodo, e mi dispiaceva.

«Scusa… Io… sono un idiota, non volevo, te lo giuro…»

Kevin tirò fuori un pacchetto di sigarette e se ne accese una. Fece alcuni tiri e poi mi rispose: «Lascia stare, non fa niente… Ne vuoi una?»

Feci cenno di no con la testa e lui rimise via il pacchetto.

«Kevin… la mia vita potrà anche sembrarti perfetta ma ti giuro che non lo è… Tu non hai idea di quello che provo, credimi…»

Lui aveva cominciato a fissarmi.

«Come l'altro giorno a scuola?»

«Sì… l'idea è quella… solo che è come se tu non mi capissi… cioè, anzi… non è mica colpa tua, eh… nessuno in effetti sembra capirmi un cazzo…»

Un aereo passava sopra di noi scintillando nel buio e confondendosi tra le stelle.

«Ti fa male?»

«Troppo…»

Kevin fece un altro tiro.

«Pensi di riuscire a spiegarmelo?»

Voltai lo sguardo verso di lui e vidi che mi sorrideva.

«Ci posso provare…»

«Allora vedi di farlo, fighetta… altrimenti come faccio a capire…»

«Kevin… potrebbe volerci molto…»

Lui mosse le spalle e indicò il cielo, fissando l'oscurità.

«Credi che abbia degli impegni?»

«Io…»

«Alex… se dici un'altra volta "io" giuro che ti do un pugno così forte che poi hai davvero qualcosa per cui lamentarti!»

Strappai un altro po' d'erba e questa volta la lasciai cadere di fianco a me.

«Dai Alex… lasciati andare…»

Sospirai e mi guardai intorno. A parte noi non c'era nessuno: non un'altra anima della notte che avesse deciso di affidare le proprie emozioni alla magia di quei momenti.

«D'accordo…»

Kevin era immobile di fianco a me, e contemplava ciò che stava sopra di noi, pronto a sentire cos'avevo da dire.

Presi fiato e cercai di curare le parole, giusto per non sembrare patetico. Gli dissi tutto. Gli raccontai del mio senso di solitudine, della mia frustrazione, dello sconforto che mi attanagliava nella consapevolezza di non piacere a nessuno e soprattutto *a nessuna*, e di come mi stesse tutto scivolando via contro il mio volere, davanti ai miei occhi.

Kevin mi ascoltava, e questa volta davvero.

Quando ebbi finito mi sentii libero, un po' come quando avevo "sparato" a casa di Nic, ma in questa occasione forse anche di più. Era la prima volta che riuscivo a confidarmi con qualcuno. La prima in quattordici anni. E stavo bene, bene come non mai.

- - -

La luna era alta nel cielo e probabilmente si divertiva nel vedermi così assorto ad osservarla. Ma che ci potevo fare? Con tutti i pensieri che vorticavano nella mia testa avere un punto di riferimento che non cambiasse mai era qualcosa di speciale.

E d'altronde erano passati troppi giorni dal termine che ci eravamo prefissati così che ormai stavo cominciando a perdere le speranze, anzi, credo che mi stessi già rassegnando: non sarebbe venuto nessuno.

Solo non ne capivo il motivo.

Avevo fatto quel che dovevo fare. Tutto quanto. Anche di più… E se fosse stata quella la ragione? Possibile che avessero deciso di lasciarmi lì solo perché avevo ricercato informazioni che non mi era stato esplicitamente ordinato di reperire?

No… non aveva senso: Karl Abbt e Larry Mercer sembravano essere a conoscenza di un progetto strettamente riservato e il mio ricercare informazioni sul loro conto era stato prettamente logico. Chiunque l'avrebbe fatto.

In ogni caso ciò che contava è che non si era presentato nessuno, e questo mi poneva di fronte ad una scelta non da poco: rassegnarmi e aspettare un anno in balia degli eventi, oppure capire che stava succedendo e, magari, perché quei due sapevano di me e di quello che stavo facendo.

Che poi… cosa stavo facendo? Cominciavo a non saperlo più nemmeno io.

Guardai l'ora. Erano le tre e cinquantotto del mattino: mancavano solo due minuti. Solo due minuti e forse, con un pizzico di fortuna, avrei avuto la verità.

- - -

Da quando avevo finito di parlare erano passati alcuni minuti, che trascorremmo in silenzio, prima che Kevin prendesse l'iniziativa.

«Era così difficile?»

Feci un profondo respiro e l'odore dell'erba bagnata dall'umidità della notte mi penetrò su per le narici.

«Non lo so… Io…»

Senza neanche rendermene conto mi beccai un pugno alla spalla ed imprecai istintivamente. Kevin rideva come un matto.

«Ti avevo avvisato, pure… un altro "io" e te ne beccavi uno! E adesso ti sfido: il prossimo "io" che ti esce dalla bocca te ne becchi due, e questa è una promessa!»

Mi misi a ridere a mia volta. In effetti tutte le mie paure e la mia timidezza sembravano così infantili e inutili adesso che ero riuscito a confidarmi…

Aveva ragione lui: non era per nulla difficile!

«Non ti senti meglio adesso?»

Ci pensai su un attimo ma conoscevo perfettamente la risposta.

«Di brutto! Mai stato così a posto… grazie. Davvero Kevin, grazie… e… porca miseria, sei la seconda persona in neanche una settimana che devo ringraziare per questo motivo!»

Kevin restò perplesso per quel che avevo detto senza neanche farci caso.

«Cioè?»

«Cioè cosa?» chiesi io di risposta.

«Hai detto che sono la seconda persona che devi ringraziare per questo motivo… quindi ce n'è un'altra… no?»

Non capivo il perché di tutta questa curiosità.

«Eh beh… perché? Che… sei geloso?» gli chiesi ridendo.

«Oh si… sicuramente! E se non lo fossi potrei…beh, lo potrei anche diventare!»

Ridevamo entrambi come due scemi.

«Beh, caro il mio *biondino* dalla sessualità indecisa, ho il piacere di comunicarti che il tizio in questione avrà venti o venticinque anni, ha una bella casa, pure con la piscina, non c'è storia… e in ogni caso il mio cuore è altrove!»

Kevin mi tirò un altro pugno, ma con meno forza di prima, forse per vie delle risate.

«Ti sarebbe piaciuto, eh? No Alex, anzi… *morettino*… ti assicuro che Mary mi ispira molto di più! Mi dispiace per te… ti dovrai accontentare della ragazza del meteo, credo…»

«Bah… ti dirò… mi basterebbe Giulia…»

Kevin rise anche più forte.

«No davvero… ero serio…»

Kevin, a fatica, si sforzò di tornare in se.

«Giulia?»

«Già. È quel che ho detto mi pare…»

«Ed eri serio nel dirlo…»

«Serissimo!»

«Ah…»

Lo guardai storto.

«Ah cosa?»

Kevin ora sembrava avere un'espressione a metà tra il compiaciuto e il divertito.

«Niente… è solo che tutti vanno dietro a Mary e… in effetti Giulia è una bella ragazza… solo che non ci ho mai pensato, tutto qui…»

Sospirai e sentii appena un po' di malinconia tornarmi addosso.

«Già… Giulia è proprio una bella ragazza… ed è anche parecchio simpatica… a me piace…»

Mi piaceva davvero… o almeno credevo che mi piacesse. Non ero un grande esperto di materia sentimentale, anzi. Però mi ero fatto l'idea che se tutte le volte che pensavo a me e lei insieme provavo delle sensazioni così piacevoli, allora forse era quello che significava.

«Scusa eh…» cominciò Kevin «…ma se lei ti piace così tanto perché non ci hai mai provato? Dico… la conosci da una vita…»

La domanda più ovvia del mondo. Eppure non ne conoscevo la risposta.

«Ti ricordi quando poco fa mi sono definito un fallito? Beh… forse è questo che intendevo…»

«Me lo ricordo… e se non sbaglio ti ho già detto come la penso… vuoi un altro pugno?»

«No, grazie, questo giro passo…»

«Ecco, meglio così…»

Kevin aveva ragione. Però se era sempre andato tutto in quel modo una ragione doveva pur esserci. Probabilmente era destino che lei neanche sapesse che esistevo.

«Non so, Kevin… non c'è mai stata l'occasione giusta credo….»

«Ma se la vedi tutti i giorni a scuola?!»

Sospirai a fondo assaporando di nuovo l'odore dell'erba bagnata.

«Lo so… ma…»

Kevin si voltò di scatto.

«Cos'è che ti manca? L'occasione giusta per parlarle o le palle per farlo?»

Ci pensai un attimo, ma, anche sta volta, conoscevo già la risposta.

«Tutte e due, credo…»

A Kevin gli si illuminarono gli occhi.

«Per le palle dovrai arrangiarti mi sa… ma per quel che riguarda l'occasione giusta, beh… domani notte consideratí sequestrato!»

Un sacco di pensieri cominciarono a vorticarmi nella testa… lui voleva davvero farlo!

«Non penserai di…»

«Oh si…»

Nello sguardo del mio amico scintillava quel desiderio di trasgressione che lo aveva sempre contraddistinto.

«Lo sai che finiremo nei casini vero?»

Kevin si mise a sedere ed alzò le spalle annuendo.

«Lo so… ma direi che ne vale la pena, non trovi?»

Non risposi, ma quella volta ero pienamente d'accordo con lui.

- - -

Ancora un minuto e quarantaquattro secondi. Quarantatré… quarantadue… quarantuno…

L'orologio del computer di certo non mentiva.

Solo pochi secondi mi separavano da una possibile soluzione: quella poteva essere la volta buona in cui ci avrei visto chiaro!

Un minuto e diciassette… sedici… quindici…

E se Morgan si fosse sbagliato? Se il suo uomo non fosse davvero chi diceva di essere? No… era al corrente di troppi dettagli su quei due per poter essere un millantatore.

Ancora cinquantotto secondi. Cinquantasette… cinquantasei…

Camminavo su e giù per la stanza, impaziente, frenetico, ansioso. Non avevo pace e, in base a quello che sarebbe successo negli attimi successivi, forse non l'avrei mai più avuta.

Trentadue… trentuno… trenta…

Mancava così poco. Giusto qualche secondo e poi, forse, mi sarebbe stato chiaro il perché di ciò che mi stava succedendo. Perché nessuno era venuto a prendermi nonostante avessi reperito tutte le informazioni che mi erano state richieste… come mai gli assassini della mia famiglia e del mio migliore amico erano a conoscenza del progetto in corso, e soprattutto… perché così tanta gente sul web sapeva e parlava di loro!

Quattordici… tredici… undici…

Mi sedetti di fronte al notebook e regolai la webcam per l'ultima volta.

Sette… sei… cinque…

Indossai gli occhiali da sole e la bandana, coprendo quasi tutta la faccia.

Tre… due…

Presi fiato e cercai di calmare il respiro.

Uno…

Il mio cuore batteva forte nel petto… sempre più forte. I numeri sullo schermo sembravano cambiare via via più lentamente… fino a che, finalmente…

ZERO!

- - -

L'unica cosa che mi uscì dalla bocca fu un sufficientemente deciso: «Tu sei pazzo!»

Kevin però non voleva sentir ragioni, anzi, si era elettrizzato e già cominciava a pianificare nei minimi dettagli ciò che avremmo dovuto fare l'indomani notte.

«Dai è perfetto!» continuava a ripetere davanti alla mia faccia non troppo convinta. «Prima tu aspetti che il Gerry se ne vada nel mondo dei sogni, poi tua mamma lo segue a letto…»

Il tono che Kevin assunse in quella parte della frase mi fece venire i nervi a fior di pelle.

«Che cazzo voleva dire quella faccia?!»

Kevin fece finta di nulla e proseguì: «Dicevo… mentre i due si divertono tu te ne scivoli giù per le scale… io ti aspetto lì fuori con la macchina di mia mamma, e ce ne andiamo alla festa di Mary… tu becchi Giulia, le fai uno di quei discorsetti che sai fare tu e te la prendi!»

Ero esterrefatto ma l'idea, in effetti, non mi dispiaceva per nulla.

«Facciamo finta che io non abbia sentito il punto sui miei che si divertono… tu hai davvero intenzione di prendere l'auto di tua mamma? Se ti becca sta volta ti tira dietro tutto il servizio da Tea di tua nonna…»

Kevin si mise a ridere.

«Beh… è un rischio che sono disposto a correre… e poi non credere che io non ci guadagni… Se tu ti becchi Giulia poi lei metterà una buona parola con la sua migliore amica, no?»

«Mary dici?»

«Si… secondo te ci starebbe con uno come me?»

Sapevo bene la risposta pure quest'ennesima volta. Kevin era uno di quei ragazzi che oggettivamente si possono considerare belli, fin troppo. Aveva i capelli corti, di un castano molto chiaro, quasi biondo, occhi azzurri e tratti nordici. Forse per quello, forse per il fatto che era anche abbastanza robusto, o forse semplicemente perché era carismatico e originale, un sacco di ragazze avrebbero pagato l'oro per uscire con lui. Inutile descrivere l'invidia che mi suscitava questa cosa.

Però c'è da dire che non era proprio il classico bravo ragazzo popolare in tutta la scuola, anzi, e non era certo lo snob che incontri ai party organizzati dai bellocci che si consideravano essere "quelli che contano".

Insomma, a Mary magari lui piaceva anche, ma non si sarebbe mai fatta vedere in sua compagnia.

L'unica cosa che potevo fare per rispondere diventava quindi alzare le spalle.

«Non ne ho idea, Kevin… ma puoi sempre provare…»

Lui ci pensò qualche secondo prima di ricaricarsi di tutta l'euforia di pochi istanti prima.

«Non importa… Domani sarà il nostro gran giorno, anzi… la nostra gran notte! Sarà qualcosa che non dimenticheremo mai!»

Il vento soffiava sempre più forte e ormai faceva freddo, ma non mi importava. Nella mia testa già percorrevo mille volte ogni eventualità in cui mi sarei imbattuto il giorno dopo, seguendo un sacco di soluzioni possibili che però, alla fine, mi portavano sempre da Giulia.

«Non la dimenticheremo mai…» ripeté Kevin.

Ancora non lo sapevo, ma il mio amico aveva fottutamente ragione!

Capitolo VI

La Regina della Nebbia

"Do you know what's worth fighting for

When it's not worth dying for?"

La strada correva lunga e tortuosa sotto le ruote della mia macchina, in quella notte così buia, e i fari puntavano in avanti nel vuoto, illuminando il nulla.

Lo sapevo…

…l'avevo sempre saputo…

Lo sapevo da una vita eppure non ci avevo mai voluto credere. Però ora non potevo più fare finta di niente, non potevo più negare a me stesso l'evidenza: aveva tutto funzionato alla perfezione, e dovevo pagarne le conseguenze.

"Does it take you breath away

And you feel yourself suffocating?"

La radio trasmetteva un vecchio pezzo dei Green Day. Dio solo sa quanto amassi quella canzone. Rappresentava così tanto per me: era il ricordo di un momento magico, era un appiglio alla mia adolescenza, era l'emblema del momento più speciale che avevo vissuto… ed ora invece la riascoltavo dopo così tanto tempo in quelle circostanze.

Il destino a volte sembra proprio non avere pietà.

"Does the pain weight out the pride?
And you look for a place to hide?"

Imboccai la quarta a destra e proseguii per altri due chilometri circa, ma sapevo che mancava ancora molto, troppo!

Dovevo fare in tempo. *Dovevo…* ad ogni costo, o avrei pagato un prezzo così amaro che non avrei avuto nemmeno il tempo di pentirmi.

Dovevo fare in tempo, ma mancava davvero troppo…

"Did someone break your heart inside?"

Se per qualsiasi motivo fossi dovuto arrivare troppo tardi non avrei distrutto solo la vita a Gerry e Monika…

In poche parole… non potevo permettermi errori o sarebbe stato uno sfacelo.

"You're in ruins"

- - -

C'era un gran silenzio alle dieci e mezza di quella sera e i miei genitori erano già andati a letto da un pezzo.

Nell'aria avvertivo la tensione generata dalla mia agitazione. Se avessi sbagliato un qualsiasi particolare sarebbe andato tutto a monte, e questo, ovviamente, era il caso che non accadesse!

Controllai l'ora sul mio cellulare per essere sicuro di non sbagliare sui tempi: Kevin mi avrebbe aspettato alle dieci e quaranta all'angolo della via con il motore acceso… ammesso che fosse riuscito a portar l'auto fin lì.

Senza far rumore scivolai fuori dalle coperte già perfettamente vestito e mi diressi alla porta della camera. Tesi l'orecchio contro il muro per avvertire eventuali suoni che uno dei miei avrebbe potuto fare se fosse stato ancora sveglio.

Nulla… significava via libera!

Cercando di restare il più leggero possibile cominciai a scendere le scale, avvolto dal buio della casa.

Ad ogni gradino mi fermavo per controllare di non aver fatto un qualche rumore che avrebbe potuto farmi scoprire, quindi, col cuore in gola, mettevo un piede più in basso, procedendo lentamente verso il salotto.

Le tempie mi pulsavano e le orecchie avevano cominciato a fischiare, ma dovevo farcela: mancava davvero poco.

Quando giunsi al piano di sotto fu una liberazione, ma il cuore non accennava a rallentare il suo ritmo frenetico che mi scoppiava nel petto.

Mi misi la giacca ed esitai dinnanzi alla porta: era la prima volta che facevo qualcosa di proibito spingendomi fino a quel limite. Non ne andavo certo fiero, sia chiaro, però era come se mi si fosse presentata l'occasione per riscattarmi e dimostrare a tutti quanti che non ero un fallito... o almeno di dimostrarlo a me stesso, andando a prendere ciò che volevo più di ogni altra cosa!

Uscii in strada nel fresco della notte e avvertii un brivido alla fronte dove qualche goccia di sudore era scivolata qualche istante prima.

Il cielo era libero e le stelle illuminavano la via e tutto il quartiere.

Mi guardai intorno. Era tutto molto tranquillo, quasi monotono, se non fosse per un gatto che miagolava dall'altra parte di un cancello li vicino. Nonostante non fosse particolarmente tardi sembrava che nessuno avesse voglia di uscire in strada quella sera.

Nessuno, tranne me...

Cosa diavolo stavo facendo…?!

Seguii il marciapiede che stava al lato della strada fino ad arrivare all'incrocio, dove l'auto della mamma di Kevin mi stava già aspettando… con lui dentro piazzato alla guida.

Non ci potevo credere, ma l'aveva fatto davvero!

Camminai sempre più veloce fino ad arrivare davanti allo sportello del guidatore di quella Seat.

Il lampione li affianco lasciava che qualche raggio di luce scivolasse fin dentro all'abitacolo illuminando il volto di Kevin, colmo di eccitazione e di esuberanza.

Il finestrino laterale si abbassò e il mio amico ci appoggiò il braccio sinistro, a mo' di gangster.

«Allora, ci diamo una mossa?» mi fece lui atteggiandosi palesemente da superiore.

«Kevin, io…» cominciai balbettando leggermente «…io non so se questa è davvero una buona idea, anzi…»

«Ecco… ci risiamo, parla la fighetta dentro di te… tira fuori i coglioni porca miseria, e porta il culo su quest'auto!»

«E se i miei ci sgamano? Cioè… non sarò morto solo io… credi che non lo diranno a tua madre?!»

Kevin mi guardava divertito.

«Intendo dire… questa volta ti tira dietro il frigo…»

Kevin ridacchiò appena. «Può anche darsi…»

«E ti fa piacere che ti tirino i frigoriferi addosso?!»

Lo fissai con un'espressione che evidentemente gli fece passare la voglia di ridere… mi fissò anche lui, questa volta molto più serio.

«Alex… se ne vale la pena mi possono tirare addosso anche quest'auto. Non mi interessa il male che una cosa può farmi se mi fa anche un bene fottutamente più grande… e così dovrebbe essere per te. Dannazione… questa dovrebbe essere la tua occasione per dare un taglio netto a tutto quello che ti fa schifo… se fossi in te io sarei entusiasta, sarei in estasi, cazzo! Tu invece… non lo so… sembra che tu voglia continuare a startene sul letto a piangere come le bambine…»

Aveva incredibilmente ragione. Ogni sua parola era decisamente carica di significato, eppure mi metteva rabbia quel suo discorso. In un certo senso quella sera capii il significato del detto "la verità fa male". Inutile dire che ne avrei fatto volentieri a meno, ma in effetti mi fu piuttosto utile…

«Alex… te lo giuro… non te lo ripeterò un'altra volta: SALI SU QUEST'AUTO!»

Mi voltai e girai intorno alla macchina, fin davanti alla portiera del passeggero, e la aprii.

«Allora fighetta… cos'hai deciso?»

Lo fissai un attimo ed evidentemente i miei occhi avevano già fatto trasparire la mia decisione.

«Così mi piaci fighetta… la serata che non dimenticheremo mai!»

Mi accomodai sul sedile e indossai la cintura di sicurezza, abbassai il finestrino e mentre l'auto partiva capii che il più era fatto.

«Winston?» mi domandò Kevin porgendomi il pacchetto mentre con la mano sinistra reggeva il volante?

«Tua madre non beccherà l'odore del fumo?»

«Ma che cazzo, Alex… la smetti di pensare per una volta?! Finestrini abbassati e tutto il resto… neanche se ne accorgerà…»

Esitai un attimo e poi ne tirai fuori una.

«Se è solo questa non succederà niente… giusto?»

«Cominci a capire vedo… e bravo il mio ragazzo che comincia a non essere più una fighetta!»

Kevin mi porse l'accendino. Una vampata di calore su per i polmoni e un po' di fumo mi finì negli occhi. Volevo tossire e strofinarmi ma riuscii a resistere.

Mi sentivo un grande, come se fossi il padrone del mondo e nessuno potesse raggiungermi. Ripensandoci ora non ne avevo motivo, ovvio, ma in quel contesto, con tutte quelle regole alle quali stavamo contravvenendo, in quella macchina con la radio a palla, con Kevin che approvava quello che facevo, io mi sentivo invincibile.

- - -

La radio della macchina stava ancora trasmettendo "21 Guns" quando mancavano ancora alcuni chilometri alla mia meta.

A parte la musica era tutto silenzioso intorno a me, sia nell'abitacolo, sia all'esterno. Solo, ammesso che questa sia poca cosa, erano alcuni chilometri che avevo la netta sensazione di essere seguito. Mi pareva ad ogni curva di scorgere un'auto, la stessa auto, sempre dietro di me.

Cercavo di non pensarci quando all'improvviso un ombra nera scivolò fulminea a qualche metro dal parabrezza. Senza neanche rendermene conto il mio piede si era schiacciato contro il pedale del freno e avevo inchiodato.

Che diamine era stato?!

Forse un gatto o un altro animale, che importanza poteva mai avere?!

Feci per ripartire ma in quel preciso istante rimasi abbagliato dal riflesso dei fari di una macchina dei Carabinieri che scintillavano nel finestrino. Se non altro ora sapevo chi è che mi stava dietro da tutto quel tempo…

Scesi dall'auto per accelerare le procedure di controllo: non avevo un secondo da perdere vista la gravità della situazione, e non volevo correre nessun rischio.

«C'è qualche problema?»

«No no… solo un controllo di routine…» mi fece il carabiniere «Favorisca patente e libretto prego…»

Rientrai nell'auto e cercai i documenti nel vano del cruscotto, quindi glieli porsi.

«Tutto a posto, no?»

Il tono della mia voce evidentemente lasciava trasparire tutta la concitazione che mi portavo appresso perché quell'uomo sbuffò senza neanche nasconderlo troppo e bofonchiò qualcosa del tipo che "per le cose ci vuole il tempo che ci vuole".

«Ascolti…» cominciai ansimando «Le assicuro che sono parecchio di fretta e per ragioni di una certa gravità, la prego di capirmi… Io, davvero non posso fermarmi qui ancora a lungo e…»

«Stia zitto!»

Rimasi basito. «Come scusi?»

L'espressione dell'ufficiale era decisamente cambiata.

«Io… non credo di capire, mi perdoni.»

«Non l'avevo riconosciuta subito ma ora lo vedo dalla foto della sua patente… è lei quello di cui sono stato avvisato… si ne sono certo… l'Audi, i suoi abiti… dev'essere lei!»

Non ci capivo più nulla. Ma di che stava parlando?

«Mi ascolti con attenzione. Mi hanno pagato davvero bene per riferirle il messaggio di cui ora le parlerò. La prego di non interrompermi perché se quello che mi hanno detto quelle persone è vero… cioè…» mentre parlava l'agente si tirò su la manica e controllò l'ora su un secondo orologio, un modello digitale che mostrava solo un cronometro... o un conto alla rovescia, allacciato di fianco a quello che doveva essere il suo abituale analogico «...le restano meno di otto minuti per fare quello che deve fare... mi capisce?!»

A dire il vero no, non ci stavo capendo più niente... ma ad essere sincero cominciavo ad intuire qualcosa.

«Mi ascolti con attenzione...» riprese il carabiniere «...mi ascolti e andrà tutto per il verso giusto, glielo posso assicurare.»

- - -

I sassolini della ghiaia scricchiolarono sotto gli pneumatici della Seat, mentre Kevin tentava di parcheggiarla senza fare troppi danni.

Eravamo arrivati. Tirai giù lo sportello con lo specchietto dal lato del passeggero e tentai di sistemarmi un po' i capelli, quel tanto che bastava per non sembrare uno sfigato a cui il vento di un finestrino aperto aveva appena rifatto la permanente.

«Dai muoviti mezza checca!» Mi fece Kevin con la sua solita esuberanza, poi appena anch'io fui sceso dalla macchina mi prese per il colletto e fece una specie di gesto con il quale credo tentasse di sistemarmi la camicia. «Ascoltami bene, Alex... qualunque cosa succeda a questa festa, promettimelo!»

lo guardai perplesso.

«Prometterti cosa?»

Kevin sorrise divertito e compiaciuto. «Promettimi che non manderai anche quest'occasione a puttane come tuo solito!»

«Promesso!» gli risposi annuendo.

Bussammo alla porta della casa di Mary e dopo un po' ci venne ad aprire una ragazza che non conoscevo.

«Ciao ragazzi» fece lei con un bel sorriso finto stampato sulle labbra. «Io sono Vittoria, voi?»

Questa Vittoria, giuro, era davvero strana. Una gran bella ragazza, eh, capiamoci. Però strana forte. Forse per il modo in cui muoveva la testa, o forse per quell'esuberanza eccessivamente caricata allo scopo di far sembrare a noi appena arrivati che quella festa fosse effettivamente uno sballo mentre dall'interno traspariva chiaramente un clima discretamente tranquillo.

«Io sono Alex e lui è Kevin, siamo compagni di classe di Mary... lei dov'è?»

Kevin mi guardò piacevolmente sorpreso nel vedermi prendere l'iniziativa.

«Oh già, Mary... giusto... è la sua festa dopotutto... Lei è di sopra con alcune amiche...» Vittoria ci guardava in modo ora decisamente distaccato. «Volete lasciarmi le giacche?»

«Forse prima dovresti farci entrare... che dici?» Le fece Kevin un po' spazientito.

«Già… forse dovrei» ammise lei sbuffando un poco ed aprendoci la porta. «Fate come se foste a casa vostra…»

La casa di Mary non era niente male. La porta di ingresso dava su un ampia stanza che comprendeva salotto e cucina, separati da tre colonne che si ergevano per l'appunto tra le scale per il piano di sopra e la porta sul retro. C'era un caminetto acceso e lì affianco un bell'impianto stereo che doveva essere vintage o qualcosa di simile perché dalle casse usciva la radio e non una playlist di una qualche scheda di memoria. Poco più in là due divani che davano su un enorme televisore a proiezione. Un po' di ragazzi stavano seduti da quella parte intorno a quello che riconobbi essere un narghilè, Giulia era fra loro.

«Che facciamo?» chiesi a Kevin.

Lui ci pensò su un istante e poi rispose: «Beh… direi che ora io vado a cercare Mary, la ringrazio per la festa e tento di fare una buona impressione, direi… quanto a te… Giulia è la che "pippa" da quel coso… direi che quello che devi fare è ovvio…»

Scossi la testa.

«Oh Dio Alex! Bisogna farti il disegnino?! Prendi le tue gambine, vai la, la saluti, le chiedi come va… le solite stronzate e cerchi di attaccar bottone. Piuttosto easy, no?»

Scossi la testa una seconda volta. «Non lo è affatto… ma siamo qua per questo, giusto? Non ti deluderò, promesso!»

«Così mi piaci, finocchietto! Vai e colpisci!»

Sorrisi e annuii. «Buona fortuna anche a te, "vecio"!»

Kevin ridacchiò e si lanciò su per le scale alla ricerca della tipa più ambita della scuola e io cominciai a fare dei lunghi e profondi respiri nel tentativo di sciogliermi il più possibile per apparire quantomeno normale.

Pochi passi ed ero accanto al gruppetto degli stravaccati che fumavano il narghilè. Il problema era come unirsi a loro… trovare la scusa per sedersi lì in mezzo… magari proprio di fianco a Giulia. Già… ma come?!

Non so quanto rimasi lì impalato: probabilmente solo pochi secondi, ne sono certo, ma in quelle situazioni concorderete con me che ogni istante che passa sembra essere un secolo buttato nel secchio dell'imbecillità.

Tuttavia, mentre la mente vaga nell'oceano del tempo passato imbambolato come un cretino, talvolta accade che un appiglio ti piove dal cielo, proprio come quella sera.

«Ehi Alex, non ti avevo neanche visto!»

Mai voce di un compagno di classe era mai stata tanto gradita credo. «Che ci fai qua?»

Fu come uno strattone indietro verso la realtà. «Beh, sono venuto alla festa, no?»

«Si beh, ovvio» fece Giò. «Solo avevi detto che i tuoi non ti lasciavano… tutto qua…»

«Naaa…» replicai «Il loro problema era portarmi… e diciamo che ho trovato un passaggio dell'ultimo minuto…»

«Beh meglio così, no?» Rispose Giò con tono sincero. «Ti unisci a noi?»

Non chiedevo di meglio.

«Volentieri!» dissi accomodandomi tra lui e lo Zio Sam.

Lo zio Sam era il fattone della classe. Non proprio un pusher, okay, ma quello che, a detta sua, non voleva farsi scappare nessun tipo di esperienza. Inutile dire che questo faceva di lui un "più volte schedato dalla polizia" nonché un "ancor più volte ricoverato in ospedale".

Ero proprio di fronte a Giulia ed evidentemente cominciai a fissarla perché poco dopo lei ricambiò il mio sguardo, ma con un'espressione che più probabilmente significava "vuoi una foto?"

Ad ogni modo le feci una specie di cenno con la mano, tipo un saluto ecco, e lei ricambiò muovendo un po' la testa. Va bene, lo ammetto, non è il migliore degli inizi, ma ci si accontenta no?

Lo zio Sam mi passò il bocchino del narghilè. «Gusto cocco…» esordì «…e abbiamo riempito l'ampolla di Gin al posto dell'acqua! Una bomba credimi!»

Ero un po' titubante ma non potevo mostrarmi insicuro davanti a Giulia, così presi la canna e cominciai ad aspirare un po'. Per fortuna quello schifo era molto meno forte della sigaretta che mi aveva dato Kevin, così riuscii ad evitare imbarazzanti colpi di tosse.

«Fico eh?» chiese Giò con aria soddisfatta.

«Di brutto!» risposi, senza mentire neanche troppo. «Di brutto!»

- - -

«Va bene…» risposi con tono più concitato e frenetico che mai. «Ma si sbrighi. Davvero… non ho tempo…»

«Lo so. Questa mattina mi ha contattato un uomo e mi ha pagato cinquemila euro perché io le riferissi un messaggio. Mi ha fatto vedere un sacco di sue foto, mi ha detto che abiti avrebbe indossato e dove l'avrei trovata. Io questa sera non sarei di servizio. L'ho fermata perché *speravo* che fosse *lei*… ora… io non so se lei è un qualche cazzo di terrorista, un mafioso o che altro. Non me ne frega un cazzo, amico. Mi hanno pagato e le ti dico quel che le devo dire, fine. Poi può dire ai suoi che non ne voglio sapere più niente… intesi?»

Annuii per sveltire le cose, anche se non sapevo di che stesse parlando, così lui riprese.

«Dicevo… le restano meno di sette minuti per evitare che quella cosa succeda e… anche se per me non ha senso, ma forse per lei lo avrà…»

«VADA AVANTI!» ringhiai.

«Si ecco… alcune cose non sono come pensa lei. C'è una variabile, e questa modifica le basi di quello che crede di poter fare. Anche se tutto le sembra perfetto ci sono dei particolari che possono mutare. Questo è uno di quei casi. Ecco tutto…»

«Ma che significa? Io… io non capisco!»

Il carabiniere sbuffò. «lo so… gliel'avevo detto che non si capiva. Ma quel tizio ha detto che lei avrebbe compreso a tempo debito… e poi ha detto di darle questa…»

Mentre parlava mi allungò un piccolo astuccio di pelle nera. «Lui… "Da usare al momento opportuno" ha detto»

Lo guardavo straniato.

«Si ricorda che faccia aveva quel tizio? Non lo so… un particolare…»

«No… mi dispiace… aveva il volto coperto. Aveva solo una valigetta con se con dentro i soldi e questo astuccio. Io… non posso aiutarla di più, mi dispiace»

Stavo andando in agitazione, tanto che cominciai ad accelerare il respiro.

«Adesso però si muova o non farà in tempo! Si sbrighi!»

Annui e salii a bordo dell'Audi.

Se quello che aveva detto quel tipo era esatto, e a quanto pare lo era, mi restavano appena tre minuti per sventare quella che altrimenti sarebbe stata una tragedia.

Il problema è che mancavano ancora sei chilometri abbondanti.

Avevo solo una cosa da fare: farmi crescere le ali e arrivare in tempo.

Certo se non mi fossi fermato a parlare con quell'uomo sicuramente di tempo ne avrei avuto di più ma, d'altro canto, forse, sarebbe stato inutile.

- - -

Nella mezz'ora che era seguita non solo avevo cominciato a prendere gusto in quella specie di "bong arabo", ma, visto che tutto il Gin della bottiglia nell'ampolla non ci stava, lo zio Sam aveva deciso che dovevamo finirlo noi e, fintanto che lui versava, noi bevevamo.

Non ci volle troppo perché la testa mi vorticasse incredibilmente. Non mi ero mai ubriacato prima, e questo genere di inesperienza la stavo pagando.

«Beh...» cominciai in mezzo al gruppo già ridacchiando «Come ha fatto Mary a convincere i suoi di 'sta festa?»

Giulia era divertita dal vedermi in quello stato, abbastanza, perlomeno, per rivolgermi la parola e rispondermi. Era la prima volta che si degnava di me. «Ma i suoi mica lo sanno!» replicò «Sono via per lavoro e non torneranno prima di tre giorni quindi...»

«…quindi si fa festa!» continuai io. «Ed è giusto così che cazzo!»

Giulia ridacchiò un po'. «Sei forte Alex… dovresti venire più spesso alle feste!»

«Già!» commentai entusiasta «Dovrei proprio!»

Ci guardavamo negli occhi, io e lei, e fu un po' come poco prima. Una manciata di secondi che durano una vita.

Se solo Kevin fosse lì a vedermi… sarebbe stato orgoglioso di me, ecco. Mi stavo buttando, come avevo sempre voluto fare!

«Beh… è ora no?»

Mi voltai di scatto solo per vedere che era stato proprio lo zio Sam ad interrompere quel momento e mentre la mia testa girava come una trottola non potevo non pensare a quanto quel tipo fosse stato inopportuno.

«Adesso dici?» replicò Giò.

Non capivo minimamente di che stessero parlando ma non mi importava. Giulia mi aveva guardato! Cioè… in modo interessato intendo!

«Adesso… si… e quando se no?!» Poi diventa tardi.

Ci fu un momento di silenzio durante il quale nell'aria restava solo il suono della radio a coprire l'imbarazzo mentre tutti i ragazzi che erano seduti li intorno si squadravano a vicenda.

«Bene dai…» fece Giò. «Tira fuori allora…»

«Ricordate che questo giro offro io ma se vi piace le prossime volte me le pagate… intesi?»

Ancora non capivo di che stessero parlando e osservavo la scena incuriosito.

Lo zio Sam cominciò a frugarsi nelle tasche dei Jeans finché non ne tirò fuori un piccolo sacchettino di plastica, quindi cominciò ad aprirlo con le unghie.

«E lì dentro che c'è?» chiesi io ridacchiando per gli effetti dell'alcol.

Zio Sam mi guardò con aria saccente e spazientita. «Roba… che altro?»

Rimasi perplesso. «Roba?… che… roba?»

«Roba buona, fidati…» replicò con tono di superiorità «…mica vi porto la roba marcia io… da me sempre e solo il meglio!»

«L'effetto quanto dura?» chiese un tizio che non conoscevo. «È peso?»

Lo zio Sam si mise a ridere. «Beh mica è per i bambini… ovvio che è forte!» Disse prima di accorgersi delle espressioni non troppo convinte di noi che lo stavamo ascoltando, per via delle quali, credo, aggiunse «Comunque un'oretta massimo e poi l'effetto se n'è bello che andato… tranquilli…»

Ormai avevo la certezza che stesse proponendo della droga. E grazie tante! Ma allora la cosa nemmeno mi spaventava. Non so se era per l'età… la situazione…

In quel momento mi accorsi che Kevin e Mary avevano appena sceso le scale. Vennero a sedersi con noi, vicini, e Kevin si piazzò di fianco a me.

Gli lanciai uno sguardo che chiaramente chiedeva come fosse andata e lui, senza pensarci troppo, mi sussurrò all'orecchio «Da Dio… l'ho baciata!»

Aveva un sorriso stampato sulle labbra che si vedeva lontano un chilometro e io non sapevo se essere felice per lui o se invidiarlo.

Non ebbi certo molto tempo per pensarci perché lo zio Sam ricominciò: «Allora… vi siete aggiunti anche voi… stavo appunto proponendo agli altri un po' di divertimento… vi va?»

«Divertimento?» chiese Kevin «Cioè ecstasy…»

«Di brutto!» Rispose lo zio Sam. «Allora dai… chi ci sta?» chiese porgendo la mano al centro del gruppo con una manciata di pillole colorate. «Senza fare complimenti, mi raccomando…»

Non sapevo cosa fare. Da un lato mi avevano sempre messo in guardia contro quella roba… dall'altro però non volevo mica essere da meno. Insomma… si trattava di vedere cosa avrebbero fatto gli altri, e soprattutto cosa avrebbe fatto Giulia.

Giò ne prese una e la mandò giù. «Beh, un po' di divertimento extra non ha mai ucciso nessuno, giusto?»

Qualcun altro seguì il suo esempio. Giulia esitava.

Io cercai lo sguardo di Kevin che capì al volo e mi fece cenno di no con la testa, strabuzzando gli occhi per farlo sembrare un ordine perentorio.

Ad un certo punto avvenne l'irreparabile. Mary allungò la mano e in un secondo ne aveva buttata giù una anche lei. Quindi fissò Giulia come per chiederle perché non facesse lo stesso, perché non seguisse il suo esempio.

Si vedeva chiaramente che a Giulia tutto quello non la convinceva neanche un po'.

Io cominciai a fissarla… e lei se ne accorse. Fu come se, in un certo senso fosse triste. Percepii un nodo allo stomaco mentre mi penetrava con quegli occhi castani che tanto mi piacevano.

In quel momento Mary si allungò al centro del cerchio e le sussurrò qualcosa all'orecchio ma non riuscii ad udire neanche una parola, anche se, qualunque cosa le avesse detto, era servita a convincerla: tremando si avvicinò poco alla volta al sacchettino che ora stava a terra al centro del cerchio. Indugiando ne prese una e la mise in bocca, quindi a fatica la mandò giù. Aveva gli occhi lucidi… e riprese a fissarmi.

La testa mi girava così forte… e i miei occhi oscillavano tra la ragazza dei miei sogni e quel sacchetto, come se in qualche modo le due cose fossero correlate. Come se l'uno fosse una specie di sacrificio necessario per soddisfare il mio desiderio.

«Alex… non pensarci neanche…» mi fece Kevin davanti a tutti.

Ma ormai la mia decisione era presa, anzi, da quando avevo visto Giulia avevo operato la mia scelta. Ma, citando un vecchio film che avevo visto una volta in tv, ora quella scelta la dovevo comprendere.

Con uno scatto allungai la mano sbilanciandomi e ne buttai giù una anch'io.

«MA CHE CAZZO FAI?!» scattò Kevin. «Alex sei un idiota!»

Io stavo sdraiato sul pavimento che ridevo. Mi ero aspettato che sarebbe successo subito qualcosa ma non succedeva niente. Ridevo per l'alcol che avevo in corpo e Kevin mi sembrava così stupido per quella sua reazione.

O forse semplicemente invidiava il mio coraggio… lo stavo superando!

Mi tirai su e mi rimisi a sedere, ridendo sonoramente come uno scemo.

«Ma 'sta roba non doveva essere forte?» cominciai gasandomi e continuando a voltare gli occhi verso Giulia ad ogni parola. «Per me è acqua… se non fosse che voglio lasciarvene ne prenderei un'altra… almeno sentirei qualcosa!»

Continuammo a ridere e a parlare per un sacco di tempo, mezz'ora… tre ore… non saprei. Ma più il tempo passavo e più mi sentivo sicuro di me stesso, mi sentivo al top.

Non mi preoccupava più se il giorno dopo i miei non mi avrebbero trovato al mio posto sotto le coperte. Non me ne fregava un benemerito cazzo. Mi importava solo che ero con Giulia e che lei mi stava vedendo come il ragazzo forte che volevo apparire.

Fissavo tutti con aria di sfida, tutti quanti. Fissavo lo zio Sam… e poi Giò… e anche Mary… e poi Kevin… che faccia triste aveva Kevin?! No… non era una faccia triste… era una faccia preoccupata… ma preoccupata per cosa? Andava tutto così alla grande… che aveva da star messo così?! Mah… e poi perché mi guardava? No… anzi… si! Stava fissando proprio me… e il cuore mi batteva così forte nel petto… le tempie mi pulsavano intensamente… ma che cazzo aveva da guardarmi così?! Cosa diamine voleva da me?!

Cominciai a respirare sempre più velocemente… dio se mi dava fastidio… perché doveva a tutti i costi fissarmi?! Perché?!

Anzi… mi stavano fissando tutti quanti… e giravano… giravano vorticando verso il basso… ma perché?!

E adesso che succedeva? Che cazzo ci faceva il soffitto davanti ai miei occhi?! Ma che rabbia… ah, ecco che spuntavano di nuovo tutti quanti tra me e il soffitto, e tutto girava…

«Alex?!» Kevin gridava sopra di me ma lo sentivo così ovattato… «ALEX CHE CAZZO HAI?!»

Che avevo? Mah… non mi sentivo neanche male… a parte la testa che girava… ma quanto girava… e il cuore che mi scoppiava nel petto!

«Alex… mi senti?!» Continuava Kevin.

«Io… ma che…» tentai di rispondere. Ma le mie parole uscivano così confuse…

«Chiamate un'ambulanza, cazzo!» fece Giò.

Cosa? Un'ambulanza?! E perché mai… Ah già… per me… ero disteso a terra, evidentemente stavo collassando…

«E adesso chi lo dice ai suoi?» strillò Mary «Andremo tutti nella merda!»

Giulia piangeva. Lo vidi chiaramente: mi guardò e cominciò a singhiozzare.

«Io chiamo i suoi…» fece Kevin prendendo in mano la situazione «Voi chiamate un'ambulanza… e muovetevi!»

«NO!» urlai senza rendermene conto.

Kevin si mise sopra di me. «Stai male Alex… dobbiamo assolutamente fare qualcosa… mi dispiace ma i tuoi devo chiamarli…»

«Ma… cazzo… finirai nei casini… no…»

«Ma chi se ne fotte Alex… mica ti lascio qua a star male!»

Cominciai a tossire… sentivo che stavo per perdere i sensi… lo sentivo… mi sentivo quasi… morire.

«Nel… nel… tasca…»

Kevin strabuzzò gli occhi. «Cosa?! Che dici Alex… cazzo non capisco…»

«Nella tasca...» dissi facendo una fatica a dir poco disumana «...tasca... jeans...»

Kevin non aveva capito cosa intendessi ma si mise a frugarmi per i pantaloni fino a che non trovò il portafogli e gli saltò all'occhio il numero di Nic.

«Chiamalo... chiama lui...»

Non sentivo più niente... il mio corpo era come completamente intorpidito... sentivo solo un sacco di suoni ovattati e il tempo si distorceva... contorcendosi e dilatandosi in continuazione... così come quello che vedevo... Kevin aveva telefonato... si, ne ero certo... ma quanto tempo era passato... non ne avevo idea...

Quella musica... nell'aria... la radio forse? Chi lo sa... ma soprattutto... ad un tratto... quella canzone...

"Do you know what's worth fighting for
When it's not worth dying for?"

Ogni parola, ogni vibrazione nell'aria, ogni concetto... sembrava che tutti assieme complottassero per trapassarmi la testa.

"Does it take you breath away
And you feel yourself suffocating?"

125

L'aria mi mancava, e più respiravo più non riuscivo a sentire l'ossigeno nei miei polmoni.

L'avevo fatta grossa stavolta, e l'avrei pagata cara… che poi mi chiedo… per cosa?

"Does the pain weight out the pride?
And you look for a place to hide?"

Non avevo mai pensato alla morte come in quel momento. Fu come se, in un modo del tutto nuovo, stessi realmente sperimentando cosa significa passare dalle parole, dai pensieri, ai fatti.

"Did someone break your heart inside?
You're in ruins."

Ormai non potevo più sperare in niente.

In niente.

Passò del tempo mentre aspettavo la fine… inutile provare a capire quanto, anche perché, effettivamente, non ha importanza.

Ciò che contava è che ormai vedevo solo delle luci… tante luci e colori che si mischiavano intorno a me formando un sacco di forme sempre nuove.

Cominciai a tremare. Dapprima giusto un poco, poi, gradualmente, in maniere sempre più aggressiva.

Senza che nemmeno me ne rendessi conto il mio corpo era pervaso da violenti spasmi, ma nemmeno sentivo qualcosa che assomigliasse al dolore.

Ero davvero ad un passo dalla fine quando la porta della stanza si spalancò.

Riconobbi solamente un'ombra, ma seppi che ero salvo.

- - -

Quello che vidi quando spalancai quella porta non riesco a descriverlo con lucidità.

Solo di una cosa ho la certezza: distesa sul pavimento, in preda alle convulsioni, stava l'incarnazione della morte.

Il mio cuore cominciò a scoppiarmi nel petto. Sapevo che stava succedendo ma la raffigurazione che ne avevo nella testa non combaciava affatto con ciò che si presentava davanti ai miei occhi: Alex non stava semplicemente male… non era solo collassato per via di una canna… lui… lui era ad un passo dal restarci secco!

«Lei dev'essere un certo "Nic", giusto?! Io sono Kevin… un amico di Alex… non volevo disturbarla… però lui mi ha dato il suo numero… ha detto che dovevo chiamare lei… io… cioè… la prego!»

Kevin mi era venuto incontro. Era stato lui a telefonarmi dieci minuti prima ed ora si stava disperando per fare qualcosa, per rendersi utile.

«Sta calmo…» cercai di dire per rassicurare lui, e anche gli altri ragazzi che nel frattempo si erano messi a cerchio sopra di Alex. «E voi levatevi dalle palle o vi giuro che chiamo tutti i vostri genitori… giuro che lo faccio!»

In pochi istanti Alex era solo, disteso a terra, che si dimenava con un po' di bava alla bocca.

Oggettivamente non sapevo che cosa fare… quello che avevo studiato in campo neurologico non mi aiutava in questo caso… non ero pronto per evenienze di simile gravità… ero… inerme…

«Starà bene?!» mi chiese Kevin chiaramente trattenendo le lacrime. «Starà bene non è vero?!»

Non sapevo né che dirgli né in che modo comportarmi per ottenere qualche risultato.

«No perché se poi lui non ce la fa…» cominciò Kevin singhiozzando e tentando allo stesso tempo di mascherare il pianto «…che lui ce la fa… ne sono sicuro… dico… ma se non ce la fa… cioè… ce l'ho portato io qui… io ero convinto di fargli un piacere… cioè… era per il suo bene, l'ho fatto per questo… ma poi gliel'ho detto di non prendere quella merda da quel coglione… quel suo sacchetto del cazzo… ma non mi ha ascoltato… era troppo riempito dalle stronzate che gli ho messo in testa… dio… è colpa mia…»

Kevin scoppiò definitivamente a piangere ma ormai non lo stavo più a sentire. Appena aveva pronunciato la parola "sacchetto" qualcosa si era acceso nella mia testa. Un'idea, solo una semplice idea, un'illuminazione se così si può dire.

Frugai nella giacca per trovare l'astuccio che mi aveva consegnato quel carabiniere qualche minuto prima e la aprii. Non sapevo che vi avrei trovato ma sentivo che era quello che dovevo fare... anche perché, oggettivamente, era l'unica cosa che avrei potuto fare: o lì dentro c'era qualcosa per salvarlo, oppure, semplicemente, sarebbe stata la fine.

La fine di tutto.

In un attimo aprii la zip che chiudeva l'astuccio ma ci misi qualche istante a realizzare cosa vi avevo trovato.

C'era una siringa di vetro e metallo, un ago piuttosto lungo da avvitarci, e un piccolo barattolo contenente una sostanza trasparente.

Montai prontamente l'ago al suo supporto ed aspirai quel liquido fin dentro la siringa.

Ne avevo già viste di quelle fattezze e dimensioni e sapevo perfettamente cosa prevedevano: un'iniezione... dritta nel cuore.

Capitolo VII

Gli Errori si Pagano, gli Sbagli si Superano

Una scarica elettrica che mi pervase tutto il corpo, in ogni fibra dei muscoli, fin dentro le ossa… e poi per un attimo la confusa, sfocata, vorticosa immagine di Nic, davanti a me, in ginocchio.

Quindi il buio, e nient'altro.

- - -

«Come sta?» Chiesi a Kevin che stava seduto affianco ad Alex, sui sedili posteriori dell'auto.

«Da qualche cenno di volersi svegliare?»

Kevin ci pensò un attimo prima rispondere, per esser sicuro di quanto riferire, ma alla fine tutto ciò che riuscì a biascicare fu una specie di gemito che interpretai come un "non credo".

Seguì un lungo interminabile silenzio… solo il rombo del motore a squarciare il vuoto della notte, fino a che il ragazzo non si decise a balbettare qualcosa.

«Scusi… io… cioè… le volevo chiedere…» cominciò prima che io lo interrompessi.

«Kevin sono convinto che avrai un sacco di domande. Chi sono… Perché Alex voleva che telefonassi proprio a me… Perché non stiamo andando in ospedale… Hai ragione. Non lo nego: al tuo posto sarei incredibilmente agitato… e credimi, lo sono. Lo sono di brutto! È solo che…»

«Veramente, signore…» mi interruppe lui a sua volta «veramente io mi chiedevo come mai mi avesse permesso di venire con voi…»

Restai in silenzio per un po'. Era una domanda perfettamente logica ma speravo, mi illudevo, che non l'avrebbe fatta… e ora… gli avrei detto la verità… o avrei rimandato? Kevin era un gran coglione ma voleva bene ad Alex, come solo un vero amico sa fare. Si meritava qualche risposta. Si meritava che andassi contro ogni protocollo legale, e in un certo senso razionale, si meritava che mi lasciassi trasportare da emozioni così umane come la commozione, o forse volevo crederlo per potermi giustificare con me stesso, perché in fondo la mia scelta io l'avevo già fatta.

«Kevin…» incominciai «…dio, mi sembro così monotono e patetico a fare sempre questo discorso a tutti quanti… ma purtroppo è necessario… io spero che mi capirai, che comprenderai che ci sono cose che posso dire e cose che invece non posso proprio cavarmi fuori… questo lo puoi accettare?»

Vidi Kevin annuire attraverso lo specchietto retrovisore e questo mi bastò.

«Vedi…» incominciai «…ti ho permesso di venire con noi perché me lo hai chiesto… semplicemente. Chiunque avrebbe preferito scappare a casa e stare il più possibile alla larga da questo casino, per non finire nella merda con i genitori, magari… oppure perché la maggior parte dei tuoi coetanei fan tanto i gasati in gruppo ma presi da soli si cagano in mano… mi segui, ragazzo?»

Kevin fece un altro cenno con la testa ed io proseguii.

«Ora è innegabile l'amicizia che c'è tra di voi, credimi, lo so bene… e io non ho nessun diritto di proibirti di stare accanto ad un amico. Inoltre… beh, sono convinto che sarai sicuramente più al sicuro con me che con tua madre…»

Ecco. Era successo quel che temevo. Tentai di sorridere per far passare quanto avevo detto come un qualcosa di scherzoso ma Kevin aveva notato l'espressione dei miei occhi attraverso quello specchietto.

Come sempre avevo parlato troppo.

- - -

«E Lei che ne sa di mia madre?!»

Quella voce… era di Kevin… sicuro… ma allora lui? Lui dov'era?

«Ma niente… scherzavo dai… ovvio che tua madre si sarebbe incazzata nera se ti avesse visto a quella festa, no?»

Eh, però questa era di Nic… ero con loro quindi? Dio la testa… girava tutto, e pulsava… e quell'odore, acre, mi dava la nausea…

«No… non sono un cretino… Lei si riferiva a qualcosa in particolare…»

La voce di Kevin era vicino a me… alla mia destra credo… provai a voltarmi ma i muscoli non rispondevano… ero come intorpidito… e poi quell'odore… volevo vomitare ma non riuscivo a far nulla…

«A niente! Non mi riferivo a niente…» sbottò Nic.

Mi sforzavo… tendevo tutti i muscoli… ma non si muoveva niente… poi, con uno sforzo immane, riuscii a spostare la mano destra di qualche centimetro, contro la gamba di Kevin.

«Alex?!» scattò subito lui. «Alex?! Mi senti? Ehi, forse si sta svegliando! Alex! Ce la fai ad aprire gli occhi?! Ci riesci?!»

Sentivo tutto ma il mio corpo non rispondeva. A fatica strizzai prima una palpebra, poi la sollevai, e l'altra seguì quasi subito.

«Dio... ha aperto gli occhi... cazzo!» esclamò l'immagine sfocata e confusa di Kevin.

Aveva una mano stretta attorno al colletto della mia canottiera, e con l'altra mi dava dei piccoli schiaffetti... all'inizio non li sentivo neanche, ma dopo poco cominciarono a farmi male, e molto anche.

«Ehi... piano... molla...» riuscii a biascicare.

Kevin scoppiò a piangere. «C'hai fatto prendere un colpo, brutto stronzo...» singhiozzò. «Sei una testa di cazzo! Una grandissima testa di cazzo...»

Ero ancora frastornato ma non così tanto da non capire quanto avesse ragione.

«Kevin... cos'è quest'odore... mi da... la nausea...» chiesi debolmente.

Kevin esitò e Nic rispose al posto suo: «Sei tu Alex... ti sei vomitato addosso... più volte...»

Stavo così male che non stentai a credergli.

«Nic... scusa per la macchina... giuro che te la lavo... te lo giuro...»

«Alex...» rispose Nic «Devi scusarti per un milione di cose con altrettante persone... ma la macchina... credimi, quella è l'ultimo dei problemi... okay?»

Annuii e Kevin che stava ancora sopra di me smise di singhiozzare e abbozzò un sorriso.

«Ce la fai ad alzarti?» Chiese Nic «Perché siamo arrivati...»

- - -

L'aria fresca della notte. Quanto l'amavo.

Riusciva a darmi una sensazione di vita anche in un momento del genere. Era così pungente, e allo stesso tempo così magica.

Col motore ancora acceso scesi dall'auto, presi in braccio Alex e mi diressi verso la porta di casa.

«Kevin…» esclamai rivolgendomi al ragazzo che a sua volta mi fissava, in attesa di qualche ordine «…parcheggia l'auto di fianco al muretto e poi raggiungici dentro… lascio la porta aperta…»

Lui mi guardò con aria sorpresa ma ubbidì mentre mi dirigevo dentro casa.

Sentii il motore spegnersi mentre appoggiavo Alex sul divano del salotto.

«Grazie…» mi fece lui. Feci un cenno come per dire che era tutto okay, ma lui riprese «…intendo per sta sera, grazie di essere venuto…»

«Potevo fare altrimenti?» domandai ironicamente.

Alex si rabbuiò e calò il silenzio, anche se subito interrotto dall'arrivo di Kevin.

«Ecco le chiavi…» mi disse porgendomi il mazzo che aveva tolto dall'Audi. «L'ho messa dove ha detto… ma… lei come lo sapeva che so guidare? Cioè…»

Sospirai.

«Innanzitutto, Kevin…» esordii «beh, molla di darmi del "Lei"… non lo sopporto, davvero…»

Lui si ricompose e mi guardò in attesa che andassi avanti.

«Quindi… chiamami Nicolas e fine… anzi… Nic va benissimo, intesi?»

Kevin annuì.

«Bene… adesso… sei pieno di vomito addosso… e questo non sarebbe facile da spiegare a tua madre… senza contare che non abbiamo troppo tempo prima che si alzi per andare a lavorare, e devi essere a casa entro quell'ora… sarà più facile per tutti quanti… e la stessa cosa vale per te, Alex… ce la fai ad alzarti?»

Lui annui e poco alla volta si tirò su.

«Bene… di fianco alla porta della cucina c'è il bagno… andate a lavarvi… io vi prendo un paio di magliette pulite della vostra taglia… ve le lascio fuori dalla porta… e, Kevin… mi raccomando… sta attento che non stia male…»

Entrambi mi fissarono, Alex con espressione frastornata, e Kevin, beh, con aria più incuriosita da tutta la fiducia che gli stavo accordando quella notte.

«Muovetevi… abbiamo al massimo un paio d'ore…»

Kevin si alzò e porse un braccio ad Alex. Lui lo afferrò ma poi si rese conto che stava in piedi da solo ormai, senza troppi problemi.

136

Dentro di me sperai che ci mettessero abbastanza tempo per permettermi di fare quel che dovevo, e, cosa forse più importante, senza che se ne accorgessero.

- - -

Barcollavo un po' ma mi sentivo molto meglio ormai, anche se ero stanco morto.

Kevin non sembrava volermi parlare… non capivo se si sentiva in colpa per avermi portato lui a quella festa o se era infuriato con me per la cazzata che avevo fatto.

Forse un misto di entrambe le cose: doveva sentirsi frustrato come non mai, impotente riguardo a quanto era successo, e per quanto si sforzasse di ripetersi che era solo colpa mia, non poteva non infliggersi la responsabilità di avermi letteralmente trascinato su quell'auto qualche ora prima.

Ed io… io volevo solo che si sentisse meglio. Sembrerà strano ma non gli imputavo niente, anzi… per quanto ancora adesso sono conscio di aver rischiato la vita quella notte non posso far altro che ripetermi che la responsabilità di ogni mia azione era mia, e di nessun altro.

La scelta finale, relativa a qualsiasi momento in cui ci si ferma a pensare, per quanto chiunque ci stia attorno provi ad influenzarla, è nostra, e così sono di nostra responsabilità tutte le conseguenze che ne derivano.

Quella notte non ero ancora in grado di capire questo tipo di concetto… un po' per quel che era successo, un po' per l'età…

Mi limitai a fare quel che mi veniva spontaneo, che a volte è il modo migliore di comportarsi, non perché si ha agito d'impulso, ma perché è la cosa più sincera.

«Kevin…» incominciai a testa bassa mentre lui indugiava sulla porta del bagno cercando di capire se avesse fatto meglio ad entrare per tenermi d'occhio o se aspettarmi fuori «…io… beh, volevo dirti "grazie"…»

«E grazie di cosa?!» scattò lui.

«Di tutto… Kevin, davvero! Sarò anche stato ad un passo dal restarci, okay… ma è la sera che mi sono sentito più vivo… più a posto…»

«Alex, lasciatelo dire… sarai anche il mio migliore amico ma ti giuro che sei una grandissima testa di cazzo!»

Ci misi un attimo a realizzare cos'aveva detto, quindi abbassai lo sguardo.

«Ti chiedo scusa… so di essere stato un coglione… ho esagerato, lo so…»

Kevin aprì l'acqua della doccia e si appoggiò sul lavandino, guardando verso la porta.

«Vai prima te… io mi do una sciacquata dopo…» mi fece Kevin «…non ti guardo, sta tranquillo…»

Ridacchiai giusto un attimo, sinceramente divertito da quell'uscita.

«Fossero questi i problemi…» commentai sorridendo mentre mi toglievo la maglietta.

«Dai muoviti…» mi fece lui.

Il vapore fuoriusciva dalla cabina della doccia e ormai riempiva un po' tutto il bagno.

«Sul serio…» continuò Kevin «…con 'sto caldo rischi che ti venga un calo di pressione e se svieni io non ti raccolgo, che sia chiaro… intesi?»

Annuii, quindi finii di spogliarmi ed entrai nella doccia. L'acqua era bollente, ma mi piaceva. Un abbraccio caldo che lavava via tutto lo schifo che avevo addosso, sia lo sporco, sia quello che avevo dentro.

Cominciai ad insaponarmi i capelli e dopo pochi istanti Kevin cominciò a parlarmi, forse per essere certo che fossi ben sveglio e cosciente.

«Alex… dimmi…» cominciò «…il perché lo hai fatto me lo posso immaginare, okay? Ne abbiamo parlato… e ti dirò, lo capisco… ma… perché? Cioè, me lo sarei aspettato da chiunque tranne che da te… quello non sei tu, capisci cosa intendo?»

L'acqua continuava a scivolarmi lungo la nuca fin sulle spalle e poi sul petto.

Non l'avevo neanche notato prima quel forellino rosso al centro dello sterno… sanguinava un po' ora che era stato bagnato. Lo sfiorai con le dita prima di rispondere.

«Io non lo so… Il punto è che si vede che non mi conosci abbastanza, Kevin… intendo, io credo che tu mi conosca persino meglio di me, capiscimi, ma se nemmeno io so chi sono veramente… chi diventerò…»

«Già…» commentò lui «…capisco benissimo cosa intendi… è una sensazione comune mi sa… dev'essere così…»

Mi sciacquai quel poco che rimaneva dello shampoo e uscii dalla doccia. Kevin mi porse un asciugamano e mi ci avvolsi.

«Tocca a te adesso…»

Kevin, che nel frattempo si era tolto scarpe, pantaloni e felpa per accelerare i tempi, annuì.

«Il tuo amico ci ha lasciato questa roba da metterci…» mi disse porgendomi un paio di pantaloni al ginocchio e una canottiera «…meglio di quel che avevi prima in ogni caso!»

Volevo tirargli uno di quegli amichevoli ma dolorosi pugni sulla spalla ma non ne avevo la forza.

Ancora avvolto nell'asciugamano mi sedetti per terra contro la porta, con le mani nei capelli, mentre Kevin si spogliava ed entrava in doccia.

Invidia.

È quello che provavo di solito nei confronti del corpo del che Kevin si ritrovava, nessun'altra parola è più adatta.

E credo che fosse anche abbastanza normale, a differenza mia che ero gracilino e bianco come il latte, lui poteva vantare un fisico niente male e una carnagione sempre abbronzata.

Non so perché, ma tutte le volte che lo avevo visto senza maglietta l'avevo odiato, in un senso buono del termine, capitemi, eppure ogni volta non riuscivo a dire a me stesso di evitare di fissarlo, così da eliminare quel senso di frustrazione che provavo.

Ma non quella notte. Ogni pensiero a riguardo neanche mi sfiorò. La mia attenzione era tutta per un taglio che il mio amico aveva al centro del petto, lungo circa mezza spanna, che partiva dall'alto a destra e finiva in basso a sinistra

Kevin aveva notato che lo fissavo e sapeva a cosa stavo pensando.

«Lascia stare...» mi disse chiudendo la porta della cabina della doccia «...è una storia lunga... e neanche troppo importante a dire il vero...»

«Kevin...» replicai «...è recente... roba neanche di ieri... che cazzo hai fatto?!»

«Alex... davvero... non adesso...»

Kevin si girò nella doccia e mi fece capire che non mi avrebbe risposto. Non in quel momento almeno.

Nel bagno restò solo il crepitio dell'acqua a rompere il silenzio di quella notte.

Poco dopo anche Kevin terminò di lavarsi e chiuse i rubinetti dell'acqua calda e fredda, quindi si prese l'altro asciugamano che si era preparato sul lavandino, di fianco alla doccia.

Il vapore poco alla volta cominciava a diradarsi.

Mi alzai cercando di non pensare al capogiro che avvertii alla testa e ci vestimmo.

A lui era toccata una tuta che Nic evidentemente non aveva mai usato, perché troppo piccola forse, o magari era un regalo che non gli piaceva.

Uscimmo dal bagno e il colpo con l'aria più fresca che c'era fuori si avvertì notevolmente, soprattutto con quei pochi vestiti addosso.

Eravamo a neanche due metri dal salotto quando sentimmo chiaramente la voce di Nic che parlava con qualcuno.

«Sono usciti dal bagno…» fece al suo interlocutore con tono concitato «…muoviti!»

Quando aprimmo la porta, neanche un istante dopo, nella stanza c'era Nic soltanto.

- - -

Sentii l'acqua della doccia cominciare a scendere poco dopo aver portato dei vestiti puliti sulla sedia di fianco alla porta del bagno, quindi tornai in salotto e mi concessi di tirare fiato un secondo.

Lo ammetto, non ero mai stato un amante dei liquori ma in quell'occasione decisi che un bicchiere di scotch non mi avrebbe fatto troppo male.

Un sorso e con l'annesso bruciore alla gola tirai un sospiro: avevo rischiato grosso ma era andata.

Un'eternità passata a pensare al peggio ma era andata.

Chiusi gli occhi e respirai lentamente.

Ascoltai il mio cuore. Rallentava.

Batteva sempre più piano…

D'un tratto un flash nella mia mente: dovevo informare Gerry! Dio come potevo non averlo ancora fatto?! Al suo posto sarei stato moribondo seduto per terra con i sudori alla fronte sapendo quel che sapeva!

Non dovevo essere troppo distante dalla realtà perché il telefono non finì nemmeno il primo squillo quando Monika alzò la cornetta.

«Nic?! Nicolas sei tu?»

La sua voce era spezzata, commossa, distrutta.

«Si Monika, sono io… è andato tutto a posto, Alex sta bene!»

La donna dall'altra parte del telefono scoppiò in lacrime e il marito le prese l'apparecchio.

«Nic… grazie al cielo… perché ci hai messo così tanto per chiamarci… Dio… MA TI RENDI CONTO?! LO CAPISCI COSA VUOL DIRE PER UN PADRE?! Ormai… pensavo che lui… fosse… non lo voglio neanche dire…»

Anche la voce di Gerry era strozzata e seppur non stesse piangendo singhiozzava ad ogni parola.

«Andiamo Gerry… lo sapevi che sarebbe andato tutto bene… capisco lo stare in pensiero ugualmente, ma non poteva accadere nulla di male…»

Gerry trasse un lungo sospiro.

«Nicolas… un conto è quello che sai… un conto è quello che provi… ti auguro di non provare mai quello che ho dovuto provare io…»

Restai un attimo in silenzio, poi Gerry riprese.

«Mandamelo a casa alla svelta… io e Monika dobbiamo fingere di alzarci non più tardi del solito, altrimenti Alex sospetterà qualcosa… siamo intesi?»

«Fra mezz'ora al massimo sarà a casa. Te lo prometto vecchio mio»

Mentre riagganciavo il telefono mi fermai ad osservare fuori dalla finestra della stanza.

Il cielo si fa più buio subito prima dell'alba… era proprio vero. Così scuro, così infinito, così avvolgente.

Fu in quell'istante che ebbi come un'illuminazione.

Quel carabiniere io l'avevo già visto, anzi, ci avevo già parlato.

Ma se era proprio lui… perché aveva finto in quel modo.

Forse aveva paura che me la prendessi con lui come avevo fatto l'ultima volta… o forse, più semplicemente,

144

voleva che non distogliessi l'attenzione da ciò che era più importante: salvare la vita di Alex.

Ma se era davvero lui… se quel carabiniere ed Eric erano la stessa persona…

Presi la mia decisione composi il numero sul cellulare.

Uno squillo… due squilli…

«Ti avevo detto di chiamarmi solo per un'emergenza la cui gravità fosse quantomeno riconducibile al concetto che la parola stessa esprime… cosa vuoi Nicolas?»

Eric stava in piedi dietro di me, puntandomi addosso una pistola.

«Dio…» esclamai mentre mi voltavo «…avevo ragione… eri tu!»

Eric rimase impassibile.

«Ti dirò Nic… Sono rimasto sorpreso che tu non mi abbia riconosciuto qualche ora fa… ma come biasimarti… ci siamo visti solo una volta, e in circostanze così poco piacevoli…»

«Quel giorno…» presi io senza ascoltarlo «…quel giorno, da Gerry… a quella fottuta grigliata… hai detto che sei uno di loro… però puoi spostarti tutte le volte che vuoi!! Dimmi la verità… te sei venuto dopo… ce l'hanno fatta quindi! Anzi… ce l'abbiamo fatta…»

Eric abbassò la pistola e mi fissò dritto negli occhi.

«Si, è così…»

Restai esterrefatto nonostante quell'uomo non avesse fatto altro che confermare la mia ipotesi, perché, effettivamente, neanch'io ci credevo.

«Dio…»

«Cosa?» mi chiese Eric. La sua voce era calma come al solito, bassa, profonda… inquietante.

«Io… io non credevo che alla fine tutto questo… cioè… il sogno di una vita, lo capisci?!»

«Dici sul serio? È questo che conta per te? È questa la tua priorità?»

«Ma no, cioè… anzi, in parte si… questa è la conferma che non ho sprecato tutto questo tempo… ma allora…»

La mia testa cominciò a girare. Se in un primo istante ero stato colmo di gioia ora un turbinio di nuove domande si impossessavano di me.

Se tutto aveva funzionato perché io ero ancora lì? Perché nessuno mi era venuto a riprendere? Perché… perché… perché.

«Vedi Nicolas…» incominciò Eric «…quello che facciamo noi è semplicemente straordinario. Questo spero che tu lo capisca. Tuttavia è così straordinario perché nemmeno noi lo comprendiamo appieno… il nostro scopo, la nostra via…»

Era come se non fossi più in quella stanza, tutto vorticava intorno ai miei occhi.

«Noi non lo capiamo, ma dobbiamo farlo. È più importante sia di me che di te… per questo oggi sono dovuto intervenire. Se ti avessi rivelato subito chi ero mi avresti chiesto di portarti a casa… avresti trascurato il tuo scopo!»

«No, no… aspetta…» replicai «…credi davvero che avrei lasciato morire Alex?! Cioè… al di là del mio obbiettivo, al di là delle questioni umane, etiche… DIO!? CREDI CHE L'AVREI LASCIATO MORIRE?!»

Eric sospirò per nulla toccato da quella mia scenata.

«Non lo so, Nicolas. È questo il punto. Non potevo permettermi di rischiare…»

Sbottai di rabbia e cominciai a camminare freneticamente per la stanza.

«Io… non posso credere che mi pensiate così… così… DIO! Non sono uno stupido… l'ho creato io questo progetto alla fine… l'idea è mia…»

«Appunto… se quest'idea non ti fosse venuta, ora nessuno sarebbe qua. Ma siccome l'hai avuta il tuo posto è questo, adesso… non ti riporterò a casa Nicolas, non sprecare il tuo fiato a chiedermelo…»

Ero distrutto. Era come se quella conversazione mi avesse ucciso, ferendomi dritto alla base del cervello.

«Allora tu… allora… Eric… che cosa ci fai qui?»

«Cosa intendi dire? È ovvio… proteggo gli interessi degli investitori…»

«No…» replicai «…voglio sapere che cosa ci fai ancora qui…»

Eric sospirò.

Dal bagno provennero alcuni rumori… i ragazzi dovevano aver finito di lavarsi.

«Questi sono i ragazzi… sono usciti dal bagno…» dissi ad Eric colmo di rabbia e sconforto «…muoviti!»

Neanche il tempo di voltarmi e Kevin e Alex entrarono dalla porta. Di Eric non c'era più neanche l'ombra.

- - -

«Con chi stavi parlando?» chiesi a Nic che sembrava avere una faccia sconvolta.

Lui non rispose ma si limitò a sedersi sul divano e sorseggiare quello che pensai doveva essere un bicchiere di liquore.

«Dovete tornare a casa entrambi… e subito…»

Kevin ed io ci guardammo. Con chi diavolo aveva parlato Nic fino ad un attimo prima che entrassimo in soggiorno?

«Kevin… Alex ormai sta bene… di fianco all'orologio in cucina ci sono le chiavi della Ducati che sono sicuro avrai notato mentre hai parcheggiato l'auto… prendila, accompagna a casa Alex, poi fila a letto anche tu… quando l'avrai fatto considera la moto un regalo, intesi?»

Restai pietrificato da quanto Nic aveva detto ma Kevin sembrava averla presa anche peggio.

«Co-cosa?» chiese con tono esterrefatto.

«Niente domande ragazzino… quella moto l'hai sempre desiderata, l'hai sempre voluta, che cazzo! Quindi non rompere e prendila… nel sottosella ci sono i documenti di proprietà a tuo nome… quando avrai l'età la potrai guidare e te la godrai… ah, dimenticavo: insieme ai documenti ci sono cinquemila euro, dovrebbero bastare a sistemare quel casino che c'hai con tuo fratello… prendi e vai! E non sprecare quest'occasione…»

Non me ne ero neanche accorto ma Kevin stava piangendo come un bambino.

«Io… io…» Il mio amico tirò su col naso «…grazie signore, grazie davvero…»

Mentre Kevin mi accompagnava a casa, e il vento scompigliava i capelli attraverso la visiera del casco, guardai l'alba che si ergeva sopra di noi.

Era stata la notte più lunga della mia vita e neanche avevo mai saputo che Kevin avesse un fratello.

- *Capitolo VIII* -

Sorprese

Erano passati tre giorni da quanto era successo quella notte, a casa di Mary.

I miei genitori sembravano non sospettare di nulla, Kevin era ancora vivo nonostante un interessante livido sullo zigomo sinistro, e io mi ero ripreso abbastanza bene.

Avevo provato a chiedergli spiegazioni circa quel che Nic aveva detto su di lui e sul suo "mai visto" fratello. Chissà di che casino parlava… forse c'entrava con quel taglio che aveva lungo il petto…

Decisi che Kevin non mi avrebbe ignorato oltre, mi infilai il giacchetto, e uscii in strada. Erano circa le tre del pomeriggio.

Ero così intenzionato ad andare dritto a casa del mio amico, superare persino sua madre, e farmi dire che succedeva. Così intenzionato che neanche mi accorsi che Kevin era sulla soglia di casa mia quando uscii dalla porta.

«Ehi mongolo… Ci sei? O sei ancora "strafatto"?»

Sobbalzai.

«Ciao… io… stavo giusto venendo da te…»

«Ah… beh, allora ti ho preceduto… meglio così, no?» replicò lui sorridendo.

«Si… beh… cioè…»

Kevin sorrise con fare ebete.

«Mm… sul serio Alex! Che discorso denso e pieno di significato!» commentò giusto prima che sbuffassi.

«Kevin, che palle! Io… volevo parlarti…»

Kevin sospirò. «Parlarmi? …mah… e di che cosa?»

Dai suoi occhi si capiva che sapeva perfettamente dove intendevo andare a parare.

«Dai Kevin… l'altra sera… ti prego, evita…»

Il mio amico si rabbuiò.

«Non ne voglio parlare, Alex… e se non sbaglio te l'ho già detto… e ridetto…»

Distolsi lo sguardo, quel tanto che bastava per seguire con gli occhi una piccola foglia che, mossa dal vento, terminò la sua esistenza in un tombino.

«Kevin… no…» replicai «…puoi pensare che siano affari tuoi, ma non lo sono… io sono tuo amico, okay?! Cioè… magari credi che voglia solo impicciarmi nei tuoi casini… e forse un po' sono curioso, non lo nego… ma voglio che ti fidi di me… perché… beh Kevin, io mi sono fidato di te… e quando l'ho fatto… sono stato bene, cazzo! Ma bene davvero… e te lo si legge negli occhi che non stai bene…»

Gli occhi del mio amico erano lucidi. Non appena vide che me ne ero accorto si portò una mano al viso... come per far vedere che gli era entrato qualche cosa nell'occhio... e si strofinò per asciugarsi.

«Kevin...»

«Un moscerino, Alex! Un cazzo di moscerino...»

«Già...»

Kevin si ricompose. I suoi occhi erano così rossi...

«...esatto...»

«...ho capito...» commentai «...ho sbagliato... ti chiedo scusa, sono stato un'idiota... me ne parlerai quando... e se vorrai...»

Restammo in silenzio, uno di fronte all'altro, fissandoci i piedi.

La gente camminava lungo il marciapiede... le auto sfrecciavano sulla strada di fronte a casa mia... i bambini giocavano nel parco di fronte...

...ma c'eravamo solo noi. Io e lui. La mia frustrazione e il suo dolore.

«...beh...» cominciai per rompere il silenzio «...se ci facessimo un cazzeggio con gli altri? Tipo... chiamo il Tom e il Max e boh... ci facciamo un giro non so...»

Kevin si riprese un attimo e cercò di scacciare i pensieri che gli passavano per la testa.

Dio che bella che era quell'età in cui ancora ci si riusciva... in cui un'emozione, un lampo nella testa, poteva rivoltarti completamente e trasformare una giornata di merda in un momento degno di esser ricordato come felice…

«No, caro…» replicò Kevin sorridendo «…proprio te che ti fai tutti i tuoi trip mentali e non ti chiedi perché ero venuto da te? Mi deludi, sai?»

Sorrisi. «Hai ragione, vecchio… sto perdendo il mio tocco magico mi sa…» commentai grattandomi la base della nuca e ridacchiando.

«Beh… ad ogni modo è una sorpresa…» fece Kevin «…quindi ora mi segui, e niente domande… ci stai?»

Alzai le spalle.

Ormai nell'ultima settimana le sorprese erano state all'ordine del giorno… una in più, male non poteva fare.

«Ci sto, Kevin… in fondo, perché no?»

- - -

Avevo salvato Alex. E anche Kevin.

Nessuna di queste cose era prevista dal protocollo anche se, col senno di poi, era veramente ovvio che avrei avuto l'opportunità di farle entrambe.

Kevin era la chiave. E Alex l'unico che avrebbe saputo usarla…

Ma era brutto vederli così, era freddo. Alex e Kevin erano ben più di questo… erano amici più di quanto loro stessi potevano capire.

E man mano che tutto 'sto casino avanzava mi rendevo conto che alla fine, tutto, in un modo o nell'altro, sarebbe andato come lo vedevo nella mia mente.

Alcune cose di quel siero avevano dato effetti non calcolati, è vero… ma alla fine funzionava tutto perfettamente. E questo era un male.

Come avrei fatto… come glielo avrei detto…

Ma soprattutto era giusto che lo facessi? Ne avevo il diritto?!

Probabilmente no…

…ma sentivo che avrei dovuto farlo…

- - -

«No… no, no, e ancora no!»

Guardavo il mio amico con l'espressione più decisa che riuscivo ad avere, anche se chiaramente si capiva che ero più spaventato che altro…

«E che cazzo, Alex!» mi fece Kevin strattonandomi per il collo del giacchetto. «Lei… lei è venuta qua solo per te! Ma porca puttana… sei rincoglionito dentro o cosa?!»

«No… beh…» balbettai «…è che… cazzo, dopo la figura dell'altra sera…»

«Ma che figura… Alex o vai da lei, ti siedi su quella cazzo di panchina, e le parli… oppure torni a casa gonfio!»

Il tono del mio amico era particolarmente convincente ma la mia codardia evidentemente si difendeva bene.

Voltai la testa per osservare meglio il set nel quale sapevo che di lì a poco avrei combattuto.

Eravamo nella piazzetta del paese, dalla parte dei quattro pini, subito dietro tre panchine che guardavano la fontana centrale.

Le giornate erano sempre più fredde man mano che l'autunno vero e proprio si avvicinava ma questo non impediva al sole di far scintillare quelle gocce nell'aria e colorare tutto quanto di magia.

Nella panchina al centro stava Giulia, intenta a scrivere un messaggio al cellulare, credo… i suoi capelli si lasciavano accarezzare da quel poco vento che tirava ogni qualche istante, portandosi dietro la luce degli spruzzi della fontana, e non c'era niente se non lei.

«…Alex…» mi fece Kevin dandomi un colpetto amichevole sulla spalla «…vai, e andrà tutto bene… *credimi…*»

Deglutii. «Kevin… io…»

«Niente "io" Alex, girati e vai…»

Sospirai. «No, Kevin… non hai capito… io… volevo solo… beh… dirti "grazie"…»

Kevin mi sorrise e mi fece un cenno, come per dire che era tutto a posto… e di andare…

Presi un lungo respiro, chiusi gli occhi, e mossi il primo passo.

- - -

Ora ditemi. Secondo voi…

Come avrei fatto… come avrei potuto…

E poi… mi avrebbero creduto?

Perché questa non era una cosa da niente. Se fossi sembrato un mezzo pazzo, avrei perso totalmente e irrimediabilmente la loro fiducia.

Ad ogni modo passai tutto il pomeriggio a riflettere sul da farsi… ma niente. Nessuna soluzione che mi sembrasse geniale… o soddisfacente… o quantomeno decente…

Il punto è che quando avevo parlato con quel tizio, in webcam… beh, quanto aveva detto era vero per forza perché sapeva… e sapeva troppo!

Ora, è vero che chiunque avrebbe potuto dire di essere uno di loro… uno come Eric… però… però solo chi è *davvero* un membro delle loro schiere può avere accesso a determinate informazioni… e lui le sapeva.

156

Sapeva cose che io solo immaginavo, cose che avevo supposto e che ora, poco a poco, stavo confermando o smentendo.

E se… se anche Larry Mercer e Karl Abbt fossero due di loro? Dio…

Non l'avevo mai vista sotto questo aspetto, ma in quel caso voleva dire che tutto quello che avevo contribuito a mettere in piedi mi si stava rivoltando contro… senza saperlo ero stato usato…

Non c'era altra spiegazione più logica.

Combaciava tutto quanto… quel che avevo saputo da Eric… e da quel tale… quel "Morgan"… ora si che tutto aveva senso!

Ma allora… allora l'unica persona che avrebbe potuto aiutarmi era… era lui.

Il mio futuro era davvero nelle mani di un ragazzino di quattordici anni… o di due se la mia mente non mentiva.

- - -

«Ehi… ma tu guarda… anche tu qua?»

Ecco.

Come fare la figura dello scemo in meno di quattro secondi…

Ora, di tutti i modi che potevo usare per attaccar bottone con Giulia, io, ovviamente, avevo scelto non il peggiore: se possibile uno anche più squallido.

Avevo mosso gli ultimi sei o sette passi tenendo gli occhi serrati, e poi, all'ultimo momento, aprendoli, mi ero accorto che mi stava fissando, incuriosita… e forse un tantino divertita…

Credo che ci vorrebbe un frasario per queste occasioni, sapete? Beh, quello fu il mio poco apprezzabile esordio, per usare un eufemismo.

«Alex… ehi, ciao!» mi fece lei.

Era la prima volta che la sentivo chiamarmi per nome. Le mie gambe si fecero pesanti…

«Io… ehm… ciao… cioè, passavo di qui… e ti ho… ehm, vista… così ho detto… beh, andiamo a salutarla, no? …e così, beh… eccomi qui…»

Mi guardava divertita. Si stava godendo nel vedere quanto ero imbarazzato… era come se le facesse piacere…

«Beh…» fece lei «…quindi… ciao?»

Cominciarono a pulsarmi anche le tempie. E ora che avrei fatto? Dio… se solo avessi saputo cosa rispondere… se avessi avuto la parlantina che aveva Nic sarebbe stato tutto così facile… Nic… lui si che avrebbe saputo cosa dire… Dio… Nic era solo una persona, cazzo! Se ci riusciva lui potevo riuscirci anch'io!

«"Ciao", eh?» cominciai «Beh, "ciao" lo puoi dire sia per salutare qualcuno prima di andar via sia quando incontri un altro e vuoi scambiar due parole, no?»

Lei girò appena la testa verso la spalla, facendo trasparire quanto l'avessi lasciata perplessa. La cosa non mi dispiacque affatto, anzi…

«Io… beh, credo di si ma…» replicò lei prima che la interruppi.

«Niente "ma"!» dissi io sedendomi accanto a lei. Tutta la mia carica svanì in un attimo. «Io… Devo parlarti, Giulia…»

Lei mi fissò, come sollevata.

«Anch'io, Alex… devo chiederti una cosa, è molto importante…»

Quelle parole mi salvarono. Stavo per lasciarmi sprofondare una seconda volta nel turbinio della mia mente, pensando a come muovermi nei meandri dei sentimenti che sgorgano dalla testa e dal cuore, su verso la bocca, diventando parole… quando lei mi lanciò un appiglio al quale aggrapparmi.

«Io… beh… dimmi prima tu…» le dissi cercando di sembrare il meno elettrizzato possibile.

Avevo una paura matta di cosa avrebbe potuto voler parlare… e se avesse voluto dirmi di starle lontano? Se si era accorta del mio interesse per lei e voleva dirmi di lasciar perdere? Dio…

«Alex… si tratta dell'altra sera… alla festa di Mary…» incominciò lei. Io l'ascoltavo, ma solo con una parte di me. Una piccolissima parte… tutto il resto della mia essenza desiderava solo poterle accarezzare il collo, tra quei capelli che continuavano ad essere mossi dal vento e dalle gocce della fontana…

E i suoi occhi… dio… ti ci potevi perdere dentro… così intensi… così, vivi…

«Alex… devo sapere perché l'hai fatto… è importante…»

Ma che diceva?

Stava davvero parlando della festa? Ecco…

Mary doveva averla mandata ad assicurarsi che fossi a posto per evitare che i miei tirassero su dei casini con i suoi… evidentemente non meritavo nemmeno la sua considerazione e quindi aveva mandato la sua amica a parlare con me…

«In che senso "perché"? Io… l'ho fatto e basta…» risposi rabbuiandomi.

«No, Alex… ti prego… so che non è questa la verità… te l'ho letto negli occhi… quando mi hai guardato quella sera… so cosa ho sentito…»

I suoi occhi erano lucidi. Le sue labbra umide…

Avrei così tanto voluto baciarle… lo sentivo… sentivo quanto lo volevo, fin dentro allo stomaco… ma non l'avrei mai fatto… non avevo mai baciato una ragazza prima, io… ero terrorizzato… quanto schifo avrei potuto fare… no, al di là del fatto che mi sarei preso un ceffone le avrei pure fatto pena… era decisamente il caso di evitare…

«Alex… ma mi stai ascoltando?!»

Scrollai la testa e cercai di concentrarmi su quanto stesse dicendo, ma ormai, davvero, non capivo quasi più niente…

«Io… si… continua…»

«Alex… ti scongiuro, devo sapere la verità… perché lo hai fatto…»

Sbuffai. «Ma che ne so… probabilmente per lo stesso motivo per cui lo hai fatto tu, no?»

Giulia strizzò gli occhi, come se non avesse capito di che parlavo.

«Dai… Giulia, evita… ti ho visto, l'hai fatto solo perché ti ha obbligato quella sfigata della tua amica…»

Io…

Che avevo fatto…

Ma che cazzo avevo fatto?!

I suoi occhi non erano più semplicemente lucidi… c'erano due striscioline luccicanti che si facevano strada lungo le guance, verso le sue labbra… e le bagnavano… ancora… e ancora…

Che avevo fatto…

«NO ALEX! TU NON CAPISCI! MI HAI GUAR-DATO! IO L'HO FATTO PERCHE'… io l'ho fatto… l'ho fatto per te…»

Il suono di quelle parole…

Il gelo e il calore del sentimento che portavano…

Potevano vincere tutto. Tutto quanto… ogni pensiero, ogni preoccupazione… ogni timore… ogni paura…

E mentre lo capivo le mie labbra toccavano le sue e provavano il suo sapore, dolce e amaro, e la mia gioia si mischiava alle sue lacrime…

…alle mie lacrime, e loro alla sua gioia…

Non ci avevo neanche mai parlato seriamente in tutta la vita, ed ora i nostri sentimenti si mischiavano e divenivano un tutt'uno in quello che avrei ricordato per sempre come il mio primo bacio, con la persona che avevo sempre saputo di amare.

- - -

Sapevo che giorno era.

Lo sapevo bene… uno dei suoi giorni più felici…

Sapevo che giorno era per il mio Alex, e credetemi… non avrei mai voluto rovinarglielo, mai.

E non lo avrei mai fatto se avessi potuto evitarlo, ma purtroppo questo non era possibile…

Se non lo avessi fatto quel giorno, se non avessi deciso che proprio quel momento fantastico che aveva vissuto sarebbe stato seguito da una delle più terribili notizie della sua vita, probabilmente le cose non sarebbero andate nel modo giusto… e io non sarei mai potuto tornare…

162

Lo so. È un discorso terribilmente egoistico… ma alla fine, lo facevo per il bene di tutti, anche se, onestamente, anch'io cominciavo a dubitarne…

Ormai la mia decisione l'avevo presa e in cuor mio sapevo che l'avrei portata avanti…

Gli avrei detto di Kevin… e di ciò che lo attendeva…

No… sapevo anch'io, se ascoltavo quel cuore che mi batteva nel petto…

sapevo… che non lo avrei fatto…

Sapevo anche, però, che qualcosa avrei dovuto dirgli, per metterlo in guardia…

- *Capitolo IX* -

L'Incertezza del Domani

Ora che la scuola era iniziata non potevo più stare fuori la sera, quindi io e gli altri avevamo deciso di uscire al pomeriggio, prima di cena.

Quel pomeriggio no, però… e Dio solo sa quanto fossi grato a Kevin per avermi sequestrato…

Quando la lancetta corta toccò le sei stavamo sulla panchina di fronte a casa mia, bevendo una birra rubata dalle scorte di mio padre.

Ma quanto stavo bene… neanch'io lo sapevo.

Gli avevo raccontato tutto all'infinito, ma non importava… Kevin continuava a far finta che fosse la prima volta…

«…e quindi poi che gli hai detto?» mi chiedeva.

«…beh… che anch'io l'ho fatto per far colpo su di lei… che mi era sempre piaciuta… la verità insomma…»

«…beh, e com'è stato? Se non sbaglio era la tua… *prima volta* che… beh…»

Sbuffai. «No, non sbagli… però, beh… non è stato come pensavo, cioè… è stato bello… davvero…»

«Eh, dai! Meno male!» commentò Kevin ridendo. «Beh, quindi adesso ci sei insieme?»

Lo fissai sbigottito. In effetti, non ci avevo ancora pensato e questo particolare mi sfuggiva…

«Eh? Io… cioè… penso di si…» replicai un po' farfugliando.

«Beh, per sicurezza è meglio se quando vi vedete ne parlate… non trovi?»

Annuii. Kevin aveva ragione, ma in quel momento ero troppo estasiato per potermi preoccupare di certe formalità. Anzi, ero letteralmente al settimo cielo!

Che bello che era… tutto quanto, dico…

Il brusio dei bambini che tornavano a casa dopo un pomeriggio di giochi… il vociare della gente… il pacato rombo delle auto… e tutto in quell'alchimia di suoni e colori che solo quel sole sa dare… quel sole rossastro delle sette meno dieci, quando, stanco, decide che è l'ora di starsene in disparte e lasciare il campo alla luna… ma sa che lo deve fare con stile e, così, comincia ad andarsene, giù, dietro i tetti delle case… riempendo il cuore della gente e facendo scintillare il profumo di una vita che mi sembrava di aver appena cominciato a vivere.

Allargai le braccia riempendomi i polmoni di quella vita e ne approfittai per dare un colpetto amichevole al petto di Kevin.

Lui si lasciò sfuggire un gemito di dolore…

Di colpo fui richiamato alla realtà. Quella cruda, intendo… quella dove la gente, purtroppo, ha i casini che, Dio… sono così tanti che non si sa dove ficcarli…

E così, a volte, è bello far finta di niente… per un istante, dico, dimenticarsi di ogni problema… finché purtroppo non è ora di tornare, e veniamo richiamati indietro, alla realtà…

«Kevin…» cominciai «…ho capito, te l'ho detto… mi sono già spiegato prima, non voglio romperti ancora, okay… però… credimi, io voglio solo dirti che quando vorrai, te lo giuro, io sarò qua…»

Kevin teneva le mani fra le gambe, stando ricurvo in avanti, e lasciando che il fumo della sigaretta, salendogli addosso, fosse una valida giustificazione per i suoi occhi lucidi.

Non potevo…

Non potevo e non volevo…

Non volevo e avrei fatto di tutto…

Io… per non vederlo… così…

Ma per quanto mi sforzassi di ripetermi che, se avessi davvero voluto, avrei potuto fare qualcosa per il mio amico, la ragione non faceva altro che ricordarmi quanto invece fosse corretta e razionale la mia frustrazione.

E fu proprio in quello strano amalgamarsi di gioia, felicità, leggerezza, tristezza, angoscia, e frustrazione che filarono via i mesi che seguirono.

Ogni giorno che passava io e Giulia eravamo sempre più innamorati l'uno dell'altra, e lo sentivamo sulla pelle... sia sulla mia che sulla sua, come un brivido che ti ricorda in ogni momento quanto è bello provare tutto ciò per qualcuno... agire in ogni momento per la felicità di un'altra persona e respirare attraverso suo sorriso...

All'inizio ero esageratamente timido con lei, lo ammetto... ma poco alla volta riuscivo a sciogliermi, ad aprirmi, e a concernere l'idea che ero una metà di qualcosa di più bello.

Condividevamo ogni momento che riuscivamo, e respiravamo la stessa aria, lo stesso calore, la stessa felicità.

Per me era come aver scoperto un gioco nuovo, un gioco bellissimo, certo, ma pur sempre un gioco... un gioco dal quale non avrei mai voluto separarmi.

Improvvisamente, o man mano che me ne rendevo conto, mi sentivo alla pari di tutti quei miei coetanei che avevo sempre invidiato... quelli che una ragazza ce l'avevano per sfizio, giusto per potersene vantare a loro volta con gli amici, o per farsi vedere a qualche festa al sabato sera.

Mi sentivo al loro pari non perché la pensavo a quel modo, credetemi, ma semplicemente perché ormai non avevo più nulla da invidiare a gente come loro... avevo tutto quel che avevano, e anche molto di più.

La differenza era semplice...

Quello che avevo, me lo ero guadagnato. O meglio, mi ero messo in gioco per ottenerlo... mi avevano aiutato, okay, anzi, Kevin mi aveva aiutato, però... beh, lui mi aveva indicato la porta da attraversare, ma ero stato io a girare quella fottuta maniglia!

E che cazzo! La rigirerei altre diecimila volte quella maniglia... se solo potessi...

Ma non posso... eh, chissà perché me lo sarei dovuto aspettare: quando una cosa è bella, ma bella davvero, c'è sempre, insidiato nei meandri più profondi della tua mente, quel tarlo... quel tarlo che rosica e ti divora il cervello impiantandoti ed alimentando una semplice fottutissima idea... l'idea che tutto quel bene che hai, alla lunga, non potrà durare...

È solo un'idea, ovviamente, solo un fottuto timore...

Il problema è che, purtroppo, la maggior parte delle volte si dimostra essere veritiero...

Ma forse, dico io, è proprio questo il bello... è proprio questa ossessione che ci spinge a goderci appieno ogni istante di quell'esperienza... a far trasudare da tutti gli attimi di una storia degna di essere chiamata tale quel fascino di terrore, quel sublime alito di incertezza...

Un'incertezza che, col tempo, ho capito essere la vita.

E la vita la stava vivendo anche Kevin, anche se, ai miei occhi, era la vita che stava vivendo lui...

Dio... nel frattempo aveva ufficializzato le cose con Mary, il che aveva sorpreso tutti quanti, non lo nego, però c'era qualcosa che non quadrava...

Dico che aveva sorpreso... non tanto lui, eh, ma piuttosto lei a farcisi vedere in compagnia... ma forse avevo

168

semplicemente mal valutato l'amica della mia ragazza, o forse… beh, chi lo sa?

E dico che qualcosa non quadrava… perché, effettivamente, Kevin non sembrava nemmeno darsi troppo da fare per apparire quantomeno felice…

Spesso uscivamo in quattro. Beh, credo sia normale, ci trovavamo ad essere due amici impegnati con due amiche… l'idea sembra ovvia… eppure ogni volta mi rendevo conto che stavo a far da intrattenitore per entrambe le ragazze, coprendo il mio amico che si fermava, quasi contro il suo volere, a fissare a lungo le nuvole, o gli alberi, o degli altri punti lontani… giusto per non mettere a fuoco e stare a pensare…

Ma che cazzo gli passava per la testa…

Forse non lo sapeva neanche lui… o forse, mi sa, avrebbe preferito non saperlo.

Ricordo che la notte di Natale lo vidi persino in chiesa. Ora, chiariamo le cose, io a Messa non ci sarei mai andato… non ho mai creduto, e mai crederò… ma avevo quattordici anni, quasi quindici, è vero, ma pur sempre quattordici, e comunque non avrebbe fatto differenza: alla frase "Finché vivi e mangi qui farai quello che diciamo noi!" nessun figlio si può opporre, è una regola intrinseca nell'universo stesso, credo.

Ma Kevin… beh, lui l'aveva sempre pensata come me… eravamo d'accordo nel ritenere tutte quelle robe solo una perdita di tempo, e per giunta sua madre non gli aveva mai fatto pressioni a riguardo… le voci di quartiere sostenevano che avesse perso la sua fede in occasione della morte del marito, ma mi domandavo di che fede parlassero: se la madre di Kevin aveva mai creduto nel Dio dei Cristiani allora molto probabilmente lo aveva fatto anche il Dalai Lama...

Comunque Kevin stava là... da solo, in una delle panche poste contro il muro in fondo alla chiesa, dove generalmente stavano solo le coppie coi bambini, pronte a scappar fuori non appena la noia o chissà che altro inducessero i figli ai classici pianti isterici, e la gente di passaggio, che per non farsi vedere ad esser arrivata in ritardo alla celebrazione, e quindi beccarsi le occhiatacce delle diligenti vecchiette che non vedevano l'ora di spettegolare a riguardo, se ne stava laggiù, in un angolo, a godersi lo spirito fraterno che caratterizza tanto quella gente.

Ma non lui...

Non Kevin...

Il mio amico stava là, seduto, con la testa fra le mani... ero distante almeno venti metri da lui ma sapevo che stava piangendo... sapevo che era lì soltanto perché non aveva idea di quale assurdo altro posto avrebbe potuto essere la scenografia di quel suo Natale così triste...

Triste per una ragione che ancora ignoravo.

Ed ero così frustrato per non poterlo aiutare... anche perché, seguendo il lento scorrere di quei giorni, io e lui stavamo diventando davvero inseparabili...

Ci raccontavamo tutto... dai nostri sogni alle nuove esperienze con le rispettive ragazze, dalle nostre paure alle nostre speranze, dalla nostra vita... a quella che avremmo voluto avere...

...e io so bene cosa significa... so che volere, è potere...

Ma non in quell'occasione... volevo stargli accanto, ma non me lo permetteva... non riusciva a dirmi che cosa lo tormentava...

Persino per capodanno, quando ormai mancava neanche un'ora alla mezzanotte, stavo con lui, Giulia e Mary.
Era il primo anno che andavamo via tutti assieme per le vacanze invernali... beh, avevo insistito bene, c'è da dirlo... e ad ogni modo aveva contribuito parecchio che la famiglia di Giulia avesse conosciuto la mia già all'inizio di novembre, mentre Kevin era ospite dei genitori della sua ragazza, i quali, coincidenza, possedevano un piccolo chalet nelle vicinanze.

Aspettavamo insieme... senza un motivo particolare per sorridere se non quello della magia che avevamo creato, con le nostre speranze e le nostre gioie. Stavamo bene... e fissavamo gli orologi, come se rappresentassero tutto il nostro futuro...

Uno sguardo al domani, insomma... uno sguardo ai nostri desideri più profondi e nascosti...

E mentre il cielo stellato si riempiva di quei colori che le occasioni vogliono solo poche volte in un anno, io pensavo a quante cose possono cambiare in neanche una stagione... a quanti sogni si possono realizzare, quanti invece vengono infranti, quante emozioni si possono vivere...

E mentre vagavo tra queste sensazioni, i tre botti segnalavano la fine dello spettacolo dei fuochi artificiali, lasciando, giusto per qualche istante, quell'alone rossastro che colorava l'infinito che ci sta sopra le teste ogni giorno, da sempre.

I nostri genitori erano tutti in mezzo alla piazza, insieme al resto della gente, mentre noi ci eravamo spostati un po' più in su, lungo il prato, in mezzo alla neve... dove c'era più buio...

Abbastanza buio per baciare Giulia senza sentire lo sguardo dei miei genitori pesarmi sulla nuca...

Abbastanza buio per notare quella stella, quella scia... che cadeva giù, scivolando via tra le sue vecchie amiche, e piovendo nell'ignoto, dandoci, per un attimo, la sensazione, l'impressione, di volerci raggiungere, di venire fra di noi...

«Esprimi un desidero, Amore!» mi fece Giulia mentre mi abbracciava.

«Un desiderio?» chiesi con aria sorpresa «E cosa potrei mai desiderare più di questo... Ho già tutto, cucciola... Ho la cosa più importante del mondo, no?»

Lei sorrise, e mi passò una mano dietro al collo, accarezzandomi i capelli.

«L'ultimo episodio di Tekken che mi hanno regalato i miei!» ne uscii ridacchiando e stringendo la presa sui suoi fianchi per prevenire un eventuale ma sicuro schiaffetto.

Ormai mi sa che mi conosceva bene, perché invece optò per un alquanto doloroso pizzicotto alla schiena.

«Che scemo…» commentò lei sorridendo e massaggiandomi la pelle sotto la maglia.

«Sai cosa?» le chiesi sottovoce.

Lei fece cenno di no con la testa, quindi la appoggiò sul mio petto, e io la strinsi forte.

«Ti amo… so che sono solo due parole, ma dio… quanto sono vere!»

Giulia si staccò appena, e alzò lo sguardo, penetrandomi attraverso gli occhi, fin nel profondo della mia mente.

«Anch'io, Alex… Ormai sei tutto per me…»

La baciai e lei mi baciò…

E ci baciammo ancora, e ancora…

…e ancora…

Illuminati solo dalle stelle e da quella poca luce che arrivava dalla piazza…

Era a dir poco magico. Semplicemente…

Credevo che Kevin stesse vivendo la stessa cosa, giusto qualche metro più in là, ma quando mi voltai, inutile dirlo, non era così.

Il mio amico stava abbracciando Mary, okay, ma guardava in alto, nel vuoto, dove neanche due minuti prima era passata quella stella… quel simbolo di speranza…

Decisi di non intromettermi fra lui e la sua mente, decisi di rispettare il suo silenzio, il suo dolore. Non sapevo quale ne fosse la causa, ma ne comprendevo la portata, ormai… e capivo che il modo migliore per stargli vicino, finché non avesse cambiato idea, era lasciarlo da solo.

E così feci fino al 19 di Marzo, due giorni prima del suo compleanno.

I giorni erano passati così veloci…

Avevo passato tutto l'autunno e l'inverno destreggiandomi abilmente fra Giulia, Kevin, gli altri amici, e Nic.

A dire il vero non era stato così difficile… Giulia e Mary avevano cominciato ad uscire con noi, per forza di cose, e gli altri non li vedevamo spesso, comunque… soprattutto Igor, ovvio, ma per lui era una storia diversa… era sempre stato così, tanto che nonostante fosse il top come tipo né io né Kevin l'avevamo mai considerato un vero e proprio amico… ma verrà anche il suo momento in questa storia, ve lo prometto…

E Nic… beh, a lui non avevo mai dovuto riservare del tempo. Generalmente, non so come, mi proponeva sempre la cosa giusta al momento giusto… quasi come se mi leggesse nella testa, ma a quella sensazione, beh, ormai mi ci ero abituato.

Spesso, dopo cena, andavo a casa sua un'oretta per fare due tiri nel suo piccolo poligono sotto casa… dio che ridere! Facevo davvero schifo all'inizio… ma negli ultimi mesi, non per vantarmi, eh… ma ero diventato davvero bravo!

Nic mi aveva persino insegnato a colpire i bersagli in movimento e una volta, nonostante i miei continui tentativi di dissuaderlo, insistette per farmi provare a sparare da bendato… con mia grande sorpresa presi pure qualche bersaglio anche se sospetto tutt'ora che quei fori gli avesse fatti lui in precedenza…

Ad ogni modo, non era "sparare" la vera ragione per cui andavo da lui così volentieri…

È che mentre passavamo quel tempo insieme potevo parlargli di tutto… tutto quanto! Tutto quello che mi passava per la testa… quel che mi preoccupava, quel che mi divertiva… i miei dubbi… *le mie esperienze…*

Lui mi ascoltava, semplicemente, e sapeva sempre cosa dire per farmi star bene.

Non era come parlare con Kevin, eh… con lui era un dialogare alla pari… con Nic, invece, era quasi come confessarsi… come liberare la testa da tutto quel che ci stava dentro per sentirla più leggera…

Le sue parole erano quelle di "uno più grande", erano giuste per forza… era come se, ai miei occhi, fosse una sorta di libro delle verità su due piedi, non so se mi spiego…

Insomma, Nic era diventato quel fratello maggiore che non avevo mai avuto, ecco tutto… e sapevo che un giorno glielo avrei detto, vincendo la mia timidezza, perché sapevo che, in fin dei conti, gli avrebbe fatto piacere.

Ma stavamo parlando di Kevin, e del suo dannato casino che gli tormentava l'anima da quasi sei mesi ormai... come vi ho già detto era il 19 marzo quando realizzai che, in qualità di suo amico, *di vero amico*, non gli avrei permesso di andare avanti così un giorno di più!

Quel giorno, a scuola, non solo era stato più strano del solito... ma feci anche caso, mentre scendevamo le scale del secondo piano per raggiungere la palestra nell'ora di educazione fisica, che qualcosa, un qualcosa che ancora non mi era chiaro, decisamente non quadrava.

Beh, se non altro fu il mistero più corto a svelarsi di tutta la mia vita...

Dopo essere entrati nello spogliatoio dei maschi cominciammo a cambiarci, ma, in mezzo a tutto il casino che stavano facendo gli altri miei compagni, la cui unica ragione di vita sembrava essere quella di lanciarsi addosso un pallone dimenticato lì da qualche altra classe, notai che la canottiera di Kevin aveva una macchia... una macchia piuttosto ben definita... una striscia... obliqua... lungo il petto, colore del sangue... anzi, beh... era sangue...

Mentre tutti quanti, finito di fare gli scemi, si lanciavano verso la palestra, io trattenni Kevin... e decisi che il tempo dei misteri e del dolore era finito.

«Ehi... Hai un attimo?» gli dissi trattenendolo per un braccio.

Kevin si fermò… gli leggevo negli occhi che avrebbe voluto fermarsi… lasciarsi andare… liberarsi… ma chissà perché, sembrava che qualcosa lo trattenesse…

«Kevin… è finita, okay?!»

Lui fece un paio di passi indietro, si mise le mani fra i capelli, quindi, sempre tenendosi stretta la testa fra le mani, si mise a fissare il pavimento.

«Cosa, Alex… cos'è che è finita?»

Presi fiato e deglutii… sapevo che gli avrei fatto del male, ma sinceramente speravo che fosse quel male che ti fanno le medicine, per poi farti guarire…

«È finita 'sta storia, Kevin… è finito tutto questo star male… adesso basta…»

Kevin abbozzò una mezza risata dal tono isterico e vidi quelle dannate goccioline colargli dalla faccia e bagnare il pavimento.

«Cristo Santo, Alex! Ma che cazzo vuoi da me… ma si può sapere?! Credi che sia tutto così facile… credi che uno si sveglia alla mattina e dice che, toh, guarda caso tutti i suoi casini sono finiti!? Ma che… te non sai un cazzo di cosa sia un casino come si deve… Dio, quelli evidentemente hanno deciso da farsi il nido altrove… da quei poveri sfigati come me… che, cazzo, piangono più delle ragazze… Dio, che palle…»

Kevin singhiozzava ormai.

E mi terrificava… lui era quello forte… non io… e non sapevo cosa dovevo fare…

Così, *semplicemente*, seguii quell'emozione, quell'idea di amicizia che si annidava nel mio petto.

«Ma che… Alex…» mi fece lui con voce spezzata, senza nemmeno asciugarsi gli occhi «Io… che stai facendo… cosa?»

Sospirai, quindi gli sorrisi.

«Ti sto abbracciando…»

Kevin tirò su col naso. «Io… Dio, Alex… ogni volta che mi vedi son qua a piangere come una cazzo di ragazzina… Cristo… non voglio che mi pensi così…»

Le sue lacrime cominciarono a bagnarmi la maglia.

«Ma che idea… dai, Kevin… sei la persona più forte che conosco, credi che cambi idea solo perché piangi? A volte piangere fa bene, credo… è la cosa giusta…»

Kevin era immobile, con le braccia a pendergli lungo i fianchi, strette tra le mie, e la fronte sulla mia spalla.

«Beh, Alex… forse è questo che intendono quando dicono che un amico è una buona spalla su cui piangere, che dici…»

Sorrisi di nuovo, sta volta senza sforzarmi, anche perché lui non poteva vedermi… «Dico che questa spalla ci sarà finché vorrai… amico…»

Kevin tirò su e si ricompose.

«Accetto l'offerta… amico…»

Restammo in silenzio un istante, con un sorriso ebete stampato sulla faccia, pensando a quanto, anche se non ce lo dicevamo spesso, ci volevamo bene.

«Avrei dovuto dirti che succedeva tempo fa, Alex...» esordì lui all'improvviso «...ma rimediamo ora, se per te va bene... che dici?»

Annuii, e fui felice nel farlo. Voleva dire che finalmente aveva deciso di fidarsi di me... finalmente, dopo tutto quel tempo, era riuscito a realizzare che poteva riporre la sua fiducia in me... mi riempiva il cuore...

«Ti ricordi di quel fratello di cui ha parlato il tuo amico, *quella sera*?» cominciò lui. Io annuii una seconda volta.

«Beh... purtroppo non se l'è inventato... io sono figlio unico, è vero, non ti ho detto una balla... è che lo sono per mia scelta... capisci?»

Sospirai mentre il mio amico si asciugava con la maglietta quel poco di lacrime che gli restavano sulle guance.

«Veramente no, Kevin...»

Lui si aggiustò un attimo e riprese.

«Si chiama... anzi... un nome non è neanche degno di averlo quel bastardo... beh, si fa chiamare "Must"... poverino... crede di essere il meglio... meglio di tutti quanti... Lui, se n'è andato di casa da prima che mio padre... beh, hai capito... Dio... Era già una merda umana all'ora, figurati oggi... ha cominciato rubando in casa... per pagarsi la roba... io ero appena nato, me lo ha raccontato mia madre quando avevo dieci anni e neanche capivo di che "roba" parlasse... Cristo, che schifo che mi fa... Lei ha detto che è diventato così per colpa dei suoi amici, una compagnia di sbandati e drogati... io... beh, io non so che pensare ma non mi interessa... Lui è uno schifo e uno schifo resta in ogni caso... Da qualche tempo però... beh, ha trovato il suo nuovo modo di far soldi... *giustamente*... si è dovuto evolvere... ora ricattare mia madre è diventata la prassi... dice che è pur sempre suo figlio... che deve badare a lui... che è giusto così... MA NON E' GIUSTO UN CAZZO! E se lei si rifiuta... beh, prima la picchia... Dio, dovresti vedere come l'ha conciata una volta... avrei voluto ammazzarlo... ma come faccio... e alla fine... ha capito. Quel pezzo di merda ha capito che se voleva ottenere i soldi doveva prendersela con me... mia madre non avrebbe retto alle minacce contro l'altro suo figlio... e così, ha cominciato a chiedere sempre più soldi... ma noi non siamo ricchi, Alex... anzi... siamo gente normale, porca puttana... e quando le sue richieste si sono accumulate è venuto a casa nostra, quella notte... era buio, e... quando è entrato avremmo dovuto chiamare la polizia... ma niente... mia mamma non ha mai voluto farlo, lei... è così stupida... credo che in fondo al cuore gli voglia comunque bene... Ma lui no! Lui di certo bene non ce ne vuole... e così mi afferra per i capelli e mi tira via la canottiera... e mentre ci dice che quello è il primo avvertimento tira fuori un serramanico dalla tasca dei jeans e mi fa quel segno che hai visto quella sera... Dio... neanch'io capivo... mentre mi tagliava neanche sentivo il dolore... avrei solo voluto ucciderlo, ma quanto cazzo è forte lo sa solo lui… sarà imbottito di droghe da far schifo quello stronzo… te non hai idea, Alex…»

Io lo fissavo sconcertato, e mentre capivo cosa intendeva per "dei veri casini" lui si tolse la maglietta… ora sul petto c'era la cicatrice di quel taglio di sei mesi prima, e il nuovo taglio… probabilmente di neanche ventiquattro ore… e si combinavano insieme formando un segno… una croce, tipo una "X"…

«È tornato ieri sera… io quei cinquemila li ho usati, abbiamo pagato tutto quello che voleva… ma lui è tornato, e ne voleva ancora… e 'sto giro è stato chiaro… questo era l'ultimo avvertimento… la prossima volta ha detto che saprà dove sparare… ha detto che si è fatto un bel bersaglio e che non vedrà l'ora di centrare questa "X" che mi trovo sul petto col suo revolver… ammirevole davvero… e mia madre che piangeva… e non faceva nulla… e se n'è andato… ma so che tornerà… presto… e io, beh… non ci posso fare nulla…»

Io deglutii. Il suo racconto mi aveva scioccato… ma non solo… era come se tutta la sua rabbia mi avesse contagiato, come se le sue emozioni fossero migrate all'interno del mio corpo diventando le mie.

«Non sei da solo, Kevin…»

Lui sbottò di rabbia e lanciò a terra la maglietta. «MA CHE CAZZO POSSO FARE ALLA FINE?! E ANCHE TE, ALEX!! Pensaci… io apprezzo che tu voglia aiutarmi… ma che possiamo fare…»

Tirai un profondo respiro prima di rispondere, per esser certo di non dire cazzate, ma sapevo già quali sarebbero state le mie parole…

«Kevin… noi, beh… possiamo ammazzarlo!»

- *Capitolo X* -

La Speranza è l'ultima a Morire

C'eravamo beccati una nota a testa e una convocazione dal preside per esserci attardati così tanto negli spogliatoi, ma vi giuro che non me ne fregava un benemerito... beh, evito scurrilità inutili... e, se possibile, a Kevin importava anche meno.

Quando avevo pronunciato le lettere che compongono la parola "ammazzarlo" gli occhi del mio amico avevano scintillato... si erano come illuminati in un misto di terrore, fascino, e, per quel che mi è parso, di estrema perplessità.

E caspita... lo posso capire. Che una proposta del genere sia quantomeno strana è un dato di fatto, credo, se poi si considera che proveniva da me... beh, esserne stupiti penso sia il minimo.

Ad ogni modo non ci parlammo più fino al termine delle lezioni e, quando fummo sul punto di varcare il cancello della scuola per tornarcene a casa, ovvero quando entrambi avemmo la consapevolezza che in quel preciso punto del mondo le nostre strade si sarebbero separate, i nostri cervelli ci imposero di indugiare, immobili, inermi l'uno ai pensieri dell'altro.

«Kevin…» cominciai, mentre fissavo l'ombra del mio amico in sella alla sua bici, che scompariva per terra… non appena le foglie del faggio lì accanto oscuravano i raggi del sole. «…Sai… ero serio prima, dicevo davvero…»

Kevin sbuffò un attimo, quindi smontò dalla bicicletta e la tenne per il manubrio. «Alex… per piacere… ma dico… io, beh… ovvio che lo vorrei ammazzare quel bastardo… però… dai, siamo realisti… e per davvero, dico… dai, va beh… ti accompagno fino a casa, va…»

Si, qualche volta lo aveva già fatto, è vero. Dei giorni, quando si prendeva giù bene per qualche discorso o progettavamo qualcosa di bello, Kevin si offriva di accompagnarmi a piedi per poi tornarsene a casa da solo in bici, facendo il triplo della strada. Quel giorno però, ne sono certo, voleva vedere fino a che punto mi sarei spinto con le mie proposte che, per quanto assurde fossero, capivo che lo allettavano…

«Ascolta, Kevin… io non sto dicendo che dobbiamo per forza farlo fuori, ok? Ovvio che è irreale come cosa… Dio, credimi, da come me ne hai parlato sento voglia io di fargli del male, non mi immagino te… quindi, ti giuro, capisco quanto tu desideri vendicarti… però la soluzione potrebbe essere un filo meno drastica… secondo me la possibilità è una sola se escludi l'andare dalla polizia…»

«NO! Dalla polizia non ci va nessuno! NESSUNO! È chiaro?»

Si era fermato un istante in quell'impeto di stizza, fissandomi dritto negli occhi e facendomi capire, senza troppe perplessità, a chi fosse riferito quel "nessuno".

«Tranquillo…» commentai sinceramente per rassicurarlo «…ho imparato da un amico a non interferire con le decisioni degli altri, o almeno non in questo modo…»

Kevin sospirò.

«Che intendi dire con questo?»

«Nulla di che…» spiegai «… è solo che, beh, la responsabilità delle nostre azioni è nostra e nostra soltanto… quella ultima, dico… quella della decisione finale… ti dirò… non so neanch'io bene cosa significhi ma sento che è giusto… Io sono tuo amico, Kevin… un amico di quelli come si deve, questo lo sai, no?»

Kevin annuì. E sorrise nel farlo. Oddio, non fraintendetemi, eh… ma mi fece piacere, davvero!

«Ecco… io credo che un amico vero si debba mettere in gioco del tutto, cazzo… intendo… prendiamo una situazione estrema: tu che punti la pistola a tuo fratello. Ora… capiscimi, la decisione finale è tua, ovvio… ma io sento che se sono tuo amico davvero non mi limiterò a dirti di farlo o non farlo stando a "distanza di sicurezza"… mi capisci? Io credo che se sono un amico con le palle, uno di quelli veri davvero… beh, o ti tiro un destro per fermarti o ti do una mano a premere quel cazzo di grilletto! Ma sul serio… e la decisione finale resta tua, ma

185

io ti avrò aiutato a prenderla in modo concreto... perché è facile dire di essere amici... andare in giro farneticando cazzate tipo "gli sto vicino" quando poi torni a casa la notte e dormi felice mentre il tuo presunto amico non riesce a chiudere occhio attanagliato da tutta le merda che ha nella testa... beh, se la tua decisione sarà di fargli un buco nella fronte e tornerai a casa e ti rigirerai fra le coperte in preda al dolore che provi... io voglio essere stato lì a reggerti la mano con l'arma ancora fumante e voglio dover tornare a casa e stare male quanto te... se no sono solo parole... solo delle fottutissime parole...»

Kevin mi ascoltava con attenzione anche se man mano che parlavo il suo sguardo si rabbuiava sempre di più, fino a raggiungere il marciapiede sotto le suole delle sue Nike.

«Ma che cazzo sta facendo quel Nic della tua testa... Alex, non ti riconosco più...»

Presi quel commento come un complimento, anche se tutt'ora non sono ben sicuro che lo fosse... ma il mezzo sorriso ancora accennato sul volto del mio amico bastò a rassicurarmi delle buone finalità dietro a quelle parole.

«Nic... eh già, me ne sono accorto anch'io... ma credimi, lui non mi sta cambiando il modo di pensare... è come se mi tirasse fuori delle verità che ho già dentro... lui... boh, mi sblocca la testa... tutti questi pensieri sono miei, davvero, è solo che mi ha dato una mano a capirli... è un grande, quel tipo, davvero... ma me l'ha detto anche lui che è così che funziona... è tipo il principio di una qualche palandrana dell'antica Grecia, un certo Socrate, presente? Dai è famoso… beh, il concetto credo si chiami *maioutila*… o maieutica… qualcosa del genere…»

Kevin sbuffò di nuovo ed io capii che dei filosofi Greci non gli importava poi troppo…

«Ad ogni modo non è questo il punto, giusto?» aggiunsi «Io dalla polizia non ci vado, e neanche dai carabinieri o simili… sta' tranquillo… il punto è che non capisco perché non ci vai tu…»

Kevin sospirò e alzò le spalle. «Alex… io non posso… mia madre lo ha sempre coperto… capisci? Al di la del fatto che lei non vuole portare 'sto casino in braccio agli sbirri, proprio non posso… se saltasse fuori sta storia finirebbe nella merda anche lei… forse io ne uscirei come unica vittima della faccenda ma ci voglio bene a mia madre, porca puttana! No… questa faccenda richiede una soluzione… beh… *privata*…»

Quel che diceva Kevin, per quanto legalmente sbagliato, e intrinseco di un'incredibile irrazionalità e pericolosità, aveva il suo senso… e chi ero io per contraddirlo? Beh, finalmente avevo avuto un'idea dei casini a cui andava incontro e non potevo non ammettere che, per quanto mi sembrasse strano dirlo, al loro confronto i miei sembravano niente…

«Ci sta, Kevin… ci sta…» commentai «…è per questo che ti ho detto che c'era un'alternativa… e c'è…»

Kevin scoppiò in una risatina isterica. «Si… farlo fuori, giusto? Così poi ci vado io in galera per il resto della mia vita di merda…»

Trassi l'ennesimo sospiro di quel primo pomeriggio, quindi cercai di assumere l'espressione più rassicurante possibile. Kevin mi fissava come in attesa della rivelazione sensazionale… come se si aspettasse l'idea geniale… o almeno ci sperasse…

«Mary sa di questa storia?»

Kevin scosse la testa. «No… sei la prima persona con cui ne parlo… anche se… quel tuo amico deve sapere qualcosa… quando mi ha regalato quella moto, con quei soldi… cosa credi… la moto è parcheggiata in garage, non la posso guidare e Must non deve sapere che ce l'ho altrimenti si porta via anche quella… ma quei soldi… il perché… sapeva di mio fratello… non ho mai avuto il coraggio di chiedergli come facesse a sapere di questa storia… non volevo… non volevo proprio parlarne… capisci?»

Gli occhi del mio amico erano carichi del dolore e della rabbia che avevano accumulato in tutto questo tempo, ma vedevo che ora stava meglio… è come se avessi cominciato a portare parte di quel peso che gli annodava lo stomaco e gli stringeva il cuore. Ed ero felice di poterlo fare…

«Si… so cosa intendi… quando anche il solo parlare di un problema ti ricorda che il problema esiste…»

«Già…» commentò lui «…beh, che idea avevi per la testa? Dico… escludendo la polizia e il farlo fuori…»

Mi passai la lingua sulle labbra, quindi trassi un lungo respiro.

«Credo sia abbastanza consequenziale, Kevin… o lo si fa fuori, o si gioca al suo stesso gioco…»

«E cioè?»

«Beh… gli si fa capire chi comanda, ti pare?»

Kevin strabuzzò gli occhi mentre ormai eravamo arrivati davanti al vialetto di casa mia.

«Dai Kevin, mi sembra semplice… lo troviamo, vai lì, gli fai un bel… beh, chiamiamolo discorso… e lo si convince che è il caso di lasciarti in pace…»

Un colpo di vento piuttosto forte mi scompigliò i capelli e mosse le nostre giacche, e in quel preciso istante provai un'intensa sensazione di Deja-Vu…

«Alex, ascoltami… supponiamo che io decida che quest'idea non è così folle come sembra… siamo due nullità in questo mondo… come cazzo facciamo… a fare tutto quanto sto casino, dico…»

«Beh…» risposo «…quando non ce la si fa da soli ci si fa dare una mano, e io credo che entrambi conosciamo la persona che fa al caso nostro, dico male?»

Kevin mi fissò, come per accertarsi di aver capito bene di chi stessi parlando.

«Si, amico… hai capito alla grande…» gli dissi con un sorriso a trentasei denti stampato sulla faccia. «Igor va matto per questo genere di cose… non ci dirà di no!»

- - -

Le inesattezze continuavano ad aumentare, giorno dopo giorno. Ormai, nella mia testa, c'erano più incongruenze che certezze… e questo, vi sembrerà strano, ma mi stava ridando la vita…

Immaginatevi per un solo istante, per un singolo minuscolo attimo di tempo, di poter sapere tutto. Tutto quanto. Tutto quello che una persona, di lì a una vita, avrebbe fatto… pensato… sperato…

Quel siero aveva modificato il mio cervello, lo aveva cambiato, e mi aveva dato un'opportunità…

Un'opportunità che ora, per fortuna, non sapevo dire se avevo colto o miseramente sprecato.

Fortunatamente l'effetto di quel farmaco non era permanente, lo sapevo bene… era proprio per questo che avevano messo in piedi tutto questo progetto… e io avevo tranquillamente svolto ogni passo della lista di mansioni che mi erano state affidate.

Ogni informazione era stata recuperata con successo…

Eppure… erano accadute un sacco di cose che, oggettivamente, non avrei dovuto far accadere, anche se, ora della fine, avevo sempre saputo che avrei fatto… perché è così che funzionava quella merda che mi avevano sparato in corpo… ti dava la certezza… e quando hai la certezza non scegli più, non operi più nessuna decisione…

Semplicemente segui l'istinto, ed è lui il responsabile delle tue azioni: è lui che sceglie per te...

Inutile dire che non era così. Dio, era sempre stato ovvio, ma ovvio davvero... avrei dovuto capirlo... fin da quando... fin dall'inizio...

Che cazzo! Sapevo che ce l'avrei fatta a completare quella formula... lo sapevo benissimo... solo dovevo comprenderlo... e quando me ne stavo a quel tavolo con quei due idioti a spiegare il perché o il per come volevo un fottutissimo caffè triplo... avrei dovuto immaginarmi che di lì a un paio d'ore mi avrebbe telefonato Graspan... dai... avevo messo in moto tutto io... okay, magari non mi avrebbe contattato proprio quel giorno... magari non avrebbe deciso di tenermelo nascosto per quarantotto ore per farmi una sorpresa di compleanno... ma sapevo che prima o poi quella telefonata sarebbe arrivata.

Così come sapevo che avrei salvato Alex... anche se... ero e sono un essere umano... ed è questo il nostro bello... un'emozione, anche la più insignificante a livello oggettivo, può condizionarci e pervaderci la mente... distogliendoci da qualsiasi razionalità matematica, chimica e fisica...

E ormai, anche se in modo diverso da come il mio cervello me lo dipingeva, tutto stava cominciando a prendere senso... questa storia doveva raccapezzarsi... e un secondo dopo l'altro si stava rimettendo in piedi... stava lentamente ma efficacemente ritrovando se stessa...

Di certezze, dunque, me ne restavano ben poche. Ma una di quelle… beh, era chiara, limpida… cristallina…

E ne avrei parlato ad Alex…

Il mio ruolo in tutta questa faccenda ormai mi era evidente: Larry Mercer e Karl Abbt si sarebbero fatti vivi fra non troppo, e dovevo essere pronto. Dovevo… ma era difficile…

Così difficile da accettare…

Ma è così la vita… difficile è un eufemismo… ed io, beh, chi ero io per cambiare questa peculiarità della nostra esistenza? Nessuno… o forse tutti… ma che importanza poteva avere…

Ora che avevo capito il mio compito, tutto quello che potevo fare era svolgerlo al meglio. E così avrei fatto.

- - -

C'era della perfidia nelle mie parole. Oh, non potete immaginare il tipo di sensazione… quel caldo che ti sale su per le vene, e ti pervade il corpo… e la mente… quel gran mix di euforia e cattiveria…

Eh si, perché non ero sufficientemente razionale da capire che quello non era il mio di nemico… era quello di Kevin, non il mio!

Ma io…

Io desideravo fargliela pagare come se fossi lui... cioè, so di non esser chiaro, lo ammetto... il punto è che tutto il male che avevo passato, ora che avevo Giulia con me, lo avevo accantonato in un angolo, diciamo che me ne ero... *dimenticato*... ma una cosa che si smarrisce nell'oblio della mente non si dissolve nel nostro mondo... eh no, resta. E aspetta. In agguato... pronta a saltar fuori... e lì sono cazzi!

Ora, non per esser monotono, ma tutta quella merda che avevo passato era rimasta nell'ombra ad aspettare il momento propizio per provare a impadronirsi di nuovo del suo schiavetto preferito... e, beh... quando Kevin mi aveva parlato di quel che lo tormentava io mi ero immedesimato in lui... cioè, in un certo senso, per quei minuti in cui avevamo parlato, io ero stato dentro di lui... *ero stato lui...*

Ed ora, quel nemico rappresentava il mio... e tutta la rabbia che produceva e generava nel cuore di Kevin non faceva altro che sgorgare anche nel mio, di cuore.

Lui mi fissava dritto negli occhi, cercando di scrutare le mie intenzioni... affascinandosi e crogiolandosi nella cattiveria e nel male che trasmettevano in quel momento... quasi nutrendosi nell'odio e nella perversione che ci si leggeva dentro...

E mentre il cielo cominciava ad annuvolarsi sopra le nostre vite io appoggiavo una mano sulla sua spalla...

«Parliamone con Igor... andremo sul sicuro, ne sono certo...»

Lui scosse la testa. «Alex… no. Lui è un nostro amico, va bene… e mi fido di lui… cazzo, si… beh, okay, non quanto mi fido di te… tu per me sei… ma va beh, non è questo il punto… è che già quest'idea è folle… è malata… se noi la proponiamo a Igor… c'è persino il rischio che trovi il modo di metterla in pratica, lo capisci?! E cazzo… non so se è un bene, anzi…»

Le giornate si facevano via via più calde e umide… e mentre quelle nubi coprivano il cielo, una leggera afa restava fra di noi… imperterrita nel tentativo di darci fastidio… senza un minimo ritegno…

«Che cazzo vorresti dire, eh?! Fammi capire… un tempo sei stato te a dirmi di prendere in mano la mia vita, giusto?!»

Kevin non dava cenno di voler rispondere, limitandosi a fissare il manubrio della sua bicicletta.

«KEVIN, PORCA PUTTANA!! E' GIUSTO, O NO?!»

Lui chiuse gli occhi ed io sentii quell'energia, quella rabbia, raggiungermi le tempie, fino a farle pulsare e ad annebbiarmi la vista.

«Io… si… ma che vuol dire…»

«E adesso mi hai parlato di questo casino, giusto? Vuol dire… Cazzo, vuol dire che ti sei convinto che è ora di venircene fuori!»

Kevin si frugò nelle tasche, gli occhi ancora serrati, e tirò fuori il pacchetto di Lucky, quindi se ne accese una e cominciò a fare dei lunghi tiri.

194

«Io… si… credo di si… ma… cazzo, lo capisci vero?»

«Si… ma credo che sia l'unico modo… non ce la faccio più a vederti così…»

Kevin tirò su col naso, quindi fece un altro tiro.

«Sono proprio una mezza sega, non è vero?»

Scossi la testa. «Neanche un po'… davvero… io al tuo posto non sarei durato un giorno… te sono mesi che riesci a vivere trascinandoti dietro questa storia… io ti ammiro, sai?»

Lui ridacchiò un secondo prima di buttare a terra il mozzicone della sigaretta ormai finita.

«Bah… c'è ben poco da ammirare, mi sa…»

«Allora…» replicai «…è il caso che cominci a cambiare le cose, no? Non puoi e non ti permetterò di lasciare che tutto continui ad andare come sta andando… perché è questo che farebbe un vero amico, te l'ho detto… Io sono dalla tua parte, e lo sarò in modo vero…»

Kevin sorrise e, mordicchiandosi il labbro inferiore, alzò le spalle.

«E che dovrei fare, secondo te?»

«Beh…» risposi «Per prima cosa mandare un bel messaggio a Igor e trovarci per vedere cosa propone di fare…»

Kevin fece istintivamente due passi indietro. «No no no no no no! Te sei matto… ma figurati se lo chiamo…»

Io sorrisi a mia volta. Beh, onestamente, più che un sorriso vero e proprio era una mezza smorfia che lasciava intendere come invece avrei fatto di tutto per farglielo fare.

«Oh, me lo figuro eccome… infatti ora tiri fuori il telefono e gli mandi un cazzo di messaggio!»

Lui guardò in alto, un istante, poi a sinistra, come per cercare un qualche appiglio virtuale a cui aggrapparsi…

«Ehm… non ho soldi, mi dispiace…»

«Nessun problema!» replicai «Tieni il mio…»

Lui sospirò. «Non mollerai, vero?»

Io scossi la testa.

«Ho capito… beh, allora… direi che faremo come dici tu… hai vinto, Alex…»

- - -

Okay. Glielo avrei detto. E fin qui mi era tutto chiaro.

Ma quando? Dio… non ero ben sicuro che aspettare ancora sarebbe stata una buona idea, anzi… però due giorni dopo sarebbe stato il compleanno di Kevin… e… dai… non era proprio il caso… avevo aspettato dei mesi… che mai sarebbero stati un paio di giorni?!

Niente. Solo un paio di gocce nel mare del tempo…

Oh beh, di sicuro quella notte non avrei dormito, ne ero consapevole… però… ormai era inevitabile. Sarebbe andata proprio così… e quando devi annunciare la morte di qualcuno, credo non sia una cosa piacevole… eh no… Alex non l'avrebbe presa bene… ne ero conscio… ma almeno così gli avrei dato la possibilità di gustarsi appieno gli ultimi momenti in sua compagnia…

Anche se… strano… ormai non poteva più andare come la mia mente mi dipingeva la scena, quindi…

Piano, con calma… la consapevolezza che tutto questo sarebbe accaduto, okay, faceva parte di me… ma non il modo… e se il modo era diventato incerto, allora era duttile, plasmabile… io… io avrei potuto evitare tutto quanto…

Ma… al di là della possibilità…

Ne sarebbe valsa la pena? Distruggere tutto… per salvare un'emozione?

Che cazzo… perché sapevo già la risposta a quella domanda? Mah… mai una volta che la mia testa decidesse di ragionare in modo razionale, eh?

No… ero fatto così… avrei dato tutte le certezze del mondo, tutti i calcoli, tutte le pianificazioni… per salvare anche solo una semplice straordinaria emozione.

Mi alzai dal divano…

Le mani nella testa… cazzo, era possibile… forse non sarebbe andato tutto a puttane, io… potevo piegare quel destino che pesava su tutti noi…

Corsi in cucina, ma niente… lì non c'era… dai, Nic… ma che ti prende… niente specchi in cucina! Il bagno… si, il bagno… feci dietro-front e mi lanciai verso il bagno… accesi la luce e mi buttai contro lo specchio… due dita… si, solo due dita sarebbero bastate… le portai alla palpebra di destra e mi avvicinai il più possibile per guardarmi dentro l'occhio… il fiato che appannava il vetro… cazzo! Ci strofinai contro la manica per pulirlo e ripresi a fissarmi…

Si…

C'eravamo quasi…

Avevano riassunto una leggera colorazione verdastra…

Beh, non era neanche aprile… ci sarebbero voluti altri cinque mesi buoni prima che tornassero verdi del tutto… prima che fossi pronto… Beh, non ci sarebbe stato tempo… quindi mi sarei dovuto accontentare… erano abbastanza verdi per poter fare quest'altra cosa…

E poi… non era certo un effetto di quelli descritti sul "libretto illustrativo" del prodotto… ma se… beh, se avessi saputo almeno in che zona guardare… teoricamente ce l'avrei potuta anche fare…

Non c'era un secondo da perdere.

Uscii in strada prima di rendermi conto che l'auto era parcheggiata all'interno del garage. Era lì da mesi ormai…

Ma quant'è che non uscivo? Sempre rinchiuso nel seminterrato… bah…

Tirai fuori il cellulare dalla tasca dei Jeans e composi il numero di Graspan… dovevo sapere se poteva funzionare…

Però… un attimo! E se loro fossero in contatto con lui?! Avrebbero scoperto tutto… no… loro erano come me… potevano sapere ogni cosa… ogni filo degli eventi… creato e modificato nel momento in cui ciascuno di noi compiva una decisione fondamentale perché interagisse con quella trama… no…

Dovevo agire d'impulso… era l'unico modo…

Non dovevo decidere niente…

Dovevo solo sentire cosa fare… affidarmi…

Respirai…

E chiusi gli occhi…

L'aria sbatteva calda contro il mio viso… e quanti rumori… quanti suoni di quella primavera che stava per arrivare… a rincuorare chiunque avesse voluto dare ascolto a quel profumo.

Composi un altro numero…

E il telefono cominciò a suonare… neanche un secondo ed Eric stava dietro di me.

«Nic? Che c'è?»

Io mi voltai, una mano nella tasca e il telefono nell'altra, gli occhi ancora sbarrati e i polmoni carichi di primavera.

«Ciao Eric… niente armi questa volta?»

Lui restò impassibile.

«Non erano necessarie…»

«Eric, sai chi mi ricordi?»

«Chi?»

«Un tizio di uno strano film... un film vecchio, l'avevo visto quando era ancora un ragazzino... c'era quest'uomo mezzo vampiro e mezzo umano, che dava la caccia ai suoi stessi consanguinei... perché si, lui era un vampiro come loro... ma dentro era buono... e aveva deciso di stare dalla parte degli esseri umani...»

Eric si sistemò il solito impermeabile e si passò una mano lungo i capelli biondi e laccati all'indietro.

«Beh, a dire il vero... quel tipo era di colore... ma non è per quello... e neanche per come ti vesti ultimamente... io parlo del tuo scopo... Non ne abbiamo più parlato ma l'ho capito ora...»

Lo fissai, accennando un mezzo sorriso di sfida. Lui si tolse gli occhiali da sole.

«E quale sarebbe, di grazia, il mio scopo, Nic?»

«Beh, ovvio...» risposi «Tu sei contrario a tutto questo...»

«Cosa intendi dire?»

«Dai, Eric... non giochiamo... avrai anche quasi il doppio della mia età ma non sono più un ragazzino, 'kay? L'ho capito... forse te non lo vuoi ammettere... ma tu quella sera non stavi solo facendo il tuo lavoro... tu speravi che lo salvassi... perché Alex è un vita, è una persona. Non lo hai fatto per seguire degli ordini... che poi, non credere... lo so che ti era stato comandato di farlo, eh? Altrimenti... se lui muore... qui moriamo tutti... e questo i bastardi lo sanno bene...»

200

Lui sospirò.

«Dove vuoi arrivare, Nic?»

Tirai fuori le mani dalle tasche e lo presi per il collo dell'impermeabile, avvicinando la mia bocca al suo orecchio.

«Dico che ora basta con le stronzate... lo hai capito anche tu che tutto questo è sadico... è sbagliato... e vorresti fermarlo... così come lo voglio io... beh, ho la possibilità di farlo... posso salvarli... lo capisci?»

Lui fissava il vuoto, oltre la mia spalla, ma restava impassibile.

«Come?»

La sua voce era sempre così... bassa, cupa...

«Vedi... mi sono reso conto che per quanto mi sforzassi non potevo nascondermi a quelli come te... per questo ho capito che è con uno di voi che dovevo parlare... con te... tu vuoi quello che voglio io... e con il tuo aiuto porremo fine a tutto questo... se vivono... loro non esisteranno mai...»

Lasciai i lembi dell'impermeabile ed Eric si ricompose.

«Ti rendi conto di quello che mi chiedi? Nic... sarebbe tradimento...»

«Tradimento verso gente che cesserà di esistere? Sì...»

Eric sospirò.

«Cosa dovrei fare? Anche volendo io… non posso portare nessuno con me… non posso…»

«Non sarà necessario, ero al corrente di questo… me lo aveva detto Gerry. È così che aveva pensato il tutto… un genio quell'uomo… un fottuto genio… e io non l'ho mai apprezzato abbastanza… no… quel che devi fare è dirmi dove e quando si faranno vivi quei due…»

Eric assunse un'aria perplessa mentre il sole batteva caldo contro il mio petto, attraverso la camicia.

«Cosa intendi dire? Vuol dire che… non lo sai?»

Sospirai a mia volta. «No Eric… dai… su di me è stato provato il prototipo "zero" … mi ci vuole un anno… e comunque lo posso fare solo tre volte al massimo… poi il mio corpo lo rigetta… e questa sarà l'ultima… anzi… *sarebbe* l'ultima visto che non farò in tempo… sono fuori dalla "trama" Eric… non posso conoscere gli altri fili… ma tu si… tu puoi muoverti… grazie alle mie scoperte… grazie ai fogli che ho piazzato in quella cassetta di sicurezza… ora lo avete perfezionato… tu puoi farlo Eric…»

Lui si rimise gli occhiali, e tirò fuori un biglietto da un taschino nascosto all'interno dell'impermeabile, quindi vi tirò fuori anche una penna.

«È solo questo che ti serve? Sapere dove e quando si faranno vivi? Questo e mi assicuri che ce la farai?»

Trassi un profondo respiro. «Di sicuro farò del mio meglio, Eric…»

«Allora d'accordo…» rispose lui annotando qualcosa su quel biglietto e passandomelo. «Se sarai stato bravo noi non ci incontreremo mai più… perciò… voglio credere che sia così… Addio Nicolas… è stato bello conoscerti…»

E dopo essersi aggiustato il soprabito abbozzò un mezzo saluto militare e sparì nel nulla, lasciando dietro di se solo un po' di tremore nella luce e nell'aria.

Io restai lì. Immobile…

Ora potevo farcela davvero. Io avrei cambiato tutte le loro trame…

Avrei cambiato la mia.

Capitolo XI

Igor Kubarev

Eravamo d'accordo con Igor per vederci alle sei, davanti a casa mia, e lui arrivò preciso e puntuale come i treni delle mie parti... si, insomma... alle sette e un quarto il rombo del suo motorino, palesemente e arrogantemente truccato, si fece sentire in fondo alla via.

Tipo strano Igor, ma era un grande davvero. Lui era il più... diciamo... "spigliato"... di tutti noi.

Era stato il primo in tutto, fin dai tempi delle elementari... era una cosa impressionante! E capiamoci, non era certo un ragazzo viziato, eh... anzi... è solo che tutto quel che voleva trovava il modo di ottenerlo, e non è cosa da tutti.

Alle medie aveva deciso che voleva uno scooter per non essere da meno rispetto agli altri? Perfetto. Si era passato un'intera estate a raccogliere pomodori e se l'era comprato. L'anno dopo, invece, si era messo in testa che doveva suonare il basso in una band... il problema è che all'epoca non sapeva nemmeno quante fossero le note, cosa non proprio irrilevante.

Beh, molto semplicemente si era messo a lavare la macchina e a falciare il prato di Zen, il bassista di un gruppo delle nostre parti, e in cambio si faceva dare lezioni… alla fine lui gli regalò pure il suo basso da "battaglia" e così, con le sue sole forze, nel giro di neanche quattro mesi, aveva soddisfatto il suo desiderio…

E fu la stessa cosa quando si prese la botta per il kick-boxing, quando capì che era l'ora per trovarsi una ragazza, quando si mise a fare soft-air…

Insomma. Se c'era una persona che poteva incarnare le parole "pragmatismo" e "successo", quella persona era Igor Kubarev.

Ecco perché lo ritenevamo uno "avanti"… in un certo senso era il modello per tutti quanti. Era la rappresentazione di "volere è potere"… e poi… non era certo il classico perfettino. Anzi…

I suoi genitori erano venuti dalla Russia quando ancora era piccolo e sia io che Kevin avevamo l'interessante sospetto che già nel biberon gli mettessero qualche goccio di vodka… così, per farci il callo… perché, porca puttana, beveva come un Turco! Anzi, come un Russo… e reggeva da Dio!

Senza parlar delle sigarette, poi… credo che dir che si fumasse un pacchetto e mezzo al giorno sia riduttivo, ma sembrava sempre acqua per lui! E per giunta aveva solo un anno più di noi, anzi, ora che ero entrato anch'io nel "club dei quindicenni", lui era più grande solo di Kevin… e comunque mancavano neanche quarantotto ore prima che ci raggiungesse…

E poi, non è che neanche si tenesse un granché…

Solo lui sapeva quanto sua madre ci avesse provato a dirgli di vestirsi come si deve invece di andare sempre in giro in tuta e felpa, a pettinarsi quei capelli biondo cenere sempre troppo lunghi, a pigliarsi qualche paio di scarpe che non lo facessero sembrare un malriuscito rapper americano, e così via… i suoi gli avevano rotto le scatole in continuazione, per anni, ma senza risultato: lui aveva sempre fatto a modo suo e, anche quando gli altri gli si erano posti contro, aveva proseguito imperterrito per la sua strada, dimostrando a chiunque che il suo successo se lo creava da solo, con la fatica… l'impegno… e la sua personalità.

Ora era lì, col casco sottobraccio, che ci guardava con impazienza, come se fosse stato lui ad aspettare noi per più di un'ora.

«Beh… si può sapere di che si tratta?» ci fece con fare superiore.

«Te lo abbiamo già spiegato, Ig…» risposi io sbuffando.

Lui si sedette a gambe incrociate sul prato di fronte alla nostra panchina, quindi poggiò il casco accanto a lui.

«Oh, Alex… due cose… primo. Se mi chiami ancora "Ig" non riuscirò a trattenerti dal dare "gengivate" al mio casco… secondo, e non in ordine di importanza, intendevo sapere il perché…»

Kevin sospirò. «È stata un'idea di Alex… e comunque, preferirei non spiegarti i particolari… davvero, non è che non mi fidi di te… è che non voglio coinvolgerti…»

Igor parve scocciato da quella risposta. Molto proba- bilmente non gli andava a genio che si chiedesse il suo aiuto e poi lo si snobbasse così… e, Dio, avrebbe avuto ragione!

«Vedrò di esser chiaro…» replicò lui «…o mi spiega- te il motivo… oppure mi alzo e vado dalla mia morosa che, ve lo assicuro, sarebbe… più… *divertente*…»

Io fissai Kevin in cerca della sua approvazione. Lui si guardò un po' intorno e poi fece un cenno di consenso con la testa.

«Igor… vedi… c'è una persona… uno stronzo, di- ciamo… che tormenta la famiglia di Kevin… il punto è che sua madre non può andare dalla polizia perché lei… beh… non è proprio *a posto*… con la legge, dico… mi capisci?»

Igor si passò una mano sul mento, come per accarez- zare una barba che in realtà non aveva.

«Credo di aver afferrato… ed eviterò domande su tua madre, vecchio… però… giusto per capire… avete almeno un'idea su chi sia 'sto tizio?»

Kevin annuì. «Si fa chiamare "Must"… è un pesce piccolo dei pezzi di merda che bazzicano da queste par- ti… mai sentito?»

Igor fece una specie di smorfia con le labbra e alzò lo sguardo verso l'alto, come per provare a recuperare un ricordo molto lontano… ma poi, alla fine, scosse la testa.

«Mi dispiace… dei giri brutti ne conosco tanti… ma questo dev'essere ben più grande di noi perché non l'ho mai sentito…»

Rimasi sconcertato, anche se cercai di nasconderlo… soprattutto a Kevin, intendo.

«E quindi?!» Chiesi io con fare brusco «…adesso che si fa?!»

Igor alzò le mani e fece un gesto come per dirmi di calmarmi. «Hey hey… piano… piano… La prima cosa da fare è capire chi è… dove sta… come trovarlo… e poi si pensa… a come fargli male…»

Mentre parlavamo il sole calava e gli interruttori automatici fecero accendere le luci dei lampioni. Un sacco di insetti si levarono da terra per cominciare a ronzare intorno a quelle bocce luminose, danzando e volteggiando in forme sempre nuove… e annunciando che la primavera, ormai, era alle porte.

Kevin sbottò. «Igor… se fosse così facile l'avrei già fatto da una vita, non credi… Cristo… quello si sa muovere…»

«Vero…» commentò lui «…probabilmente è più che vero… però, vecchi, vi state dimenticando una cosa fondamentale… dai, la regola di base per quelli che vivono come lui…»

Io sbuffai e mi chinai in avanti, verso di lui. «Che sarebbe, se posso?»

Igor, di tutta risposta, si raddrizzò portando il suo naso ad un palmo dal mio.

«Sarebbe…» spiegò lui «…che se vuole stare nascosto, va in giro di notte… e se va in giro di notte, da queste parti, Marcus lo conosce, per forza…»

«Marcus?» chiedemmo all'unisono sia io che Kevin.

Igor batté un paio di volte le palpebre. «…è quel che ho detto mi pare…»

«Si, beh…» replicai «…è solo che… no, in effetti può aver senso… è che non ci avevo pensato…»

Igor alzò le spalle. «Beh, credo sia per questo che avete chiesto il mio aiuto…»

Kevin annuì. Ma guardatelo… fino a neanche mezz'ora prima, era convinto che fosse un'idiozia chiedere il suo aiuto… ma ora… eh, dai, non avevo avuto un'idea così sbagliata, dopo tutto, vero?

«Beh, stiamo perdendo fin troppo tempo…» riprese Igor «…ora… avvisate i vostri genitori che state a mangiare fuori sta sera… poi ci servirà un modo per arrivare fino alla statale, dove sta Marcus… io ho lo scooter… voi come fate?»

Kevin si alzò in piedi e si sistemò il giacchetto. «Noi ci saremo, non preoccuparti…» quindi mi guardò e fece un mezzo sorriso come per farmi capire qualcosa, che però non compresi.

«A posto allora!» rispose Igor. «Ci vediamo fra un po'… alle nove… facciamo davanti a casa tua, Mona! No… non te Alex, te sei "Bocia"… eh, mica vi confondo! Beh… dai… io vado… ciao ciao bimbi belli!»

E mentre Igor se ne andava a cavallo dello scooter io e Kevin restammo lì, a fissarci, in attesa che uno dei due trovasse il coraggio di fare quella domanda… quella che entrambi conoscevamo ma che, a dirla tutta, neanche avevamo la forza di ammettere a noi stessi.

E poi… beh, lui fu più forte di me.

Oppure più debole… il confine è sottile.

«Alex… te…» cominciò Kevin, lasciando trasparire tutta la fatica che accettare la domanda comportava «te dove credi che mi porterà tutta 'sta storia?»

Eh… e adesso chi gliela dava una risposta… una sensata, dico… non una piazzata lì a caso tanto per dire qualche boiata con effetto consolatorio e un pizzico di melodrammatico…

Mi limitai ad accennare un sorriso e, dopo essermi incamminato verso casa, quando ormai stavo ad una decina di metri da lui, alzai un braccio come per salutarlo e gli gridai: «Spero più vicino a star bene, amico mio!»

Lui non rispose. Neanche lo vidi. Ma sapevo che aveva sorriso anche lui.

Mentre percorrevo la strada di casa realizzai quanto fossi preoccupato del fatto che i miei non mi avrebbero dato il permesso… Dio… era quasi sicuro… mi sarei dovuto inventare una qualche balla… sì, ma cosa?!

Mmm, forse che stavo a cena da Kevin? No… poco credibile… non mi aveva mai invitato a mangiare a casa sua neanche una volta… seduta notturna di sparatorie da Nic? Mah, sarebbe stato anche peggio, dai… mia mamma già rompeva per quando ci andavo prima di cena, figuriamoci una "sessione extra"…

Poi l'idea.

Un bel panino in compagnia di Giulia… non mi avrebbe mai detto di no… mai… però…

Che stavo facendo?!

No dai… fermati un secondo, Alex… che cazzo stavo facendo?!

Avevo fomentato il mio migliore amico alla vendetta… avevo messo in moto qualcosa che, in quel barlume di lucidità, mi parse come ben più pericoloso di quanto pensassi.

E ora… ma che cazzo… coinvolgere pure Giulia?

No, era fuori discussione… ma allora cosa…

Poi arrivai a casa e mi resi conto di cosa significa farsi delle seghe mentali a caso, senza una ragione.

Sulla porta del frigorifero stava un bel biglietto, scritto da mia madre con tanta cura ed affetto ed una consistente dose di ghirigori sui puntini delle "i", con scritto ben in grande:

CIAO TESORO, LA CENA E' QUI DENTRO…

IO E PAPA' ANDIAMO AL CINEMA, TORNEREMO PER

L'UNA CIRCA… VAI A NANNA
PRESTO E FAI SOGNI D'ORO.

BACI BACI,

MAMMA

Beh… se non altro cadeva a fagiolo…

Perlomeno avrei evitato di mentire ai miei genitori… che Dio, per quando possa sembrar strano se detto da un ragazzo di quindici anni, era proprio una cosa che detestavo fare.

Aprii il frigorifero e cominciai a trangugiare l'arrosto che mia madre aveva lasciato in una pirofila, tutta ricoperta di carta stagnola… lo scaldai appena nel microonde… giusto per non disfarmi lo stomaco, che a dirla tutta era già disfatto da quel che stavo provando… aveva un gran bel nodo, eh si, non c'è che dire!

Ma mi capirete… avevo messo in moto qualcosa di più grande di me… e di Kevin…

Ah già… Kevin… Gli mandai un messaggio per avvertirlo che i miei non erano in casa… ma… com'ero messo? Non avevo nemmeno acceso la luce della cucina e mi stavo guardando intorno con quella poca che s'infiltrava tra le tende della finestra…

Il suono del cellulare che vibrava sopra la tavola e quella spia lampeggiante mi destarono di colpo.

Kevin rispondeva che sarebbe passato lui da me… okay, meglio così…

Misi la pirofila nel secchiaio e vi lasciai scrosciare dentro un po' d'acqua… giusto che non si incrostasse, se no poi mia madre chi la sentiva… e cominciai a camminare a vuoto per la stanza… freneticamente… attendendo qualcosa…

Qualcosa che neanch'io sapevo cosa fosse, forse…

Un clacson si fece sentire in strada, ed io mi precipitai fuori dalla porta.

Era Kevin… con la moto che gli aveva regalato Nic!

Dio quanto amavo quel pizzicore della sera sulla pelle… era una magia, sul serio… qualcosa di stupendo…

Kevin stava lì porgendomi un casco rosa di "Hello Kitty" e mi mostrava un sorriso beffardo… il motore ancora acceso…

«Io quello schifo non me lo metto…» dissi puntandogli un dito contro.

«Oh… io dico che te lo metterai eccome, è l'unico che avevo in casa, lo usava mia madre con lo scooter… quindi… o questo, o a piedi!»

Serrai gli occhi e sbuffando afferrai quel coso. «Ti giuro, Kevin… se mi vede qualcuno sei morto. Morto!»

«Ah ha… okay… intanto però te lo metti, eh…»

«Per 'sta volta… Kevin, *solo per 'sta volta*…»

Montai dietro e lui, dopo essersi infilato il suo, di casco, che era decisamente meno imbarazzante in quelle tonalità di nero e di giallo, partì a chiodo… il vento ci sfrecciava contro, e noi sfrecciavamo incontro alla notte che calava sempre più fitta su di noi.

Quanti pensieri… notte di speranze che si accendono e brillano nell'oscurità delle menti afflitte da tutti i casini che possono infiltrarcisi dentro.

Incontrammo Igor, e ci bastò un cenno… senza nemmeno smontare dalla moto… partimmo insieme verso la statale…

Ormai c'era buio… e il freddo nel vento si faceva sentire… sferzando in tutti i punti della pelle che non erano coperti, ricordandomi… o convincendomi… che alla fine siamo fragili, più di quanto noi stessi vogliamo ammettere, più di quanto tutti noi pensiamo…

Ma non ebbi poi troppo tempo per quelle considerazioni: neanche cinque minuti ed eravamo arrivati al furgonino di Marcus.

Marcus, cognome ignoto ai più, e quindi anche a me, era il paninaro del mio paese. Passava sette giorni su sette, dalle otto di sera alle quattro del mattino, a sfamare le anime della notte, con un panino, piadina, Coca-Cola e, come diceva lui, "patata grande che è meglio!"…

Era un tipo strano. Ma non strano come quelli che ho definito strani fin ora… lui era… beh, bizzarro. A suo modo, ecco. E lo si capiva già dall'aspetto: andava sempre in giro, o meglio, stava sempre lì, vestito come un nonno degli anni sessanta, sempre elegante, un'eleganza fuori luogo, okay, ma sicuramente elegante. Passava il tempo, fra un panino e l'altro, sistemandosi la cravatta ed aggiustandosi quei capelli crespi e mossi che non gli stavano mai a posto… ma a lui andava bene così, evidentemente.

D'altronde aveva passato tutti i suoi quarant'anni in quel modo, perché mai avrebbe dovuto cambiare proprio ora, eh… e poi… perché mai avrebbe dovuto, alla fine.

Smontammo dalla moto e gli andammo incontro.

«Ehilà, Mark!» Gli fece Igor, casco infilato nello specchietto dello scooter, e accendendosi una sigaretta.

«C-Ciao Igor! Era una settimana che non ti si vedeva!» balbettò lui destandosi dai suoi pensieri.

«Oddio vecchio… non ti crucciare così, dai… ora sono qua, sentito la mia mancanza?»

«Un po'…» fece lui con un'espressione che non capii bene se era scherzosa o effettivamente seria.

«Ben ben, dai… Ci fai tre panini ludri come si deve?»

Marcus abbozzò una smorfia malefica. «L-Ludri… tipo co-come dico io?»

«Se riesci, Mark… falli anche più ludri!»

«Oh, bene! Anzi, Perfetto! Più che perfetto! A d-dirla tutta perfino trapassato! E che passato… di verdure? Beh… no… que-questi li devo fare ludri co-come si deve… prendiamo la salsiccia…»

Marcus si era acceso e ormai parlava da solo in una frenesia che aveva qualcosa di folle, è vero, ma era magica da osservare.

Noi ci sedemmo contro il guardrail e restammo qualche istante a fissare quell'uomo che si disperava per creare i panini più gustosi della storia... amava il suo lavoro, niente da dire!

Kevin fu il primo a rompere il silenzio.

«Igor...» cominciò «...te come pensi di fare adesso?»

Igor non rispose limitandosi ad accennare una smorfia, come per chiedere in che senso.

«No, dai... davvero...» riprese Kevin «non credo che possiamo piazzarci lì e saltar fuori con domande campate per aria chiedendo di quella merda... cioè... ma dico, mettiamo che anche sappia qualcosa... perché dovrebbe dircelo... perché?! La gente non vuole grane e casini vari, credo... e poi magari sono anche amici... noi non sappiamo niente! Cazzo... niente...»

Io restai zitto. Quella fu una delle poche volte in cui davvero non sapevo come ribattere... e ne sentivo il dovere, capite? Alla fine era partita tutta da me quella storia... ne sentivo la responsabilità, in qualche modo...

Per fortuna ci pensò Igor a calmare gli animi.

«Ho un'idea... okay?» fece lui con tono calmo «Non assicuro nulla, ovviamente... come potrei? Ma tentar... in questo caso... non nuoce...»

«Dici?» replicò Kevin.

Igor non rispose.

Io diedi un colpetto al mio amico per richiamare la sua attenzione. «Può andare peggio di così?»

Lui sospirò, quindi scosse la testa.

«A posto, allora…» commentò Igor «…è il mio momento, mi sa…»

Detto questo si alzò con disinvoltura e si avvicinò al bancone di Marcus.

«Allora vecchiaccio, a che punto stanno i panini?»

Marcus alzò appena lo sguardo, ancora immerso nella sua frenetica produzione di alimenti dalla dubbia digeribilità. «Ci s-siamo quasi, eh… ci siamo quasi…»

«Buono buono, Mark… si può sempre contare su di te… a quanto pare quello che si dice sul tuo conto è proprio vero: sei il migliore sulla piazza!»

Marcus arrossì vistosamente e io mi portai una mano al viso, coprendomi gli occhi per l'imbarazzo. Era proprio questo il piano geniale di Igor?

«Dai non esagerare, figliolo…» commentò Marcus gongolando palesemente «faccio so-solo il mio lavoro, d-dopo tutto, no?»

Igor fece un falsissimo sorriso a trentasei denti.

«Piantala Mark, sei il migliore! È fuori discussione questo! Eh, tutti dovrebbero poter assaggiare i tuoi panini, tutti quanti! Anche chi non ha la possibilità di venir qui la sera… Porca miseria, vecchio mio! La gente non sa cosa si perde!!»

«Beh chissà… è che no-non saprei co-come fare…» replicò Marcus in evidente stato di estasi «Intanto prendete i vostri panini fi-finché sono caldi, su eh! Che freddi p-poi non son più così buoni!»

Igor si girò di scatto verso di noi e ci lanciò un occhiata strana, poi, quasi impercettibilmente, mosse le labbra come per dire "fermi"... Kevin non si mosse, e io decisi di imitarlo.

«'cca boia che mezze fighette...» fece girandosi di nuovo verso Marcus «Da qua, amico... glieli porto io... che quei due il culo da terra non lo schiodano...»

Marcus gli sorrise e gli allungò i nostri due panini, e lui, con fare servizievole ce li portò. Ma poi... che diavolo aveva in mente? Bah... stavo cercando di farmi alcune idee ma nessuna sembrava oggettivamente plausibile, anzi... Più che altro pareva che neanche Igor sapesse che cosa stesse realmente facendo. Eppure, ovviamente, non era così.

«Marcus caro... hai superato te stesso!» commentò Igor «Anche se nel mio hai dimenticato i peperoni!»

Marcus strabuzzò gli occhi. «Oddio... sschuusa! Ti giuro... non volevo! Dammelo qua che te lo sistemo...»

«Ma figurati dai...» replicò Igor «...resta comunque il panino più buono del mondo!»

Il nostro amico gli sorrideva ancora ma Marcus sembrava non volerne affatto sapere. Era come se il suo presunto errore gli pesasse sulla coscienza... che poi, mi chiedevo se davvero un panino potesse essere così importante per qualcuno... e soprattutto, al di là di questo, avevo la strana sensazione che Igor non avesse mai accennato ai peperoni… ad ogni modo, quella situazione così buffa e infantile era terribilmente snervante. Provate a pensare a cosa passava per la testa a me e a Kevin… tutto quel discutere di panini era l'ultima cosa che avremmo voluto sentire, ve lo assicuro.

«No no, eh…» continuò Marcus «Devo f-farmi perdonare. Devo… o questa notte non dormirò! Eh, ma sschuusa!»

Non ci giurerei ma, al suono di quello "sschuusa" le labbra di Igor mi parvero formare una strana smorfia, in quella notte così particolare. Mi voltai verso Kevin… e capii che anche lui l'aveva notato.

«Senti Mark…» replicò Igor «…davvero non ti devi preoccupare… sono cose che capitano… certo coi peperoni sarebbe stato ancora più fantastico… e gustoso… e speciale… come solo tu li sai fare… ma anche così è molto buono, davvero!»

Marcus non ci vedeva più. Andava avanti e indietro dall'altro lato del bancone in preda ad una strana frenesia.

«N-No. N-Non si può! Io d-devo… DEVO…»

«Ehm… Mark?» fece Igor cercando di richiamare l'attenzione del paninaro «senti… se per te è così importante… dico, ci sarebbe… in effetti… un piccolo piacere che, diciamo, potresti farmi…»

Marcus ammutolì. «E che cosa?»

«Beh vedi…» cominciò Igor «…c'è un amico… un amico che è un sacco di tempo che non vedo… e so che molto probabilmente spesso passa di qua… perciò mi dicevo… magari il vecchio Marcus lo conosce, eh… Magari lui potrebbe aiutarmi…»

«Oddio, s-se posso lo faccio di sshicuuro!» rispose Marcus con gli occhi illuminati da questa possibilità di redenzione. «Chi s-sarebbe questo amico?»

«Oh beh, non credo che tu lo conosca per il suo vero nome… cioè… dai, tutti lo chiamano Must…»

Marcus si bloccò. Così, di netto, come se gli avessero staccato la spina, e rimase immobile a fissare il vuoto.

L'aria della notte si era fatta ormai fredda e pungente, nonostante la primavera fosse alle porte, e io cominciavo ad avere dei piccoli brividi corrermi lungo le braccia.

Ma chi l'aveva detto che era colpa del freddo? Eh…

Nessuno. E di certo non Marcus, che se ne stava ancora là, impietrito ed assorto.

«Mark?» fece Igor lasciando trasparire evidente perplessità riguardo allo stato del paninaro « va… tutto bene?»

Marcus abbassò gli occhi. «Ma per chi mi hai preso, eh, Igor?»

Il suo tono si era fatto improvvisamente serio. Serio e carico di rabbia… come nessuno di noi lo aveva mai sentito prima.

Igor fece un passo indietro, come se quel Marcus lo stesse spaventando a morte… e, Dio, credo proprio che fosse così.

«Ma per chi mi avete preso tutti voi?» continuò. «Ma dico… eh… credete c-che so-solo perché sono un po' strano… allora, beh, certo… mi si p-può provare ad ab-bindolare, né! Eh ma sschuusa! Certo che voi ragazzi sie-te p-proprio meschini… certe volte, dico…»

Dopo quella specie di piccola esplosione di stizza Marcus decise di calmarsi, e dopo essersi portato una mano alla fronte, si sedette sul bancone dietro di lui, di fianco all'affettatrice dove solo pochi istanti prima aveva finito di preparare il prosciutto per i nostri panini.

«Ragazzi io…» riprese poco dopo «…che cosa vo-vo-lete davvero da me?»

Nessuno rispose. Nessuno. E nell'aria, per un paio di minuti, restò solo il silenzio.

E poi capii. Beh, o almeno compresi, che la sincerità, a volte, è la strada migliore da percorrere… o almeno lo è quando da perdere, ormai, non hai più nulla.

«Stiamo cercando quel tipo, tutto qua…» risposi io ad un tratto, interrompendo il silenzio e la tensione che esso portava con se.

«M-Ma dai!?» replicò Marcus con tono sarcastico. «Fin lì ci arrivavo anche da solo, sai? Io dico… perché?! Ma avete idea di chi sia quel… quel… quello?! Dico… ma ne avete la minima idea?!»

Ci fu un altro momento di silenzio, e proprio quando cominciavo a temere che sarebbe stato snervante come qualche istante prima, inutile dirlo, mi dovetti ricredere.

«Sì...» rispose Kevin, prendendo la parola per la prima volta. «Sì, lo so bene. Perché, vedi... lui è mio fratello!»

«Ssshcuusa?!» replicò Marcus esterrefatto. «No... no... non è vero... cio-cioè... è meglio che non s-sia vero... per te, dico... f-fammi capire bene... te saresti il fratello di quel b-bastardo c-c-che una notte su tre v-viene qua a... a...»

«A fare cosa?» chiese Kevin con una calma che aveva qualcosa di inquietante.

«A minacciarmi... lui... lui riscuote il p-pizzo... p-però... n-ne vuole di più... sempre più soldi... perché se ne t-tiene una parte per se quel figlio di p-puttana... e se non p-pago... beh, alla meglio mi sfascia il fu-furgone... se no... guarda...»

Nel parlare, Marcus inclinò la testa di lato, lasciando che notassimo una cicatrice lungo il collo, fino all'orecchio sinistro.

«Perciò ragazzino...» continuò Marcus «t-te lo dico co-con le buone... se sei davvero il fratello di quella merda... sparisci o-ora... o te ne pe-pentirai co-come neanche t-ti immagini...»

Il tono di Marcus era cupo e realmente minaccioso, tanto che sia io che Igor eravamo impietriti, incapaci di reagire... ma non Kevin, che teneva lo sguardo a terra, ma non voleva saperne di far quel che il paninaro gli stava ordinando.

«Te l'ho già d-detto una volta… sparisci d-da qui…» riprese Marcus.

«No…» replicò il mio amico. «Non finché non mi avrai detto dove sta…»

«Perché mai?!» ribatté Marcus «D'altronde sei suo fratello… dovresti saperlo meglio tu dove sta… e se te lo d-dico… e poi lui mi sc-scopre… e mi scopre… n-non ci penserà d-due volte a f-farmi fuori… e io ci tengo alla pelle… ci tengo, chiaro?!»

Ma Kevin neanche lo stava ascoltando. Mentre Marcus lasciava uscire dalla sua bocca quell'inutile fiume di parole il mio amico aveva lasciato cadere a terra la giacca, per poi togliersi anche la maglietta.

«La vedi questa?» disse alzando per la prima volta lo sguardo, fissando Marcus dritto negli occhi, e battendosi un pugno sul petto «La vedi?! Beh… me l'ha fatta lui… perché mia madre non gli ha dato i soldi che gli servono per bucarsi… capisci? Perciò… ora… se hai un minimo di orgoglio, e due palle attaccate fra le gambe… ora, se lo sai… e lo sai… ora mi dici dove cazzo nasconde il culo quella merda umana. Poi io vado là… e gli spiego che lui ha finito di rovinarmi la vita. È chiaro?!»

Marcus deglutì.

«R-ragazzino, io… mi d-dispiace m-ma io n-non so che f-farci…»

«Hai ragione…» rispose Kevin. «Come tutti, anche tu, hai bisogno dei giusti incentivi…»

E detto questo la situazione degenerò.

Ora… io non so come fece a tirarla fuori… cioè, da dove la tirò fuori, più che altro… ma quando me ne resi conto, compresi che il mio migliore amico stava puntando un revolver dritta in faccia a Marcus.

«Kevin… ma che cazz…»

«Sta zitto Alex!» mi interruppe lui, con tono fermo e carico, fin troppo carico, di collera. «Non parlare… basta… basta parlare… l'hai detto tu, no? Basta parlare… la differenza è tra chi parla e chi agisce… ripeto… sono parole tue… e quindi? Ora che dovrei fare?! Star qui ad aspettare che 'sto stronzo ci dica quel che vogliamo sapere?! Dai Alex, dimmelo… DIMMELO PORCA PUT-TANA!! Oppure no… non dirlo, che tanto non fa diffe-renza… io… io non ho alcuna intenzione di ricominciare a piangere… no… ne ho le palle più piene che mai, e ti giuro che ora… ora che mi hai trascinato in questa sto-ria… e capiscimi, ti sono grato di averlo fatto… ma ora… ora andiamo fino in fondo… ora ci arriviamo a mio fratello, e quando ci saremo arrivati… quando *io ci sarò arrivato*… beh… allora si vedrà…»

Non c'era alcun rumore, neanche un respiro. Solo le auto nella statale, e il generatore del furgoncino di Mar-cus… e nient'altro… solo i nostri cuori che battevano, e un paio lacrime di Kevin che gocciolarono sull'asfalto… e nient'altro.

«Ed ora… Marcus…» riprese Kevin «…ora sai che momento è della mia vita?»

Il paninaro, di tutta risposta, deglutì, quindi scosse la testa.

«Bene, Marcus… te lo dico io che momento è… questo è il momento in cui o tu mi dici dove si trova mio fratello, oppure, e ti giuro che sto pregando un Dio in cui non credo perché non vada come ti sto per dire… oppure… beh, oppure è il momento in cui io *divento come mio fratello*… capisci cosa intendo?»

La calma nella voce del mio amico era falsa… lo si capiva lontano anni luce. In realtà credo stesse recitando una parte… forse quella di un qualche gangster in un film degli anni ottanta… ad oggi ancora non lo so, non glielo chiesi mai. Resta il fatto che, mentre faceva quel suo breve monologo, caricò l'otturatore della pistola e prese la mira alla fronte di Marcus.

Non sapevo cosa avesse realmente intenzione di fare, e questo mi spaventava… Kevin… il Kevin che io avevo sempre conosciuto, potrei metterci una mano sul fuoco, non avrebbe fatto del male ad una mosca… ma quella notte, che dire… la mano, io, sul fuoco… non ce l'avrei messa affatto.

«Allora?» chiese Kevin con aria di sfida. «Che hai intenzione di fare, Marcus?»

Igor era impallidito, e Marcus… lui stava anche peggio.

«Io… n-n-non… b-b-beh…»

«MA CHE CAZZO!? NON TI BASTA BALBET-TARE, PORCA TROIA?! TI METTI PURE A FARE UNA CAZZO DI PECORA?! DIMMELO!! TE LO GIURO! CONTO FINO A CINQUE, MARCUS!! FI-NO A CINQUE, CAZZO!!»

Marcus deglutì impallidendo sempre di più, a vista d'occhio.

«Ra-Ra-Ragazzino... d-dai...»

«Uno...»

Marcus deglutì di nuovo, cominciando a muovere le mani in modo frenetico... senza un senso preciso...

«I-io... t-ti p-pre-prego... ti giuro... t-ti s-scongiu-ro... Ho una famiglia... t-tu n-non v-vuoi f-farmi d-del m-male... n-no... no c-che non v-vuoi...»

«Due...»

Marcus stava dando di matto. Ormai era interamen-te pervaso da "tic nervosi" di ogni sorta: si mordicchiava le labbra, faceva strane smorfie, ciondolava, strabuzzava gli occhi... era uno spettacolo che non auguro a nessu-no...

«Kevin...» cominciai «...ti prego, pensaci... io non intendevo arrivare a questo... se per vendicarti di tuo fratello devi diventare come lui, non ha senso...»

«Taci Alex... ha senso eccome...»

«Do-Dovresti a-ascoltare il t-tuo a-a-amico...»

«STA ZITTO TE! DOV'E' QUEL BASTARDO?! ALLORA?!»

«Ma io… l-lui m-me la farà p-pagare…»

«No… no… NO… TE LA FARO' PAGARE PRIMA IO SE NON MI DICI DOV'E'!! LO CAPISCI?! DIMMELO!! COSA C'E' DI COSI' DIFFICILE DA CAPIRE!?!»

Marcus stava per collassare, era evidente.

«Kevin… io, ti prego… fallo per me, almeno… per Mary… cosa direbbe se ti vedesse ora?»

«STA ZITTO TE! STA ZITTO! E TE… TE PANINARO DEL CAZZO… TE CI RESTI SECCO QUI!! LO CAPISCI O NO!? EH? Vuoi la riprova?»

«Ma io… ve-veramente…» provò a piagnucolare Marcus.

«È proprio così, quindi… La vuoi… eh, si… te vuoi una riprova che faccio sul serio… la vuoi… bene… TRE!!»

La testa mi girava. Avevo paura.

«E ADESSO?! EH, ADESSO?! LO CAPISCI O NO?! DIMMELO!!»

Chiusi gli occhi… qualunque cosa fosse successa di lì a qualche istante… io non volevo vederla.

«DIMMELO, PORCA PUTTANA TROIA, DIMMELO!! DIMMELO!! …QUATTRO!!!»

Stava per succedere l'irreparabile. Ormai stava per succedere…

«ALLA FABBRICA DI CARTA!»

La voce di Marcus, anzi, il suo urlo, riecheggiò per un attimo nella notte, prima di dissolversi nel nulla.

Quando riaprii gli occhi vidi Kevin in piedi, con la pistola ancora puntata dove prima stava Marcus… e il paninaro a terra, che si teneva le ginocchia per lo shock…

«Da un momento all'altro potrebbe arrivare qualche cliente…» fece Kevin. «Anzi, è già un miracolo che non ne sia ancora arrivato nessuno… meglio muoversi…»

Il tempo che passò dopo fu del tutto relativo…

Quando assisti a qualcosa del genere, poi non ti preoccupi più dei secondi che passano, né dei genitori che ti aspettano a casa né di quanto saranno incazzati per il tuo imperdonabile ritardo…

Quando smontammo dalla moto, di fronte a casa mia, l'unica cosa, l'unica che mi passava per la mente, la trasformai in una domanda.

«Kevin… dimmi…»

«Vuoi sapere se l'avrei fatto davvero, non è così?» mi interruppe lui.

Io annuii. «Mi fido di te, Kevin… ma mi hai fatto paura…»

Lui sorrise. O almeno fece uno sforzo per abbozzare qualcosa che almeno vagamente ci assomigliasse, a un sorriso, quindi tirò fuori il revolver dalla tasca e né puntò la canna dritta contro il suo petto, mettendo il calcio nella mia mano e il mio dito indice a fare una leggera pressione sul grilletto.

Io non sapevo cosa dire, né tantomeno come sentirmi.

«Tu lo avresti fatto?» mi fece lui.

«No...»

Lui strinse la presa sulle mie mani, e le mie sulla pistola... ci mancava davvero poco perché la pressione sul grilletto facesse l'irreparabile...

«Per nessun motivo... né sei sicuro?»

«Non per una ragione di "giusto o sbagliato", Kevin... e neanche per qualche stupido moralismo sulla vita e sulla morte... è solo che... che io... non ne sarei capace... tutto qua...»

«E allora, Alex... io e te siamo amici, amici come neanche noi sapremmo dire... dovrà pur significare qualcosa, no?! E... sai cosa? Beh, credo che almeno significhi che, per le cose importanti, *quelle importanti davvero*, io e te siamo simili... quasi uguali oserei dire... e allora, dimmi... dimmi come avrei potuto farlo! Come? Come... se non premendo il grilletto?!»

E mentre ridacchiava di quanto aveva appena detto strinse ancora di più la presa, finché la pressione non fu troppa... il martelletto scattò... e tutto quel che ne uscì fu il confortante *"cick"* a significare che in quell'arma non vi era stato alcun proiettile.

«Dove l'hai trovata?» feci io tirando un sospiro di sollievo mentre lui riponeva la pistola nei jeans.

«Era di mio fratello...» rispose lui divenendo cupo tutto d'un tratto «... l'ha persa la prima sera che è venuto da noi… a rovinare la vita a me e mia madre… quando l'ho trovata aveva un solo una pallottola nel tamburo… e ti giuro, Alex… ti giuro… che se quella pallottola dovrà mai essere sparata da questa pistola… beh, avrà il nome di mio fratello inciso sopra!»

Capitolo XII

Forever Young

E che altro? Che altro, alla fine?

Qual è il desiderio ultimo dell'uomo se non questo? Se non il dimostrare che la morte si può vincere?

Tutto si è sempre basato su quest'insensata ed utopistica visione della vita, e della non vita. Ogni pensiero... ogni azione... ogni credenza...

Pensate. Pensate per un solo istante alla storia del nostro popolo... pensate alla gente. L'obbiettivo di tutti quanti è sempre quello...

Ed ecco che il nostro scopo diventa quello di preservare il nostro futuro: paghiamo le tasse per la pensione sperando in un domani migliore... investiamo energie e risorse per chi verrà dopo di noi...

E non è finita qua. Pensate al nostro stesso corpo... Alla fine, ridotti all'osso, non siamo altro che una sofisticatissima macchina atta a tramandare i nostri geni, per garantirne l'assoluta immortalità.

Ma mi rendo conto che questo è un discorso da uomo di scienza, se così posso definirmi alla mia giovane età. Beh, Graspan sarebbe fiero di me, ne sono sicuro...

Comunque il fatto è riscontrabile sempre e comunque. Prendiamo ad esempio le religioni: esse parlano quasi sempre, forse in vena consolatoria, o forse per altre ragioni, di una seconda vita, un'altra occasione per riparare agli errori commessi. Un'ennesima possibilità per far fronte a quel che abbiamo fatto, per ricominciare. Per poter dire: "Okay, ricominciamo da zero. Tabula rasa e via!"

Ed è questa la magia... quell'insensata vena di euforia che proviamo quando fantastichiamo su tutto questo. Mi chiedo a chi non sia mai capitato di dire: "Ah, se solo potessi tornare indietro!" o ancora "Se solo potessi rivivere quel momento, farei una scelta diversa!"

Ma non è così che funziona. Eh no... c'è qualcosa che non torna in questo tipo di ragionamento.

Perché, se poteste tornare giovani, se aveste anche una sola volta l'occasione di retrocedere alla vostra vita e rioperare una determinata scelta, dimentichereste l'esperienza che quella scelta vi ha procurato, e pertanto, alla fine, optereste ancora una volta per la medesima decisione. E questo, purtroppo, rende inutile tutto il discorso.

A meno che... beh... ovviamente, a meno che non si possa riconsiderare la scelta mantenendo tutta l'esperienza relativamente maturata.

E in quel caso... in quel caso cambiereste il futuro.

Un potere del genere, nelle mani di un uomo, a cosa porterebbe?

Eh, io so solo dove condusse me, ovvero al ponte del lago maggiore, vicino alla vecchia fabbrica di carta, dove il sole batteva così caldo al tramonto, e le oche starnazzavano nell'acqua vicino alla riva, totalmente ignare di quello che stava per accadere quella sera.

L'aria era così calda e avvolgente e il mio cuore lo sentiva, e ne respirava l'ebrezza.

Chiusi la portiera dell'Audi e passai il palmo della mano sulla Lucky, nel fodero, sotto la giacca… uno contro due, ma potevo farcela, dovevo farcela…

Percorsi tutto il ponte a piedi, e raggiunsi l'altra soglia, quella che dava sulla periferia della città, quindi imboccai le scale sulla sinistra e le scesi fino all'ingresso di un piccolo palazzo ormai abbandonato da decenni.

Se quel che mi aveva detto Eric era esatto, sarebbe stato quello lo scenario in cui avrei dovuto affrontare i miei demoni e cambiare il destino di tutti noi, neanche tre ore dopo.

Mi assicurai che nessuno fosse nei paraggi, quindi con un calcio ben assestato buttai giù la serratura della vecchia porta sul retro.

Mi voltai più e più volte nuovamente… ero solo.

Trassi un lungo respiro per farmi coraggio ed attraversai la soglia di quell'edificio.

Tutt'intorno era buio pesto, se non per la poca luce rossastra che entrava dalla porta dietro di me, illuminando qualche vecchio mobile impolverato e un tappeto sudicio in fondo alla stanza.

Feci qualche passo verso il centro, e mentre i miei occhi si abituavano a quella penombra cominciai a scorgere altri dettagli: una vecchia poltrona di pelle di colore rossastro se ne stava nell'angolo, ammuffita tra le ragnatele, vicino ad una finestra serrata i cui vetri ormai rotti scintillavano sul pavimento, e sopra di loro un vecchio lampadario formato da quattro bocce disposte a spirale…

…di fronte a me stavano l'accesso al piano di sopra…

Mi chiusi dietro la porta e subito l'oscurità avvolse tutto quanto nella sua morsa avvolgente.

Procedetti a tentoni fino alla rampa delle scale aiutandomi con la luce del cellulare e mi portai fin sul primo pianerottolo, quindi, tratto un lungo sospiro, mi resi conto che non mi restava altro da fare se non aspettare.

- - -

«Ciao Alex… Kevin è su in camera sua…» mi disse sua madre dopo avermi aperto alla porta, il pomeriggio del giorno dopo; il 21 Marzo per l'appunto.

«Grazie, signora…» risposi educatamente «allora… io vado su, okay?»

Lei annuì. «Vuoi qualcosa da bere? Hai fame?»

«No, grazie…» risposi abbozzando una smorfia, mentre ormai stavo sulle scale «…ho appena mangiato…»

234

Quando aprii la porta della stanza di Kevin, che lui aveva lasciato giusto un pelo socchiusa, come per scrutare eventuali rumori di chi passasse lungo il corridoio, lo trovai seduto alla scrivania, intento ad armeggiare con quello che mi parve essere un taglierino.

«Ciao, eh…» feci io.

«Ah ciao… ho quasi finito, dammi un attimo…»

Io mi sedetti sul suo letto e presi a guardare le foto attaccate lungo la parete. Le conoscevo a memoria ma mi faceva sempre piacere vedere in quante fossi presente anch'io. Una in particolare era la mia preferita: c'eravamo entrambi insieme a Tom e un paio di altri ragazzini di cui neanche ricordavo il nome, inginocchiati in spiaggia, con il mare dietro che rifletteva di rosso il cielo al tramonto, proprio come quel pomeriggio. Eh sì, era stata davvero una bella estate…

«Ecco fatto!» ne uscì Kevin con aria soddisfatta.

«Che stavi macchinando?» gli chiesi io con fare non troppo curioso.

«Guarda tu stesso!» mi rispose porgendomi un piccolo oggetto di metallo dorato che non impiegai molto per riconoscere come una pallottola. Era estremamente lucida e lungo il bordo era inciso "Andrea Must Jovino".

«Kevin…»

Lui sorrise. «Alex io… lo sai in fondo… io spero di non arrivare mai a sparare quel colpo… ma te l'ho già detto: se è per qualcuno, allora è per lui!»

Trassi un sospiro e gli restituii il proiettile. «Lo so, amico mio... lo so...»

«Bene... perché quando sarà il momento di decidere cosa fare avrò bisogno anche di te... ed entrambi dovremo avere le idee ben chiare!»

«Già!» commentai «Ma la questione non è affatto semplice, anzi...»

Kevin si sedette di nuovo sulla poltrona della scrivania. «Alex, lo so benissimo che non stiamo giocando a carte, eh... anzi... ci tengo a farti sapere che se hai qualche minimo ripensamento sei libero di uscirne ora, adesso... anche in questo preciso istante... io non ti obbligo a seguirmi in questa faccenda, sia chiaro...»

«Ma che cazzo di discorsi fai!?» replicai io stizzito. «Ti ci ho quasi convinto io ad intraprendere questa strada, figurati se mi tiro indietro!»

«Dai Alex, si vede lontano un miglio che ci sono migliaia di cose che non ti quadrano... tu... mi stai assecondando...»

Sospirai nuovamente. «Su questo hai ragione... lo ammetto... ma dimmi cosa c'è di male nell'assecondare un amico...»

Kevin si tirò un pelo in avanti, verso di me, appoggiando la testa fra le mani, e le braccia alle ginocchia.

«C'è di male che se tutto 'sto casino degenera io vado in galera per il resto della mia vita... lo sai... e se tu sarai con me... sarai considerato mio complice o che cazzo ne so... non voglio rovinarti la vita, Alex... lo capisci?»

Io annuii. «Non succederà niente…»

«Come fai ad esserne così sicuro!?» replicò Kevin con una prontezza che lasciava quasi intendere che fosse lui per primo a volere che accadesse realmente qualcosa… qualcosa di… *spiacevole*…

«Abbiamo ripassato il piano almeno un centinaio di volte… teoricamente non dovrebbe succedere niente…»

«…*teoricamente*…» commentò Kevin. «Ma… praticamente?»

«Beh… praticamente noi andiamo alla vecchia fabbrica di carta… te cerchi Must e gli allunghi lo zainetto pieno di carta… quando fa per aprirlo per controllare cosa c'è dentro te tiri fuori la pistola e gliela punti addosso…»

«… a quel punto gli dico qualche stronzata tipo che non mi deve più venire a cercare, capisce che faccio sul serio e via col vento… si la conosco la storiella dell'allegra famigliola felice che fa i picnic in mezzo al prato…»

Sbuffai. «Se la conosci qual è il problema?»

«Alex, mi meraviglio della tua presunta intelligenza…» commentò lui «…e se… e dico "se"… il bravo stronzo non fosse da solo?»

«Non siamo cretini…» replicai «…o almeno io no… dai Kevin, daremo un'occhiata intorno prima… e se per caso non dovessimo accorgercene ti inventi una palla tipo che sei venuto a dirgli che presto gli darai i soldi…»

Il mio amico non pareva affatto tranquillo. «Alex, io ho l'impressione che tu non abbia ben chiara la gravità della situazione…» disse con tono carico di rabbia e di rancore, alzandosi la maglietta e lasciando scoperta la cicatrice a forma di X che portava sul petto. «Ora… la persona che mi ha fatto questa… dimmi… credi si farà dei problemi a farci fuori?»

Restai un attimo in silenzio prima di rispondere, ma fui sicuro di quello che dissi.

«Si… se avesse voluto davvero farti del male lo avrebbe già fatto… e poi tu gli servi… gli servi vivo e impaurito… sei la sua forma di ricatto perfetta con tua madre…»

Lui abbassò lo sguardo.

«Già…» commentò sottovoce «…Speriamo tu abbia ragione… se no per me non ci sarà un altro giorno… domani…»

«Andrà tutto bene, te lo garantisco… e poi oggi è il tuo quindicesimo compleanno… pensa a che regalo sarebbe riportare l'ordine nella tua famiglia… o no?»

«Sarebbe stupendo…» replicò lui «…ma che regalo è se me lo devo andare a prendere da solo?»

Gli sorrisi e lui ricambiò. Quella sarebbe stata un'altra notte importante, forse la più importante per il mio amico.

«E comunque…» aggiunsi «…diciamo a scopo di precauzione, eh… fra poco passerò da Nic per sparare e vedo se riesco a convincerlo a lasciarmi una pistola… ormai me la cavo piuttosto bene…»

«Che Dio ce la mandi buona, quindi?»

«Tu non credi in Dio, Kevin…»

«Ah già…» commentò lui «Che sbadato, me n'ero dimenticato…»

- - -

E pensare che quello stesso pomeriggio Alex era passato da me…

Perché poi mi venne in mente mentre me ne stavo rannicchiato nel buio di quel pianerottolo, ancora non lo so… ma mi chiesi come avrei fatto a prevedere le mosse di Larry e Karl se non ero stato in grado di sapere che il piccolo Alex mi avrebbe fatto visita proprio quel pomeriggio.

La risposta era semplice, ovvia direi… ma i dubbi mi restavano…

E poi… tra le altre cose… avevo fatto bene a spaventarlo in quel modo? A caricarlo di un tale fardello?

Probabilmente no.

Anche perché sembrò nascondermi qualcosa… qualcosa a riguardo di quanto gli dissi… qualcosa che deliberatamente scelse di non dirmi, nonostante sapesse che era la cosa giusta da fare…

Ovviamente questa era solo un'impressione, eppure, dentro di me, sapevo che era la verità.

«Ciao vecchiaccio!» mi disse per salutarmi quando ormai era già sulla soglia di casa.

«Non si usa più suonare al citofono?» chiesi io ridacchiando.

«No dai...» replicò lui «Quello è da nabbi!»

«Ah già...» replicai «Dimenticavo... tu invece sei un pro dei cancelli!»

«Di brutto!» fece lui. «Beh... facciamo due tiri?»

Ecco. Quella fu la prima stranezza. Di solito Alex si perdeva in un mare di chiacchiere... gli piaceva parlare con me... invece, quel pomeriggio, beh... sembrava volesse a tutti costi metter le mani su un'arma... pensai che avesse semplicemente voglia di sfogarsi... ma qualcosa non tornava...

«D'accordo allora...» commentai «...vedo che sei carico, oggi! Ti andrebbe di provare qualcosa di... *diverso*?»

Lui, che ormai stava sulla soglia della rampa di scale che dava sul seminterrato, si voltò ed abbozzò una strana smorfia, a metà tra il compiaciuto e il divertito.

«Diverso in che senso?»

«Beh...» risposi «...diciamo più spinto...»

Alex, di tutta risposta, scese saltando per le scale e arrivò al piano di sotto. «Dai muoviti!»

«Arrivo...» commentai sottovoce. «Si... eccomi...»

Quando lo raggiunsi lo trovai che aveva già acceso tutte le luci e si stava apprestando all'armadietto dove tenevo le varie armi da tiro.

«Lascia… voglio farti provare un'altra cosa…»

«Mm?»

Mi portai fino all'armadietto di fianco alla porta, e vi armeggia giusto un attimo, quel tanto che bastava per estrarne un paio di Uzi.

«No, aspetta…» fece Alex non appena le vide. «Dovrei usare quella roba?»

«Precisamente!» risposi io sorridendo «Passiamo dal *mirare*, beh… al *sentire*…»

«Cosa intendi dire?» chiese lui con aria nettamente incuriosita.

«Aspetta… ti faccio vedere… seguimi…»

Alex fece un'espressione perplessa, ma alla fine mi seguì fin in fondo alla stanza, dove usualmente stavano le sagome per il tiro a segno.

«Beh…» commentò un po' sarcastico «…e qui cosa dovrebbe esserci?»

«Aspetta un secondo…» risposi portandomi al pannello di controllo posto nell'angolo, quindi digitai la sequenza per il tiro dinamico.

«Allora, Alex… come si impugnano immagino che ormai lo saprai… sono due pistole mitragliatrici completamente automatiche… trentacinque colpi in ciascun caricatore… mi segui fin qua?»

Lui annuii ed io diedi il via alla sequenza. «Bene ragazzo mio… ora ci si diverte!»

- - -

Non appena Nic finì di premere quei pulsanti sul computer si sentì un forte rumore metallico… come quello che fa una saracinesca automatica quando si chiude o si apre… e poco alla volta, dalle due pareti laterali uscirono dei pannelli neri, piuttosto spessi ed alti fino al soffitto, che, strisciando su dei binari nel pavimento, mi circondarono e mi chiusero in una specie di nuova stanza circolare.

Non riuscivo bene a capire che cosa fosse successo… o meglio… perché…

«ALEX?» gridò Nic dall'altra parte di quei pannelli. «MI SENTI BENE?»

«PIU' O MENO!» urlai in risposta.

Si sentì qualche rumore provenire dall'alto, come un'interferenza al cellulare, solo molto più forte, e poi la voce di Nic uscì amplificata da delle casse nascoste.

«Meglio adesso, no?»

«Ora va bene!» risposi.

«Perfetto…» commentò lui «…ti sto facendo provare l'ultima invenzione di un mio amico… cioè, in realtà è piuttosto datata ma diciamo che l'ho scoperta da poco… insomma, lascia stare. I pannelli che vedi intorno a te sono fatti di un materiale speciale, tipo quello delle piastrelle nei giubbotti antiproiettile, presente? Beh… serve per evitare che tu mi sforacchi tutto il seminterrato!»

Nic ridacchiò all'altoparlante. Ora che me lo aveva fatto notare mi accorsi di tanti fori lungo tutti i pannelli… segno che il ragazzo si era allenato parecchio con quell'affare…

«Bene…» riprese Nic tutto ad un tratto «…allora… mettiti più o meno al centro del cerchio, ok? Fammi un fischio quando ci sei!»

Ubbidii. Camminai lentamente fin in mezzo a quella specie di gabbia cercando di prendere bene le misure… c'erano circa cinque metri tra me e ogni parete quando mi decisi a dare l'"okay" a Nic.

«Perfetto…» disse lui al microfono «… ora guarda bene!»

Non appena finì di parlare, dal soffitto si distesero una decina di punchingball a circa venti centimetri dai pannelli, e subito si misero a vorticare, dapprima solo in senso circolare, poi muovendosi liberamente per tutta l'area della gabbia, sempre più velocemente.

«Nic! Ma che cazzo?!»

«Muoviti Alex!» rispose lui all'altoparlante. «Non hai tempo di star fermo e mirare… agisci d'istinto! Quando ne colpisci uno quello si ritirerà per dieci secondi… se li colpisci tutti prima che tornino in funzione il gioco finisce… tutto chiaro? Beh… lo spero!»

- - -

Alex si allenò tutto il pomeriggio in quel modo. All'inizio non riusciva a colpire quasi nessuno dei bersagli, ma dopo un paio d'ore riuscì a stenderne contemporaneamente anche sette o otto… e mentre lui imparava, io sentivo che stava funzionando. Seppi che forse, quella stessa sera, avrei avuto qualche possibilità.

Quando i pannelli si ritirarono definitivamente, lasciando Alex libero di venire a riposarsi, lui era fradicio di sudore ma aveva un'aria soddisfatta stampata in fronte.

«Non te la cavi affatto male, sai?»

Lui prese fiato. «Dici?»

«Assolutamente!» insistetti io. «In un pomeriggio hai fatto enormi progressi, sono sbalordito!»

Alex finì di asciugarsi la fronte gongolando vistosamente, quindi, per un attimo, impallidì e si mise a fissare il vuoto, come assorto in un pensiero improvviso…

«Qualcosa non va, Alex?»

Lui non rispose, ma si limitò a scuotere il capo.

«Sicuro?» chiesi nuovamente, lasciando intendere che non avrei ceduto facilmente.

«Ma si…» rispose lui «…è solo che, boh… cioè, hai mai avuto la sensazione di aver messo in piedi qualcosa che poi ti è sfuggito di mano? Dico… cioè, intendo… qualcosa che pensavi fosse una cosa giusta, eh… e che però poi si è rivelata più grande di te… e alla fine qualcuno rischia grosso per colpa tua…»

Sembrava la descrizione della mia vita. Beh, in un certo senso lo era, calzava a pennello!

«Purtroppo si…» risposi annuendo «…so esattamente di cosa parli… *esattamente*… e ti capisco… pensa che quando è successo a me… beh, ho perso la mia famiglia…»

Non me ne ero neanche reso conto subito… ma quando rialzai gli occhi, notai che Alex era rimasto pietrificato.

«In… che senso… hai perso… cioè?»

«Nel senso che i miei cari, quella notte, vennero uccisi, Alex… niente di più, niente di meno… e questa è una storia che mio malgrado voglio e devo raccontarti… sei pronto ad ascoltarla?»

Alex si lasciò cadere a terra, con le braccia fra le gambe, e lo sguardo chino verso il pavimento.

Io mi sedetti accanto a lui.

E trattenendo le lacrime… cominciai a raccontare…

- - -

Quando Nic finì di parlare non sapevo come sentirmi. Non riuscivo a capire se fosse peggio vederlo così commosso e provato, o se concepire che mi aveva appena detto che anche nel mio caso sarebbe potuta scapparci la tragedia. E questo, ovviamente, non potevo permetterlo… sarebbe stata solo che colpa mia… interamente colpa mia…

«Alex…» riprese Nic stropicciandosi appena gli occhi «…non ti ho raccontato tutto questo né per farti pena… né tantomeno per fare del dramma inutile, capisci?»

Il suono della sua voce riecheggiava per tutto il seminterrato, gravando su quell'aria stantia, e pesando sul mio petto.

Io annuii, ma mentivo. Anzi… mi interrogavo seriamente sul perché mi avesse parlato di quella vicenda… così personale. E poi, beh… non mi stupii nemmeno un po' quando, neanche tre secondi dopo, Nic si apprestò a rispondere a una domanda che avevo solo pensato.

«Alex… io *ho dovuto*… tu dovevi sapere come andarono queste cose… solo così, quando sarà il momento, capirai cosa fare…»

Io restai perplesso. «Cosa intendi dire, Nic? Ti giuro che mi stai spaventando a morte…»

«Meglio così…» commentò lui «…credimi, è meglio così. La paura è un'emozione innata dell'uomo… a volte è controproducente, lo ammetto, ci blocca quando meno dovremmo restar fermi, sia praticamente che psicologicamente, intendo… ma altre volte, la maggior parte delle volte, dico, beh… ci rende consci di una verità sconcertante!»

Io lo fissai, e lui ricambiò il mio sguardo. Nei suoi occhi c'era il terrore…

«Quale verità?»

«Che ci siamo messi in un gran bel casino… e che è proprio il caso di venirne fuori prima che sia troppo tardi!»

«Nic…» feci io prendendo un po' di coraggio «perché hai detto che *dovevo sapere* questa storia? Cioè… sarò pronto quando succederà… *cosa*?»

Lui sospirò. «Se davvero potessi saperlo… davvero vorresti?»

Io annuii. Quanto fui stupido a farlo, solo io lo so…

«Va bene…» incominciò lui «Allora, Alex… davvero non so da dove partire… io sono molto bravo con le parole, lo sai, ma… cazzo… per queste notizie non ci sono parole migliori di altre… Alex, ti ho raccontato tutto questo perché fra non troppo tempo… così come furono in pericolo i miei affetti, saranno in pericolo i tuoi… verrà versato del sangue… nella tua vita, Alex… e, ormai l'ho capito, non potrai farci niente…»

Le tempie cominciarono a pulsarmi, e la vista mi si annebbiava.

«Cosa… cosa cazzo vuol dire 'sta cosa?»

«Alex, io ti giuro… ti giurò che farò di tutto per evitarlo… farò tutto quello che posso, te lo giuro…»

«No… NO! MA CHI CAZZO CREDI DI ESSERE PER VENIR A DIRE STRONZATE DEL GENERE!?»

Senza rendermene conto ero in piedi con le spalle alla porta, che urlavo addosso a Nic, senza neanche sapere il perché…

O forse, alla fine, lo sapevo… Quello che aveva detto era così plausibile… così *vero*… Quella stessa sera, Kevin, ci avrebbe rimesso la vita… per colpa mia… Nic non si sbagliava mai… e tutto tornava… Ora, io non avevo idea di come lui potesse sapere di tutto questo, ma non importava… lui… *sapeva*…

«Alex… io non sono nessuno… sono soltanto l'unica persona che potrà mai capirti davvero… ho passato tutto quello che hai passato te… e poi, anche di più… nella mia vita ho perso i due più grandi amici che io avessi mai avuto… e poi… poi ho perso anche la ragazza più incredibile del mondo… ho perso tutto… tutto quanto… e sto facendo tutto questo perché la mia vita me la voglio riprendere, okay? La rivoglio! E se non posso riaverla io… voglio almeno impedirti di compiere i miei stessi errori…»

Io stavo con le spalle alla porta, fissando il pavimento, ed osservandolo bagnarsi di quelle gocce che scivolavano giù dai miei occhi.

«Tu… sai?»

«No… Alex… e ringrazio un Dio in cui non credo per questo…»

«Cosa vuol dire…» replicai trattenendo le lacrime più che potevo «… cosa vuol dire che farai di tutto per impedire che questa cosa accada?»

248

Nic sospirò una seconda volta. «Se fallirò, immagino che lo capirai…»

Capitolo XIII

Buon Compleanno, Kevin!

Era passata circa una mezz'ora abbondante mentre mi ero perso tra i pensieri di quello stesso pomeriggio, e quasi mi ero scordato di star aspettando l'arrivo di Karl Abbt e Larry Mercer.

Controllavo l'ora ogni circa cinque minuti… Non sapevo neanch'io perché mi ero presentato lì così in anticipo… scaramanzia forse, oppure precauzione… chissà… quel che non mi tornava era perché avessero scelto proprio quella data per farsi vedere. Già, perché… e poi perché quel luogo… Da quanto avevo capito il protocollo prevedeva l'infiltrazione tattica il più vicino possibile alla zone di operazione… per evitare, alla meglio, le pieghe che sarebbero seguite… Ma forse, e ovviamente era solo una supposizione, questa volta avevano deciso di prendersi più tempo, osservando la scena…

Era tutto così buio intorno a me, fatta eccezione per i caratteri fosforescenti del quadrante del mio orologio, che ormai stavano perdendo quasi del tutto la loro già flebile luminosità. E c'era anche una certa calma… un'incredibile silenzio, avvolgente quasi… come il marinaio descrive la quiete prima della tempesta, tipo… e come io, in quel caso, avrei detto esser la notte più buia subito prima dell'alba…

Controllai l'ora, per l'ultima volta… mancava meno di un minuto alla resa dei conti!

- - -

Stavamo a qualche metro dal portone sprangato della vecchia fabbrica di carta, quando ormai stava per diventare buio. Ricordo ancora il mio cuore quanto batteva forte e il nodo che mi si stringeva nel petto, sempre più forte, scendendo giù e attanagliando pure lo stomaco.

Con Giulia non ero neanche riuscito a parlare… come dirle che stavo portando il mio migliore amico al suicidio e che probabilmente ci avrei lasciato la pelle pure io? Eh… non è una cosa facile da metabolizzare… no, affatto! E se non riuscivo a concepirne per bene la gravità, figuriamoci caricare qualcun altro di questa tremenda responsabilità. No… non potevo farlo…

E così mentii. Per i miei io ero da Kevin, per la madre di Kevin lui era da me, mentre per le nostre ragazze eravamo da Tom per un torneo alla playstation… bah, speravo solo che non si fossero parlati…

Ma forse, in fondo, sarebbe stato un bene… avrei avuto il pretesto per fermare tutto quanto ed evitare la tragedia che mi aveva profetizzato Nic poche ore prima… o forse, chissà, quel potere lo avevo lo stesso, e un tentativo sarebbe bastato.

«Kevin…» provai a dire «…ne sei proprio sicuro?»

Lui si voltò verso di me con aria crucciata. «Di cosa?»

«Di tutto questo… potremmo anche lasciar stare, e trovar un'altra soluzione, in fondo…»

«Ti stai cagando in mano, Alex, o sbaglio?!»

Io restai immobile. Com'era deserto intorno a noi… ma dov'era finita la gente quando serviva? Dov'era il passante che nei film fa desistere il protagonista dal buttarsi dal ponte? O che trova i due ragazzini pronti a fare una grandissima cazzata e chiama i vari genitori? Beh… ecco perché li chiamavano "Film" evidentemente…

«No, Kevin…» cercai di rispondere «Non è paura… è che un amico…»

«Nic?» mi interruppe lui.

«Si… Nic… Beh lui… non lo so ma mi ha messo in guardia da questa situazione…»

«Gliene hai parlato?!»

Kevin sembrava furioso.

«No… no, te lo giuro su quello che vuoi… no, non avrei mai osato!»

«E allora che stai dicendo?»

Sospirai e alzai le spalle. «Non lo so… è come se lui avesse già saputo… non so, anche tu l'hai conosciuto, no? Sai com'è fatto… quel tipo non l'ho mai capito… ti sembrerà una stronzata ma credo che sia in grado di leggere nella mente delle persone…»

«Ti prego…» commentò Kevin lasciando intendere quanto mi trovasse patetico.

«No, davvero… Una volta, qualche mese fa, l'ho pure sentito che parlava con mio padre di una sorta di progetto strano tipo "stra-top-secret" e che aveva funzionato e poi boh, mi ricordo che gli ho chiesto un sacco di cose ma riusciva sempre ad essere un passo avanti a me… sapeva cosa pensavo… cosa provavo… capisci?»

Kevin rimase un istante immobile, assorto, come intento a ricordare qualcosa.

«Beh…» rispose «Ricordo di aver avuto una sensazione simile, quella notte… però dai, mi sembra una gigantesca stronzata… cioè, andiamo, anche a me piacerebbe pensare che esistano figate del genere ma siamo nel ventunesimo secolo… quindi… eh, dai…»

«Okay…» commentai «…non importa, non è questo il punto… è che lui… beh, mi ha predetto questo momento… cioè, mi ha detto che per un mio sbaglio qualcuno a cui tengo avrebbe perso la vita… insomma, Kevin… te lo chiedo da amico… rinunciamo…»

Kevin, di tutta risposta, abbassò lo sguardo. Si frugò nelle tasche e ne tirò fuori il pacchetto di Lucky Strike, quindi se ne accese una e fece un paio di lunghi tiri.

«Alex... io ti ringrazio...» cominciò mentre riponeva il pacchetto nella tasca posteriore dei jeans. «...ti ringrazio per tutto quanto. Hai fatto più di chiunque altro si sognerebbe mai di fare, per me... e questo, lo sai, non lo dimentico. Non sono un idiota, Alex... non lo sono. E nemmeno un ingrato. So che mi hai messo tu su questa strada... e, credimi, anche se non voglio ammetterlo sono perfettamente consapevole che probabilmente andrà male... ma non te ne faccio nessuna colpa, anzi, ti ringrazio... Alex, questa non è una tua battaglia, è la mia... tu mi hai indicato una strada possibile, ma sta a me percorrerla, okay? E so che per come la pensi vorresti essere lì a tenermi in piedi fino alla fine di questa strada... ma non è questo il tuo compito. Io non sono bravo come te con le parole, le metafore, e tutte quelle stronzate, ma posso dirti che il tuo compito era darmi quello schiaffo che mi svegliasse, che mi dicesse "Kevin, in piedi!"... e l'hai fatto da Dio! Ma ora nessuno ti obbliga a venire con me... anzi... dovrei impedirtelo, ma non sono abbastanza coraggioso per farlo...»

Ero sconcertato. Kevin sapeva perfettamente a cosa andava incontro, eppure voleva andare avanti lo stesso.

«Alex...» riprese tirando fuori la pistola ed inserendo il proiettile nel tamburo «...ora siediti lì, e non fare cazzate. Questa è la mia vita, alla fine... e se c'è anche una sola possibilità che io possa cambiare le cose, questa notte, allora lo farò. Se andrà bene tornerò fuori da questa porta con un sorriso stampato sulle labbra e il più bel regalo di compleanno che abbia mai ricevuto…»

Mi lasciai scivolare a terra. «…e se andrà male?» sussurrai.

«…in quel caso fammi mettere un pacchetto di Lucky e una bottiglia di Jack Daniels nella bara!»

«Il Jack costa troppo, cazzone!» commentai ridendo in modo leggermente isterico.

«Ah già…» replicò lui «No, seriamente… se senti qualcosa di strano chiama aiuto, non voglio restarci, se posso!»

E detto questo rimise il revolver nel retro dei Jeans, buttò a terra il mozzicone di sigaretta, e si infilò in una finestra rotta al lato del portone.

«Sei proprio un coglione…» commentai tra me e me quando ormai il mio amico era sparito nel buio della fabbrica «…beh, buon compleanno, Kevin!»

- - -

Quando mancavano ormai pochi secondi chiusi gli occhi ed iniziai a concentrarmi. Sapevo bene come fare… beh, quella sarebbe stata la terza volta se fossi stato carico al massimo delle mie potenzialità…

Liberai la mente e mi focalizzai sulle parole di Graspan, che cominciarono a rimbombare nella mia testa, come un'eco che non vuole saperne di affievolirsi tra i picchi delle montagne.

"Svuota la tua mente Nicolas, e accorgiti che non c'è niente intorno a te... niente se non tu, il mondo, e la connessione che hai con esso..."

Cominciai a sentirmi leggero... così leggero...

"Ora soffermati un attimo sulla tua mente e guardati... Sei totalmente inerme a te stesso... e tu hai il totale controllo sul tuo corpo e sulla tua mente... nulla ti è impossibile, tutto ti è consentito... varcare soglie che l'uomo solo immagina, e cogliere la verità intrinseca di ogni istante... cioè che l'attimo è solo una goccia nel mare dell'eternità..."

Tutto il corpo cominciò ad informicolarsi. Sentivo a poco a poco che mi si intorpidivano le gambe... le braccia... il torace... il collo...

"Ecco, Nicolas... è arrivato il momento di compiere la tua scelta... decidi cosa vuoi fare di tutta questa energia che si libera dentro di te... scegli come utilizzare il tuo potere..."

Strinsi i pugni senza neanche rendermene conto e cercai di spingere quel torpore fin su, fin negli occhi, e localizzarlo nelle mie pupille.

A poco a poco sentii che ci stavo riuscendo... gli occhi stessi cominciavano a bruciare, e nonostante avessi le palpebre serrate iniziai a percepire delle immagini, sfuocate... ma reali...

Quando mi alzai in piedi ed aprii definitivamente gli occhi, un flebile bagliore verde mi si propagò dinnanzi. Scesi le scale e tornai nella stanza, quindi accesi la luce.

Solo due delle bocce del lampadario si illuminarono, diffondendo una fioca tonalità giallastra in tutta la stanza, ma di che mi lamentavo? D'altronde era già tanto che in un palazzo del genere arrivasse ancora la corrente elettrica...

Ad ogni modo aveva tutto funzionato alla perfezione... sovrapposto a ciò che vedevo normalmente, ciò che i miei occhi carpivano per loro naturale dote, vi erano altre immagini, come di fumo, in una strana tonalità verdastra... erano le immagini di ciò che ancora non era successo.

Sentivo l'energia del mio corpo che a poco a poco se ne andava, ma in cambio... stavo osservando quello che sarebbe accaduto, solo una decina di secondi più tardi...

Ad un tratto la luce nella stanza fece come delle piccole increspature, quasi impercettibili. Un istante dopo, perfettamente composti, stavano di fronte a me Larry Mercer e Karl Abbt; ed io, con non tralasciabile soddisfazione, puntavo la Lucky contro di loro.

«Buona sera, signori…»

Il timbro della mia voce era il più calmo possibile, ma sapevo che un filo di agitazione traspariva comunque.

I due, ad ogni modo, per la prima volta si fecero vedere sorpresi… ci ero riuscito. Li avevo colti alla sprovvista, e questa volta, beh… avrei vinto io!

«Ciao Nicolas» fece Karl «Come stai?»

«Evitiamo i convenevoli, per piacere. Sappiamo entrambi perché siamo qui, non è vero Karl?»

Cercai di assumere il tono di voce il più minaccioso e determinato che riuscivo, eppure l'uomo sembrò, al contrario, riacquistare la sua naturale calma.

«Se non sapessimo le cose, non faremmo il nostro lavoro come si deve… dico bene Larry?»

«Dici bene, Karl» rispose l'altro «Benissimo, oserei dire!»

«Oh, perfetto…» commentò Karl «…mi fa piacere!»

«Si, okay!» Sbottai io «Quando avete finito di lodarvi a vicenda magari torniamo al fatto che sto per ammazzarvi, vi va?»

I due si voltarono l'uno a fissare l'altro, quindi tornarono a prestare attenzione a me.

«Come dici, scusa?» fece Karl.

«Dico che potete cominciare a contare fino a dieci… e che prima di allora sarete due cadaveri!»

«Non ci stai proprio invitando a contare, allora...» commentò Larry.

«Per l'appunto...» aggiunse Karl «...anzi, logicamente parlando oserei dire che ci stai scoraggiando dal farlo, convieni Larry?»

«Oh si!» rispose a tono il collega.

Non ci vedevo più...

Se solo non fossi stato così restio all'idea di uccidere ci avrei messo molto meno a decidermi... a decidere che premere quel fottuto grilletto era la cosa giusta da fare, se volevo farla finita.

«STATE ZITTI!» gridai.

Nei loro occhi ci fu solo, e per un solo istante, un velo di perplessità.

«Andiamo Nicolas...» cominciò Larry «...sai benissimo che non hai alcuna speranza... Noi sappiamo... noi... *vediamo*...»

«E cosa vedete?» replicai in tono sarcastico.

«Ad esempio...» mi rispose Karl «...vediamo che un pezzo di calcinaccio sta per cadere proprio sul tuo orecchio sinistro e che questo ti farà perdere la concentrazione giusto quel tanto che ci basta per capovolgere questa situazione...»

«In tal caso...» commentai muovendomi verso di loro «Mi basterà fare un passo avanti...»

I due restarono impassibili. Qualche istante dopo sentii appena uno scricchiolio e quel che aveva detto Karl accadde: un piccolo pezzo di intonaco si staccò dal soffitto colpendomi l'orecchio da dietro. D'istinto mi voltai e lì, in quel preciso istante, fu l'inizio della fine.

Un momento prima di girarmi vidi la sagoma verde di Karl estrarre la pistola, e mentre ancora reagivo al naturale istinto di portarmi una mano all'orecchio mi abbassai evitando il colpo che quell'uomo avrebbe sparato dopo neanche un secondo.

Se solo non avessi esitato...

Larry cercò di afferrarmi, ma mi spostai in tempo, quindi sparai un altro colpo dritto alla nuca di Karl che però si scansò ancora prima che alzassi la pistola.

Era impossibile venirne fuori... tutti e tre potevamo vedere quello che sarebbe successo qualche istante dopo, e il risultato era una continua sparatoria a bersagli che, ormai, non c'erano più.

Per fortuna avevo seguito l'allenamento speciale nel tiro a segno con le sagome in movimento, o quella sera non sarei sopravvissuto.

Larry, tutto ad un tratto, decise di giocare d'anticipo sparando ai punti in cui mi sarei mosso.

Il primo colpo mi ferì alla spalla sinistra, ma avevo troppa adrenalina in corpo e quasi non sentii il dolore. Un'istante dopo si apprestò a sparare il secondo colpo, ma avendo colto la strategia non mi fu troppo difficile prevederlo e accovacciarmi a terra.

Decisi che dovevo fare la stessa cosa. Mi fermai un'istante e notai che per quel mio momento di esitazione Karl avrebbe provato a venirmi addosso, ma se gli avessi sparato lui lo avrebbe visto e così tutto il futuro sarebbe cambiato.

Per riuscire a venirne fuori dovevo fare qualcosa di… imprevedibile… qualcosa che loro non avrebbero potuto vedere…

Alzai la Lucky verso il soffitto e sparai alla cieca. Un paio di colpi… dritti verso il soffitto.

Per fortuna, perché in altro modo non si può definire, il tentativo riuscì e colpii il lampadario, rompendo una delle due bocce, lasciando la stanza nella penombra.

Appena Larry si distrasse a guardare verso l'alto, riparandosi gli occhi dai cocci di vetro, ne approfittai per mirarlo e un istante dopo sparare a Karl.

La finta era riuscita e l'uomo gridò dal dolore. Evidentemente gli avevo colpito una gamba, perché si accovacciò a terra incespicando.

Ormai ci eravamo tutti resi conto perfettamente delle capacità degli altri… Ognuno aveva compreso che non c'era possibilità… e lo scontro si era trasformato in qualcosa di estremamente statico.

Stavamo immobili, fissandoci a vicenda, prevedendo l'uno le mosse degli altri, e questi, di conseguenza, prevedevano cosa avrei fatto io… e così nessuno faceva niente, aspettando il momento in cui una qualche variabile, nel prossimo futuro, avrebbe dato la certezza di andare a segno… in quel caso partiva un colpo, ma non colpiva altro che le pareti, e così, poco alla volta, terminarono le pallottole, e con loro le mie forze.

Quando tutti e tre finimmo i nostri colpi, passammo alle mani… ma sapevo già di avere fallito.

Non seppi mai quanto tempo era passato, ma mi ritrovai accasciato a terra, e ormai il mio potere si era esaurito così come le mie energie.

Avevo perso…

E in fondo, già ero a conoscenza di questo destino, solo… ovviamente, non ci avevo voluto credere… ma purtroppo, se una cosa deve accadere, quella accade. E basta.

E tu non ci puoi fare niente, se non prenderla, ovviamente, e mettertela via così com'è…

Larry si inginocchiò davanti a me e con una mano mi sollevò il mento costringendomi a fissarlo dritto negli occhi… per quel che potevo, certo, dato che la vista mi si annebbiava sempre di più…

«Dimmi, Nic…» sussurrò lui con tono sprezzante «Che cos'hai ottenuto, con tutto questo?»

Io non risposi. Vidi soltanto Karl Abbt, che mentre si avvicinava, spariva nel nulla per qualche istante, apparendo poco dopo di fianco a Larry, con dei vestiti diversi, e nessuna traccia della ferita alla gamba…

«Noi siamo fuori dal tempo, Nicolas…» sottolineò Karl «Non c'è niente che ci è impossibile raggiungere, niente! Puoi ferirmi… ma non uccidermi, Nic… pensaci… posso sparire da qui quando ne ho voglia, dileguarmi in un battito di ciglia, e ripresentarmi un istante più tardi entrando da quella porta, dopo essermi fatto sei mesi di vacanza alle Maldive… Nic, dimmi… come hai potuto pensare di metterti contro il destino… come hai anche solo potuto immaginare di avere una qualche speranza contro di noi? Contro ciò che tu stesso hai creato?!»

Era tutto così ingiustamente ironico…

Lui aveva ragione… e la colpa di tutto era mia, e mia soltanto…

Il suono della Voce di Abbt cominciava a essere confuso e a rimbombare nella mia mente, nella mia testa, e mentre tutto vorticava, sapevo che di lì a poco sarei svenuto…

…dovevo fare qualcosa…

…e dovevo farla alla svelta!

- - -

C'era una ranocchia che gracidava su una foglia di loto, nel lago affianco alla strada, e il sole vi si nascondeva dietro ormai, dipingendo tutto quanto di un rosso avvolgente. A poco a poco, mentre calava e si immergeva in quello specchio del cielo, tutto diventava man mano più violaceo, per poi tingersi di un blu cupo… e nel giro di una manciata di minuti, grilli e cicale mischiarono il loro canto al rombo di qualche auto più in là.

Kevin era entrato da pochi minuti che ancora c'era la luce, e ora, mentre fissavo la finestra dalla quale si era intrufolato nell'edificio, era già notte.

Se conoscevo il mio amico… e cazzo, lo conoscevo eccome, una volta entrato si era accovacciato dietro la finestra pensando al da farsi… rimuginando un bel po' su quale fosse la tattica migliore… ma alla fine, ormai, probabilmente si era convinto che non ce ne sarebbe venuto a capo, e aveva agito d'istinto… ed era proprio questa assai probabile eventualità che mi spaventava a morte!

Tendevo l'orecchio… cercavo di distinguere un qualsiasi suono che avesse potuto significare pericolo… ma niente… tutto sembrava essere così calmo… così… tranquillo…

All'improvviso, però, accadde quello che speravo non fosse mai accaduto! Uno sparo squarciò quel silenzio della notte, facendomi sussultare il cuore.

Ma che diamine?!

Poi Ancora!

Un altro sparo! Mio Dio… e che avrei dovuto fare?!

Ed ora? Non si sentiva più nulla… di nuovo…

E se… se Kevin… se lui fosse…

No… non dovevo neanche pensarci… io dovevo restare lucido, ne andava di tutto quanto… ma quanto era difficile?! Il mio cuore batteva così forte… così velocemente…

Cazzo! Altri spari! Ma che porca troia stava accadendo là dentro?! Che diamine...

Senza rendermene conto mi ero messo in ginocchio, con i pugni contro l'asfalto a reggermi in equilibrio, e lo sguardo verso la finestra dove era entrato Kevin, come in attesa che si muovesse qualcosa, qualsiasi cosa...

Aspettavo un qualche segnale... lo aspettavo come si aspetterebbe un infarto, certo, ma lo aspettavo...

Quel che ottenni furono solo altri spari e poi niente. Solo il silenzio...

E fu in quel momento che presi una di quelle decisioni che chiunque definirebbe stupida, insensata, irrazionale... Ma è così che va di solito in questi casi, non è vero? Altrimenti... sarebbe tutto così semplice, o forse, chi lo sa, così impossibile...

Quella notte, dopo aver sentito gli spari, ed aver realizzato che il mio migliore amico, molto probabilmente, era in pericolo, da solo, in quell'edificio, io decisi di entrare e andare a cercarlo.

Vi prego di capirmi... non fu una di quelle scelte che si vedono nei film, una di quelle dove il protagonista troppo figo decide di correre nel palazzo pieno di terroristi per salvare il fratello, perché tanto lo sa che ce la farà e che alla fine, come sempre, andrà tutto bene.

No. Quella fu una decisione vera, presa non in base ad un ragionamento, ma facendosi trasportare dalle emozioni, e lasciandosi guidare dall'istinto.

Quella notte decisi non che sarei entrato per salvare Kevin, ma che lo avrei raggiunto per condividere con lui qualunque destino la sorte gli avesse riservato, perché lui era come un fratello per me, anzi, era anche di più.

Tremando come una foglia mi alzai in piedi ed esitai qualche istante, quindi cominciai ad avanzare verso quella finestra… era così buio al suo interno…

Quando, dopo qualche metro percorso il più lentamente possibile, vi arrivai dinanzi, mi sporsi un pelo all'interno… giusto per provare a vedere qualcosa, ma niente. L'oscurità nella stanza era troppo fitta e densa e per sperare di carpire un qualsiasi dettaglio…

Capii che indugiare non mi avrebbe portato da nessuna parte, quindi presi un lungo respiro e mi infilai in quell'edificio, facendo attenzione ai cocci di vetro che ancora stavano fissi sul bordo della finestra. Una volta dentro, però, ne calpestai qualcuno… Sussultai. Quel suono era così sinistro… Diamine, avevo il cuore in gola… ma dovevo andare avanti!

Tirai fuori il cellulare e provai a farmi luce con lo schermo, quel poco che bastava per non inzuccare la testa contro qualche parete…

Non mi ci volle molto a capire che mi trovavo in una stanza ben più ampia di quanto avessi immaginato all'inizio. Era vastissima e il soffitto era così distante che non riuscivo a vederlo, così, nel buio. Tutto intorno a me si trovava un complesso reticolo di vecchi macchinari impolverati, con i quali, pensai, un tempo veniva prodotta la carta per tutta la regione.

Ed ora… ora stavano lì, senza uno scopo. Nel tempo si erano trovati sistemi più rapidi ed efficaci, nonché meno costosi, per produrla, e così, alla fine, una ventina d'anni prima la fabbrica era stata chiusa divenendo un posto di ritrovo per drogati, spacciatori, e senzatetto.

Quando la situazione era diventata insostenibile la polizia aveva attuato una retata per bonificare la zona da tutto il marciume che vi si era infiltrato nel tempo… ora, dopo otto anni, se quel che aveva detto Marcus era vero, la situazione stava tornando come era un tempo.

Inutile dirlo, speravo che il paninaro avesse torto. Mai e poi mai avrei desiderato imbattermi in un qualche tizio intento a farsi di chissà cosa, quella notte… eppure era anch'essa una possibilità.

Continuai ad avanzare tra quelle macchine… lasciandomi stregare dalle ombre proiettate da quei pochi raggi della luna, che filtrando fra le travi inchiodate alle finestre creavano figure spettrali lungo tutte le pareti della fabbrica.

Poi, a poco a poco, cominciai a notare una luce diversa… dal colore più giallastro, provenire da una rampa di scale… inutile negarlo a se stessi: lì c'era qualcuno!

Con il cuore che mi singhiozzava in gola ad ogni passo, e soprattutto a ogni minimo scricchiolio delle suole delle scarpe, procedetti verso quella luce, fin in fondo alla fabbrica. Veniva dall'alto, tipo da una qualche stanza con la porta aperta in cima alle scale…

Okay Alex… Se si voleva andare fino in fondo, quella era la strada giusta!

Presi un bel respiro e cominciai a trascinarmi su, gradino dopo gradino, sempre cercando di non procurare il minimo suono e tendendo l'orecchio per captare ogni possibile segnale di pericolo, anche il più insignificante...

Quando fui quasi in cima, e ormai vedevo la porta dalla quale filtrava la luce, sentii distintamente un rumore, anzi un suono... molto particolare... sentii il mio nome...

Il cuore mi schizzò fuori dal petto e mi voltai di scatto... C'era una figura nascosta nell'ombra tra il muro e la porta... sembrava... un uomo... anzi... un ragazzo... Kevin!

«Alex, che cazzo!» sussurrò «Ma cosa ti è saltato in mente?!»

«Tu piuttosto! Che erano quegli spari?! Vuoi farti uccidere?!»

Kevin mi prese per il collo della T-shirt e mi strattonò un poco. «Gli ho sentiti anch'io, coglione! Ma non venivano da qui! È per quello che non sono entrato di là...»

Io mi bloccai... non avevo ancora realizzato che stavamo parlando, sottovoce, certo, ma stavamo comunque facendo rumore di fianco ad una stanza che con ogni probabilità ospitava qualcosa di brutto.

«Che c'è di là, Kevin?»

Lui sospirò. «Non lo so... Ma c'è qualcuno, ne sono certo! Io... ho sentito dei rumori di là... con ogni probabilità c'è... c'è lui...»

Io deglutii. «Che cosa facciamo?»

Kevin scosse la testa. «Non lo so, Alex… non ne ho idea… se si nasconde qua probabilmente ora vorrà dormire… riposarsi… potremmo aspettare che si addormenti e coglierlo di sorpresa…»

«Si ma… Kevin, porca puttana! E quegli spari che roba erano?!»

«Ma che ne so?! Dimmi te… venivano da un palazzo qua vicino, credo… Dio, Alex… non né ho idea… ma 'sta zona è una merda! Lo sai… chissà, magari una rissa finita male… oppure boh… non è un problema nostro ad ogni modo…»

Io sospirai. «Già… ma potrebbe…»

La tensione era così forte… l'aria così densa… a malapena vedevo il volto del mio amico in quella penombra… e neanche lo sentivo bene con il suono del mio cuore che rimbombava dentro di me, fin dentro la testa, ovattando ogni rumore in un fischio sinistro e terrificante.

«Sai cosa?» fece Kevin tutto ad un tratto.

«…cosa?»

Lui sorrise ed io capii che in quegli occhi stava il desiderio di fare qualcosa di folle.

«Basta pensare… Vada come vada… vada come deve andare!»

In un istante Kevin era in piedi e, senza neanche darmi il tempo di poter reagire in qualche modo, superò la soglia di quella stanza andando in contro al destino che lo aspettava, così, paziente, da una vita intera.

- - -

La vista mi si annebbiava sempre di più e sentivo che a poco a poco stavo perdendo i sensi… la testa girava… la nausea si faceva sempre più persistente…

Conoscevo benissimo quei sintomi, li conoscevo come se fossero una parte di me. Era quello che accadeva quando usavo il mio potere… o almeno, quello che era accaduto entrambe le altre volte.

Larry mi stava ancora accanto, in ginocchio. Lentamente, quasi a volerci mettere apposta troppo tempo, si avvicinò a me… portando la bocca al mio orecchio.

«E ora…» sussurrò «…ora tu credi che ti uccideremo… ma non è questo il tuo destino, no… Ora noi ti lasceremo qui… inerme… ad osservare la triste sorte che toccherà ad Alex… una sorte che tu stesso hai creato, Nicolas… il fato… che ti sei scelto da solo…»

«Vi prego…» cercai di dire nonostante la voce strozzata e la gola che mi si annodava «…vi scongiuro… lasciateli stare, loro… non hanno colpe… la colpa… è mia…»

«Esattamente…» replicò Larry, con un tono quasi divertito «La colpa è tua!»

E mentre si rialzava, Karl aveva già aperto la porta. In un istante furono fuori... e io ero perduto...

Ma sapevo... Sapevo che avrei dovuto fare qualcosa... non potevo lasciare che finisse così, no...

Ed era rimasta una sola persona che avrebbe potuto risolvere questo casino, si!

Con quell'ultimo sprazzo di forze che mi restava tirai fuori il cellulare dalla tasca dei Jeans e composi il numero di Gerry...

E mentre la stanza ruotava e vorticava...

...mentre tutto girava...

...sentivo squillare il telefono accanto al mio orecchio...

Avanti Gerry, rispondi! Rispondi porca puttana!

- *Capitolo XIV* -

Io, Il Mio Amico, e la Morte

La scena che mi era parsa davanti, appena avevo d'istinto seguito Kevin all'interno di quella stanza, era disgustosa.

C'era un mucchio di carte e cianfrusaglie varie sparse per tutto il pavimento, immerse in un sudiciume che aveva ben poco di normale. Lungo la parete di fronte alla porta stavano un paio di finestre, entrambe sbarrate e sprangate con varie assi, così che da fuori non si potesse vedere la luce, proveniente da una lampadina scoperta appesa al soffitto direttamente con i cavi elettrici che la alimentavano.

Appoggiati alla parete alla nostra destra, invece, vi era un sacco di scatoloni pieni di ciarpame vario che ne strabordava e che aveva tutta l'aria di essere roba per lo più rubata… e magari fosse stato quello il problema, lì dentro!

E invece no…

Lungo la parete alla nostra sinistra era piazzata una vecchia brandina… sporca… sudicia…

E ai piedi di quella brandina stava un uomo, un ragazzo, accovacciato su se stesso…

Indossava appena un paio di Jeans, una canottiera e nient'altro…

Ai suoi piedi stava un piccolo fornellino da campeggio, ancora acceso… e al lato di questo fornellino c'era un cucchiaio d'argento… come se fosse stato lasciato cadere…

Come se fosse caduto dalla mano di quel ragazzo… una mano che ora penzolava inerme dal suo braccio, stretto nella morsa di una cintura, con una siringa ancora conficcata nella vena…

Gli occhi sbarrati, un leggero tremolio che lo pervadeva, e nessun segno che lasciasse pensare che si fosse accorto di noi, intento com'era a lasciarsi trasportare da qualsiasi cosa si fosse sparato in corpo…

«È lui?» chiesi sottovoce.

Kevin non rispose… si limitò a stringere i pugni e ad annuire.

«Ma è…?»

«No!» Sbottò il mio amico «Questo bastardo è vivo e vegeto purtroppo…»

Io sospirai… era un sospiro di sollievo più che altro… la scena che avevo davanti mi dava la nausea, ma il pensiero che quel tizio non potesse nuocerci mi rassicurava a tal punto che il resto passava in secondo piano.

D'un tratto Kevin decise che era giunto il momento di impugnare il suo revolver e nell'attimo che impiegai a voltarmi, lo vidi prendere con cura la mira verso la fronte del fratello…

«No Kevin! Che hai intenzione di fare?!» sbottai con voce spezzata a metà via tra l'isterico e lo schizzato.

Lui trasse un lungo respiro. «Intendo fare soltanto quello che va fatto… niente di più…»

«Non erano questi i patti… non lo erano, cazzo!»

«Ah si?» rispose lui, sarcastico. «E quali erano i patti, Alex?»

Io esitai. «Beh… lo sai, dai… venivi qua dentro… *venivamo*… e poi lo si spaventava…»

Kevin serrò i denti. «Dimmi, Alex…» incominciò «Credi che lui esiterebbe? Eh?! No… tu non lo conosci… tu non sai che razza di mostro è… tu non puoi capire…»

Con il pollice della mano destra, mentre si mordeva le labbra per l'ansia e l'adrenalina, Kevin fece scattare il martello del revolver… bastava un attimo, un attimo soltanto, e questa volta avrebbe davvero sparato il colpo… lo sapevo… *lo sentivo*…

«Kevin… ti ricordi?» feci io sottovoce.

«Cosa?»

«Una volta… un giorno… ti avevo fatto un discorso strano…»

«Tu fai sempre discorsi strani...»

«Già... e cosa pensi di quei discorsi?»

Il mio amico guardò giusto un istante verso il soffitto e poi tornò a fissare il suo obbiettivo... quella testa priva di coscienza che si reggeva sul corpo del fratello.

«Penso che tu sia una persona intelligente, amico mio... ma penso anche che tu non abbia sofferto abbastanza per capire quello che provo... quello che devo fare... quello che... *ho bisogno di fare*...»

Io sospirai.

«Quella volta, Kevin... quella volta ti dissi che un vero amico sa mettersi in gioco... un vero amico si deve prendere delle responsabilità... ti dissi che se qualcuno fosse sul punto di dover sparare ad un uomo, un vero amico saprebbe porre la propria mano su quella del suo amico, e qualora lo ritenesse giusto, saprebbe aiutarlo a premere il grilletto... io sono tuo amico, Kevin... su questo spero tu non abbia dubbi!»

Kevin abbassò lo sguardo.

«Nessun dubbio, Alex... ma non voglio coinvolgerti in questa storia più di quanto non abbia già fatto... anzi, ti converrebbe andar via di qua così non avrai ripercussioni...»

Mentre parlavo mi avvicinai... lentamente... portandomi a meno di mezzo metro da lui... il mio cuore batteva forte per l'agitazione... per quanto stavo per fare...

«Ma cos'hai capito? Quella volta, Kevin...»

«Quella volta cosa?»

Neanche un attimo. Bastò giusto un istante… per capire… per agire… per essere un amico degno di tal nome.

Sentii l'impatto delle mie nocche sulla sua faccia senza neanche rendermene conto… Kevin cadeva a terra, e il mio braccio completava la traiettoria del pugno che gli avevo appena tirato.

Kevin era per terra, di fronte al fratello, e la pistola lontana da noi.

«MA CHE CAZZO HAI FATTO?! PORCA TROIA! TI GONFIO, LO GIURO!»

«Fa pure…»

Lui si mise a sedere, lo sguardo ancora perso e sbigottito, indeciso se prendersela con me o se cercare di capire le mie ragioni…

«Quella volta ti dissi anche, che un vero amico sarebbe disposto a colpirti, se per il tuo bene…»

Kevin trasse un lungo sospiro.

«Me ne ero dimenticato…»

«No…» commentai «Te ne eri voluto dimenticare… è diverso…»

Lui alzò le spalle, quindi si massaggiò la guancia.

«Potevi andarci un po' più piano, eh…»

«No beh…» risposi «…già che c'ero…»

«Alex Karin…» mi disse mentre io mi inginocchiavo di fronte a lui «…lasciati dire che sei una grandissima testa di cazzo! Ma… sono felice di conoscerti…»

Io sorrisi… e lui con me… e ci dimenticammo, per un attimo, di essere in quella stanza, in quel posto, con quel tipo per terra dietro di noi…

Si… quel tipo…

Che stava dietro di noi…

Che avrebbe dovuto essere dietro di noi…

«Kevin… dov'è andato…?!»

Il sangue nelle mie vene andava congelandosi… e un brivido di terrore mi corse su per il corpo, dalla punta dei piedi fino alla nuca… intorpidendomi gli arti… e mescolandosi a quel gusto amaro che ti impasta la bocca quando cominci a capire che le cose potrebbero andare male davvero!

«Kevin…. Kevin dov'è… dov'è… ti prego, dimmi dov'è…»

«Alex io… io non…»

«Kevin?! Kevin ti prego!»

Lui si alzo, tremando…

«Aspetta prendo la… CAZZO!»

«Cosa?!»

Lui non rispose. Era impietrito.

«KEVIN CHE CAZZO C'E'?!»

«La pistola…»

«COSA?!»

«LA PISTOLA!»

Io strabuzzai gli occhi. Non capivo più nulla…

«Non c'è più… è sparita… Alex, è sparita…»

Io e il mio amico ci fissammo negli occhi…

Sapendo già tutto…

Ma non volendoci credere…

Finché decidemmo che era giunto il momento di accettare ed affrontare una realtà che era già parte di noi.

Una realtà che stava affianco a noi… se solo avessimo deciso di voltarci…

Lentamente, trattenendo il respiro, scegliemmo di prenderne coscienza.

Il "Must" era lì, tra noi e la porta… reggeva il revolver di Kevin con la mano destra… mentre con la sinistra si staccava la siringa fino ad allora ancora conficcata nel braccio.

Reggeva l'arma e la puntava dritta contro di noi…

«Tu… brutto bastardello… come cazzo ti permetti di venir in casa mia, eh?!»

La voce del fratello di Kevin era rauca, strozzata… sporca… sembrava un miracolo che lui stesso riuscisse a reggersi in piedi, figuriamoci parlare…

«Casa?» replicò Kevin «Scusa, eh... ma ho un'altra idea di "casa", io...»

«Non fare lo stronzetto, sai? O ti pianto un pezzo di piombo in quella bella testolina del cazzo, che dici?»

Kevin non rispose... ma vidi che la sua paura, poco alla volta, si stava trasformando in rabbia... una rabbia che non gli avevo mai visto addosso... una rabbia che aveva qualcosa di anormale...

«Sai perché sono qua?» gli chiese a denti stretti.

«Sei venuto a darmi i soldi che tu e quella puttana di tua madre mi dovete dare?»

Kevin chiuse gli occhi.

«È anche tua madre... o te lo sei dimenticato?»

Must ridacchiò. «Bah... non me ne frega un cazzo di chi sia! Basta che sganci la grana... allora? Ce l'hai?»

«No...»

«Ah, non ce l'hai...» sbottò lui. «E che cazzo ci sei venuto qui a fare, allora? Beh, me lo chiedo... forse sei venuto a ridarmi questa, eh? Questa pistola è mia... era di tuo padre, sai, stronzetto? Era sua, sì! Ah, mamma gli diceva sempre che avrebbe portato solo del male... sempre... lo diceva sempre... e quando lei glielo diceva... lui... lui, sai che faceva lui?»

Io in quella stanza neanche c'ero... potevo vedere tutto, sì... potevo sentire... odorare...

Ma in quella stanza non c'ero...

C'erano soltanto le pareti e il legame di sangue che univa e divideva i due fratelli…

Io lì dentro non c'ero.

«Dimmelo tu…»

«Oh, beh… questa è una storia che mammina non ti ha raccontato, vero? Non te l'ha mai detto, eh? Ma io so! Io *ricordo*… non ho mai dimenticato… MAI! Tu eri troppo piccolo, Kev! Eri troppo piccolo! Troppo per poter ricordare le urla… e lei che piangeva… e lui che più la sentiva piangere più la picchiava… no, non puoi ricordartelo… MA IO SI! Quelle urla, Kev! Quelle urla! Quello è il punto! Quelle urla sono qui dentro! Chiuse nella mia testa… e quell'immagine di mamma in lacrime… è qui dentro! No Kev! Te eri troppo piccolo, troppo, cazzo! Troppo per poter capire che ho dovuto farlo…»

Kevin era fuori di se… e c'era qualcosa che non andava in lui… tutto intorno, era come se fosse rovente… come se l'aria fosse troppo calda… poi aprì gli occhi… e rimasi terrorizzato, più da lui che da tutto quanto fosse successo fino ad allora.

«Fare… cosa?»

«AMMAZZARLO! Io ho dovuto, capisci?! Quella puttana di mamma ti ha raccontato quella stronzata dell'incidente, non è vero?! Beh, porca troia, non è così! No, no! Io l'ho fatto fuori! Lui era pazzo, capisci? Continuava a fare degli strani studi… si iniettava della merda… col padre di questa mezza checca qua di fianco a te… erano sempre in combutta quei due… tuo padre l'ha fatto impazzire!!

No, aspetta!

Cos'era successo?!

Perché ora entrambi mi stavano fissando?!

Ora in quella stanza, io c'ero…

Cos'era cambiato?

«Ti chiami, Alex… non è vero?»

Io annuii. Quel terrore che mi stava pervadendo tutto il corpo non fece altro che accentuarsi.

«Beh, sarai felice, eh? Tuo padre è ancora vivo e vegeto… ma per colpa sua, il mio no! Beh… già che siete qua non dovrebbero esserci problemi, giusto? È pieno di drogati marci qua dentro… riuscirò a sparire… si… ma prima, bello mio, ma prima ti spacco quella testa di merda che ti ritrovi, che ne dici?! Eh? Ma si dai… mi sembra equo…»

In un attimo, in neanche un secondo, in un'eternità che mi scorreva nella mente, puntò la pistola verso di me.

Pensai che ero morto. E chi non l'avrebbe fatto? Eh…

Poi, come ormai quasi mi ero abituato a capire, accadde quello che non immaginavo…

Kevin, in un istante, mi era davanti.

«Non ti azzardare…»

«Levati di lì, sfigato… o buco il cranio anche a te, chiaro?»

«Non osare fargli del male…»

Must sbottò. «Ma non capisci? Lui è la causa di tutti i nostri mali… LUI! Quel suo paparino del cazzo ha fatto andar fuori di testa il nostro! Mi ha costretto a doverlo uccidere, lo capisci?!»

«No, no… tu hai fatto tutto, brutto stronzo. Tu. E la tua mente non mi sembra più sana di quella che dici aver avuto nostro padre. E quel che è stato è stato… ora basta… basta!»

«Spostati, fratellino… dopo ucciderò anche te, forse… ma ora levati dal cazzo e lasciami fare!»

«Ultimo avviso… *fratellone*… metti via la pistola… o giuro che me la pagherai… da vivo o da morto, tu me la pagherai…»

Il Must socchiuse gli occhi. Respirò a fondo.

…lo stava per fare…

«Anche se non lo capisci, Kev…»

…lo avrebbe fatto…

Chiusi gli occhi e li strinsi forte.

Poi eccolo.

Un rumore, assordante.

Aveva sparato…

«…è finita, fratellino…»

Poco alla volta, con la consapevolezza che avrei visto il mio amico morto, aprii gli occhi… e poi, beh… sarebbe toccato a me…

«Tu…» fece Must «Tu… fratellino… perché… perché non sei morto!?»

Kevin era ancora in piedi… vivo e vegeto… Ma… che Must avesse sbagliato mira? Che per una volta avessimo avuto un colpo di fortuna più che sfacciato?!

No… non credevo proprio… ma allora che diamine poteva esser successo?

Non ne avevo idea…

Ma che caldo che faceva… improvvisamente… così tanto caldo… da dove veniva tutto quel caldo?!

Era… era Kevin!

«Kevin?» lo chiamai scuotendogli le spalle «Come stai? Rispondimi!»

I suoi occhi erano girati all'indietro… e non dava cenno di rispondere. Poi, senza alcun preavviso, perse i sensi e cadde a terra.

«Ma che gli hai fatto?!» sbottò Must guardandomi con ferocia.

«Io… ma io… tu…»

«Cos'hai fatto al mio fratellino?!»

«Io… niente… tu volevi spolargli…»

«E l'ho fatto! E ora farò fuori anche te…»

Ero pietrificato. Ormai avevo perso la cognizione del tempo... quanto era passato da quando avevo scavalcato quella finestra? E se ormai fosse stato davvero tardi? I miei? Sarebbero stati preoccupati... non mi avrebbero più rivisto? Beh... forse era anche meglio così, dopo tutto...

Must venne verso di me... si abbassò quel tanto che bastava per portar la sua faccia all'altezza della mia, quindi mi puntò il revolver in bocca... e fu in quel momento mi venne in mente che ero salvo.

C'era un solo proiettile nella pistola... e lui questo non poteva saperlo...

Dovevo solo pensare ad un modo per toglierci dai guai, ora... si, ma cosa?!

Già... era davvero una brutta situazione...

«Hai qualche ultima cazzata da dire, stronzetto?»

Il suo fiato, marcio, pesante... mi penetrò su, fin dentro le narici...

Non risposi...

«Bene... allora... addio...»

Eh... magari avessi avuto il modo di dire "addio"... eh! E poi che avrebbe fatto una volta che premuto il grilletto si fosse reso conto che non c'erano proiettili all'interno dell'arma?

Inutile domandarselo.

Inutile...

Inutile perché non avrei mai potuto saperlo…

Sapevo solo che non sarebbe stato nulla di buono, ovvio…

Sapevo che, con ogni probabilità, sarei stato finito…

Ma, se sono qui a scrivervi, ovviamente non fu così…

Eh già… In questa storia, amici, mi rendo conto di essermi portato fin troppe volte a dirvi che qualcosa avrebbe dovuto accadere, per poi smentirmi un istante dopo… ma questo, credo, è perché la vita ogni giorno è così. Non c'è certezza, se non la morte…

…e a volte neanche quella…

La testa di Must esplose in una pozza di sangue. Alcuni brandelli del suo cervello mi finirono addosso, e un sacco di schifo si frantumò lungo le pareti…

Un proiettile lo aveva colpito alla nuca, sparato da nessuno…

In un rantolio, Must cadde a terra macchiando Kevin che era ancora svenuto ai miei piedi.

Ed io fui solo, con i due fratelli accasciati al suolo…

Lo shock fu terribile.

Così terribile, per fortuna, che non mi bloccò… non mi resi nemmeno conto di quello che era appena successo… non mi ero ancora capacitato che un uomo era appena morto davanti ai miei occhi, ucciso dal niente.

Mi chinai, soltanto, nel tentativo di rianimare Kevin…

Passarono dei minuti… o delle ore… non ne ho idea…

Poi il mio amico aprì gli occhi e si mise a sedere…

Quando vide la testa spappolata di Must non fu nemmeno troppo sorpreso… come se anche lui non riuscisse a capacitarsi della cosa…

Che avremmo dovuto fare, a quel punto?

Era troppo, troppo. Troppo per una persona normale. Troppo per due ragazzi di quindici anni appena… troppo!

Quando mio padre entrò di corsa dalla porta non capivo… non sapevo… non sapevo se essere più stupito o più spaventato… più esterrefatto o più sollevato…

Sta di fatto che era lì, e che ci avrebbe portato via…

Una benedizione… o una coincidenza…

Non importava…

Mio padre aveva davvero varcato la soglia di quella porta… non sapevo come, ma ci aveva trovati…

E ciò voleva dire che eravamo salvi…

O almeno, era quello che pensavo…

- - -

«Nic… ma che è successo?»

«Non lo so, Gerry…»

«Sono venuto dove mi hai detto... ma invece che te... dannazione, ho trovato i ragazzi! Ti rendi conto?!»

La voce di Gerry rimbombava tra l'altoparlante del cellulare e il mio orecchio...

«Ma... no... che stai dicendo?»

«Non ne ho la più pallida idea, Nic! Ma mio figlio era là dentro! E... non hai idea di che altro c'era là dentro...»

«Io...» sussurrai «...non capisco...»

«Non c'è niente da capire, Nic! Ora ho portato i ragazzi in macchina... non so che cosa sia successo ma è il caso che ce ne andiamo di qui il più in fretta possibile! Tu dove ti trovi?!»

Io esitai... quanto tempo fosse passato dallo scontro con Karl Abbt e Larry Mercer era un incognita... e sinceramente quasi faticavo a ricordarmi come fossi arrivato fin lì...

A fatica cercai di alzarmi in piedi, e poco alla volta alcune immagini mi tornarono alla mente...

«Gerry... l'entrata degli uffici... è dietro alla fabbrica... sono qui...»

«Aspettami!» rispose lui in maniera più che concitata «Faccio il giro e sono da te!»

«Io... Grazie Gerry... dovrebbe esserci la mia macchina parcheggiata fuori... così riconosci il posto...»

Gerry esitò un momento, lasciandomi sentire un lungo sospiro attraverso il telefono.

«Nic… tu come stai?»

«Eh… diciamo tutto intero… ma faccio fatica a stare in piedi… ora vedo di uscire…»

«Un paio di minuti al massimo e sono lì, promesso!»

Chiusi gli occhi e respirai a pieni polmoni l'aria umida e polverosa della stanza.

«Grazie… grazie davvero…»

- - -

«Nicolas è dietro alla fabbrica, Monika… gli ho appena parlato, sta bene!» fece mio padre con tono rassicurante.

Mia madre, che stava seduta accanto a lui, nel posto del passeggero, parve riprendere colore.

«Oddio, grazie al cielo!»

Io ero come intontito, invece… era come se tra me e il resto del mondo ci fosse stato un velo… una sorta di schermo attraverso il quale guardare tutto come lo guarderesti in un film… con quel distacco che ti fa sentire sicuro…

Come se non fosse reale… ma quanto lo era, invece!

Kevin era affianco a me, e pareva essere nello stesso stato, se non peggio!

Appoggiai la testa contro il sedile e mentre chiudevo gli occhi sentii l'auto mettersi in moto…

E poi, mentre ogni secondo che passava valeva per un ora, formulai un pensiero… un semplice concetto, ma che profumava di vita…

Nic si era sbagliato…

Lui, questa volta, aveva davvero sbagliato…

Secondo la sua storia, per una mia scelta, un mio amico sarebbe morto… eppure Kevin era ancora vivo… i miei erano davanti a me… e anche se non capivo che cosa ci facesse lì, anche lui stesso stava bene a quanto aveva appena detto papà…

Già… Nic si era completamente sbagliato, questa volta… e questo faceva di lui una persona come tutte le altre, forse… voleva dire, in un certo senso, che tutti i castelli che mi ero costruito su di lui, probabilmente, non erano altro che paranoie…

Ma le sue parole, la sua storia, erano impresse nella mie mente in modo indelebile.

Quel che mi aveva detto quello stesso pomeriggio, non lo avrei dimenticato… neanche una sillaba, neanche una sfumatura nel tono della sua voce…

"Voglio confidarti un segreto…" aveva detto. "Un segreto che tengo per me da quando avevo la tua età… non è un vero segreto, a dire il vero… ma per me lo è… perché ogni giorno cerco di far finta che non esista, e più ci provo, più mi rendo conto che è alla base di quello che sono… ti va se te ne parlo?"

In quel seminterrato, fradicio di sudore, e con la testa già proiettata a quello che avrei fatto quella sera... io avevo annuito... eh, si... annuii. Per curiosità, forse...

O forse era destino che sapessi...

- - -

Barcollavo... a stento riuscivo a reggermi, ma dovevo farcela! Un piede davanti all'altro, e poi ancora... e ancora... fino alla porta... sarebbero bastati cinque o sei passi, ma sembravano chilometri...

Ad un tratto, con la punta del piede, colpii qualcosa... qualcosa di duro...

Ma che cazz...?! Era la pistola di Karl...

Con uno sforzo immane, mi chinai a raccoglierla, e ne estrassi il caricatore. C'erano ancora due colpi...

Due soli proiettili... perché... perché non aveva sparato ancora... perché... che avesse deliberatamente scelto di lasciarmi in vita? Mah...

Ormai ero sulla soglia...

Quando la varcai, finalmente, respirai l'aria della notte... quell'aria fresca, pulita, umida... troppo umida...

E poi quell'odore mi richiamò alla mente quel che avevo voluto scordare...

E il terrore si rimpossessò di me, per la seconda volta la stessa paura…

Non era ancora finita…

- - -

«Ci sono cose, Alex, che un ragazzo della tua età non dovrebbe mai vedere… mai provare… purtroppo quando avevo quindici anni, quelle cose le ho viste… e Dio se le ho provate… quando avevo la tua età ho visto i miei genitori morire, e con loro mio fratello. Capisci? Eh… probabilmente no, non ancora…»

Io lo fissavo con aria curiosa e preoccupata. Che voleva dire quel "non ancora"?!

Quella stessa sera mi sarei cacciato dentro alla vecchia fabbrica di carta con Kevin… Nic, che diamine stavi cercando di dirmi?!

«Beh, a dire il vero lui non era mio fratello… ma per me era come se lo fosse… era la persona di cui mi fidavo… era quello a cui mi ispiravo, il mio punto di riferimento… era ciò che sarei voluto diventare, era il mio modello, il mio ricalco… Lui… si chiamava come me… o meglio, io mi chiamo come lui… Quando morì decisi che da allora Nicolas sarebbe stato il mio nome, e che avrei fatto di tutto per essere come lui, capisci? Mi capisci, Alex? Io lo volevo con tutto me stesso, e sapevo che avrei potuto… io lo avrei vendicato… ma ad oggi ancora non ce l'ho fatta…»

Rimasi perplesso. «In che senso… *vendicarlo?*»

«Sono stati uccisi, Alex… ammazzati, e in un attimo li ho persi… ho perso tutto, o quasi… restavano ancora altri due grandi affetti, ma nel tempo persi anche quelli… ed ora sono più solo che mai… Alex, non devi permetterti di perdere le persone che ami, non puoi! Ne pagheresti il rimpianto per tutta la vita…»

Io abbassai lo sguardo… non avevo mai visto Nic così provato, e mi faceva sentire a disagio…

«Vuoi… se vuoi, dico, eh… vuoi parlarmi di come è successo?»

Lui annuii. «Si… credo di si… alla fine non può che farti del bene…»

Io deglutii. Lo stavo ascoltando con attenzione, okay, ma la mia mente scalpitava per andar a fare stime, teorie, e ipotesi sul perché mi dicesse tutto quello… su cosa Nic sapesse riguardo ai miei progetti per quella sera…

«Pioveva… pioveva a dirotto, Alex… ed ero con mio padre e mia madre… eravamo all'interno della vecchia macchina del nonno… vedevo le gocce d'acqua scrosciare lungo i finestrini, e fissavo il vuoto fuori dall'abitacolo… Mio padre aveva appena ricevuto una telefonata, e mia mamma era così felice all'idea che Nicolas, il mio amico, stesse bene… Papà mise in moto la macchina, e cominciò a guidare… neanche un minuto dopo inchiodò. Mi ricordo così bene lo spavento… la pioggia era così forte e il rumore dell'acqua sul tettuccio isolava noi da tutto il resto… mi voltai, ma il mio amico, un altro mio amico che stava di fianco a me, era ancora assorto nella sua mente, incurante di tutto il resto... mi sporsi al centro dei sedili, guardando tra le teste di mia madre e mio padre... c'erano due uomini, vestiti in giacca e cravatta, proprio di fronte a noi, immersi nella pioggia... Papà fu così brusco nel dirci di stare in macchina, ma mia madre era sempre stata così testarda... scese con lui. Ed io guardavo tutto come guarderesti un film, Alex... e non mi rendevo conto di quel che accadeva...»

- - -

Si era messo a piovere, quindi... l'odore dell'erba e dell'asfalto bagnato mi penetrò fino al cervello in un turbinio di ricordi.

Sapevo già dove guardare...

Puntai il vecchio cartello della fabbrica, e dopo neanche una decina di secondi ecco che Karl e Larry si piazzavano in mezzo alla strada... ma erano troppo lontani... due puntini nella pioggia...

Dovevo muovermi... trascinarmi verso di loro prima che fosse troppo tardi... era tutta colpa mia, e io avrei dovuto rimediare...

Il destino mi aveva lasciato due proiettili, e due erano gli assassini: c'era ancora speranza!

Raccogliendo le forze da ogni fibra dei muscoli cominciai ad avanzare verso di loro, alle spalle, coperto dal rumore della pioggia che picchiava sulla strada... e celato alla vista dalla cascata di gocce che scintillavano alla luce dell'unico lampione che rischiarava, a modo suo, l'oscurità di quella notte.

Poco dopo la macchina di Gerry era di fronte a loro…

Dovevo sbrigarmi!

- - -

«I miei e quei due si dissero delle cose, Alex… ma non riuscivo a sentirli… poi avanzarono verso i miei genitori… uno di loro prese per la giacca mio padre, l'altro afferrò mia madre per il collo… entrambi puntando loro un coltello alla gola… non mi sembrava vero che stesse accadendo qualcosa del genere, capisci? *Non poteva essere vero*… Poi Nicolas arrivò alle loro spalle… apparve dal nulla, come un angelo… io… credetti che fosse tutto finito…»

- - -

«Lasciateli andare!» gridai mentre la pioggia mi schizzava negli occhi e la luce del lampione mi abbagliava la vista. «Questa volta non esiterò!»

Lentamente, Larry e Karl si voltarono, tenendo sempre il coltello ben puntato contro la gola di Gerry e Monika…

«Non impari mai, vero, Nic?» fece Larry.

«Tutto questo è colpa tua...» aggiunse Karl «...ed ora ne pagherai le conseguenze!»

«Non sono io a puntare un coltello addosso a delle persone, Karl!»

«Oh no...» replicò lui «Tu stai impugnando una pistola, infatti!»

«L'ultimo avvertimento, stronzi! Lasciateli stare!»

Vidi Larry sorridere... appena un accenno... e poi le sue labbra si mossero giusto un poco...

«...No...»

- - -

«Chiusi gli occhi così forte, Alex... non puoi capire... li strinsi per scappare da quel mondo e da ciò che il mio amico stava per fare... sentii solo degli spari... un sacco di frastuono e poi il silenzio...»

- - -

No... non poteva essere... ora capivo... capivo, finalmente... ma non avrei mai voluto capire, se avessi saputo di cosa si trattava...

Il concetto di "è colpa mia" non era mai stato così lampante, come lo fu allora…

Due colpi avevo sparato… uno a Larry, e uno a Karl… ma nell'istante in cui avevo premuto il grilletto, loro non erano più laggiù dove avrebbero dovuto essere…

E tra la canna della pistola e i miei genitori, ora non c'era più niente…

Sibilarono, si… sibilarono quei proiettili, ma troppo in fretta perché potessi sentirli… perché potessi vedere il momento in cui la vita lasciava il corpo delle persone che mi avevano messo al mondo…

- - -

«Mamma e papà erano a terra… inermi… quando riaprii gli occhi c'era soltanto Nicolas, in ginocchio… e uno di quei due uomini gli puntava una pistola contro la schiena…»

- - -

«Mi dispiace che sia dovuta andare così, fratello…» disse Karl con una voce sentita, per la prima volta nella sua vita, forse. «Senza il tuo sacrificio, noi non potremmo esistere… non possiamo modificare il corso della storia… non possiamo alterare niente in questa realtà… non ab-

biamo il diritto di interagirvi, capisci… ma per te è diverso… tu non vi appartieni… non potevamo ucciderli,
no… abbiamo dovuto lasciare che lo facessi tu… ed ora,
a noi, spetta il compito di eliminarti, ancora una volta…
ma credo che alla fine, Nic… credo che ora, non ti di-
spiaccia nemmeno troppo, come idea, quella di morire…»

- - -

Vidi quell'uomo sparare a Nic, e lui cadere a terra…
Quanto mi aveva detto il pomeriggio… quella storia…
avrei dovuto capirlo… stava cercando di avvisarmi… era
solo un pretesto per potermi evitare tutto quanto!

E io, che stupido… non l'avevo capito…

Kevin affianco a me non dava cenno di essersi reso
conto di nulla… e mentre quei due uomini sparivano nel
nulla per l'ultima volta, io corsi fuori, in strada…

La pioggia mi colse tutto d'un colpo, lasciandomi
fradicio e nudo davanti alla morte…

I miei genitori erano per terra, e non dovetti nemmeno toccarli per capire che la vita non era più in loro…
volevo piangere… ma ancora non sentivo la botta…

Nic era più in la, sdraiato che guardava il cielo, e tos-
siva nel suo stesso sangue…

«Nic!»

Lui tossì ancora mentre mi chinavo su di lui.

«Nic ora chiamo l'ambulanza, okay? Non è niente…»

«Alex…» sussurrò con quel poco di voce che gli restava, mentre si portava una mano al petto, strappando una chiave dalla catenina che aveva intorno al collo. «Prendi questa… è del seminterrato… capirai tutto…»

«Nic… come facevi a sapere tutto questo… e, cazzo, perché non me lo hai detto?! Perché non mi hai detto chiaramente cosa mi aspettava invece che far finta che la storia parlasse di te… dimmi perché, ti prego…»

Senza rendermene conto il tempo si era fermato, almeno per me… e mentre sbattevo i pugni contro l'asfalto, mentre la pioggia mi scrosciava sulla testa evitando di bagnare Nic, sentii il gusto salato delle lacrime sulle mie labbra…

La morte raggiunse anche il mio amico… a poco a poco… e quando ormai non restava che qualche lucichio… qualche barlume di Nicolas… sentii chiaramente tre parole, tre parti dell'ultimo respiro, che se ne andavano dalla sua bocca…

"Ti amo… Giulia…"

- Capitolo XV -

I Netturbini della Morte

Era bastato quell'attimo, per capire tutto.

Un attimo soltanto…

Nic non si era inventato niente. Né, alla fine, aveva utilizzato la sua amata retorica per darmi una mano ad accettare una realtà che ormai, lui, sapeva possibile… anzi, fin troppo probabile.

La sua predizione… la storia che mi aveva raccontato, non era riadattata su di lui, no… era la sua storia… ed era anche la mia…

Ora sapevo cosa faceva quel siero…

Ora capivo ogni cosa, ogni singola sfumatura nella sua voce, ogni minimo avvenimento che lo riguardasse…

Nicolas aveva preso il suo nome da un amico, che era appena morto…

Quando me ne aveva parlato… quando mi aveva predetto che una persona a cui tenevo avrebbe perso la vita, ero *sicuro* che si trattasse di Kevin… ma non avevo capito niente… Era lo stesso Nic che sarebbe morto…

Mi aveva raccontato della sua stessa morte…

Perché mi aveva raccontato della mia…

Io ero Nicolas… e lui era me… Non avevo alcun dubbio…

Le perplessità, se mai, riguardavano il come ciò fosse possibile… ma in quel momento non me ne curavo, mi capirete, immagino…

In quel momento piangevo… seduto su me stesso, con la pioggia che mi bruciava negli occhi, guardando i cadaveri dei miei genitori…

Sentii una fitta tremenda, nella testa… o nel cuore… nello stomaco… in ogni muscolo…

Era la consapevolezza che non li avrei più avuti con me, mai più…

Credo sia come una botta quando cadi dalla biciclet-ta… subito il dolore non lo avverti neanche… ma qual-che minuto dopo vorresti non esser mai montato in sella, vorresti essertene stato a casa…

Ma ormai il danno è fatto… e i loro occhi non mi avrebbero guardato crescere… non mi avrebbero più consolato, o sgridato, o apprezzato o tutto il resto…

A gattoni mi trascinai verso di loro, con fatica, e con una parte di me che lottava per restare lucido e non urla-re contro il cielo…

Mi sdraiai, guardando verso l'alto, verso il niente. E mentre mi soffocavo nelle mie stesse lacrime presi il braccio di mio padre, e quello di mia madre, e mi lasciai abbracciare da loro, un'ultima volta.

Restai lì per un sacco, ma per me fu comunque troppo poco... decisamente troppo poco in confronto ad una vita.

Mi staccai, alla fine, soltanto per colpa loro...

Quei due uomini... quei due bastardi... che ebbero il coraggio di farsi vedere, ancora...

«Ti abbiamo lasciato ben quindici minuti per metabolizzare la cosa, Nicolas...» fece il volto ripugnante di quello di colore, in piedi sopra di me... solo in quell'istante ricordai di averlo già visto, qualche mese prima, al cancello di casa mia...

«...Tu...»

«Precisamente, Nic...»

«Come... perché... Nicolas lo hai... perché mi chiami così?!» ribattei a denti stretti, ingoiando e trattenendo il dolore e la voglia di continuare a piangere.

«Come, prego?» replicò l'uomo con una calma che mi faceva venir voglia di ucciderlo... e lo avrei fatto se solo ne avessi avuta l'opportunità...

«Ho detto... che io... mi chiamo Alex... e tu... non ti devi permettere... di pronunciare il suo nome... hai capito, brutto stronzo?!»

Quell'uomo strabuzzò gli occhi.

«Hai sentito, Larry?»

Un altro uomo entrò nel mio campo visivo, sopra di me…

«Si, Karl. È curioso… non c'è che dire…»

«Dimmi ragazzo…» incominciò quello di colore, guardandomi storto «…non hai deciso che d'ora in avanti prenderai il nome di Nicolas? …Per vendicarlo, o roba del genere, dico…»

La mia tristezza si stava trasformando in rabbia, una rabbia furiosa…

«Io… non oserei mai… quanto a voi… vi giuro che me la pagherete!»

Quello bianco ridacchiò. «Si, beh… lui disse la stessa cosa, in effetti… ad ogni modo è curioso, sai? Qualcosa è cambiato… non so come. Ad ogni modo non ha importanza… vuoi vendicarti, giusto?»

La pioggia mi batteva contro il viso mentre annuivo con tutto il disprezzo con cui potevo farlo.

«Perfetto… allora credo che ti convenga sbrigarti… se non riuscirai a finire in tempo, purtroppo, dovremo fare del male anche a lei… ci siamo capiti?»

Io mi bloccai. Di colpo… era troppo. Troppo per essere concepito…

Alcuni studi in campo neurologico e cognitivo, tanto per fare un po' di aneddotica, affermano che la mente umana non possa esser cosciente di più di quattro o cinque concetti alla volta…

E quella sera era troppo… mi ero completamente dimenticato di Giulia… L'ultima cosa bella che mi era rimasta, a parte Kevin ovviamente…

«Va da lei…» fece Larry «Noi faremo sparire il corpo di Nicolas… sei pronto Karl?»

Io ero nuovamente intontito, come se tutto quel che era successo mi fosse arrivato dritto alla testa, come il pugno di un boxeur…

«Ragazzo…» disse a bassa voce l'uomo che doveva chiamarsi Karl, mentre sollevava il corpo di Nicolas sulle sue spalle «…che tu ci creda o no… mi dispiace di tutto…»

E detto ciò, prima che potessi anche solo battere ciglio, sparirono tutti e tre in una piccola increspatura dell'aria, lasciando la pioggia cadere al loro posto.

E la tristezza a scivolare laggiù dove la rabbia le aveva lasciato il posto, sciogliendosi nel ticchettio delle gocce sull'erba ai lati della strada.

Le ambulanze arrivarono per prassi, e così le auto della polizia…

Kevin poco alla volta si era ripreso e aveva avuto la freddezza di chiamar i soccorsi…

Ma che razza di soccorsi sono se arrivano quando ormai è tutto finito… quando ogni cosa è rovinata…

Non è un nome affatto appropriato…

Andrebbero chiamati, piuttosto, qualcosa tipo… "netturbini della morte"… che arrivano, e ripuliscono la zona dalle macchie che quella Stronza ha lasciato in giro…

Le macchie dei miei genitori non ebbero nemmeno l'onore di essere pulite come si deve, no… vennero coperte… con un paio di teli bianchi…

Come se potessero davvero celare l'orrore che era accaduto…

No… non potevano…

E per quello me ne stavo zitto, seduto sul retro di un'ambulanza, insieme a Kevin, sotto un paio di coperte calde…

E guardavo tutta quella gente operare come delle formiche… e mi davano il disgusto…

Finì tutto anche abbastanza alla svelta, sempre in relazione ad una vita intera, intendo…

Prima ci portarono in centrale, per le varie deposizioni… quindi venne il turno di assistenti sociali e psicologi vari… la notte fu piena, quasi non ebbi il tempo di star male… eppure il dolore lo sentivo lo stesso, come parte di me…

Per fortuna la madre di Kevin si offrì di prendermi con loro per un po'… tutti i miei parenti vivevano troppo lontani e di finire in un cazzo di centro sociale proprio non avevo voglia…

Non ci furono obiezioni…

E mi trovai in una branda di fianco al letto di Kevin prima ancora che potessi rendermene conto, quando ormai il sole stava sorgendo…

Non dissi una parola…

E Kevin ebbe la decenza di fare altrettanto…

Quello che ne seguì non fu un vero e proprio sonno, ma piuttosto una specie di estremo torpore, tormentato, profondo…

…pieno di sogni strani, che nemmeno ricordai…

…un torpore dove ognuno dei miei sensi era spento, tranne quello dello sconforto…

Mi svegliai pieno di sudore, con il mio dolore che era ancora legato alla gola.

Doveva essere circa mezzo giorno… e Kevin non era più nella stanza…

Scesi le scale e lo trovai intento a parlare con sua madre… non ci voleva un genio per capire che avevo interrotto una qualche conversazione…

«Buongiorno, Alex…» fece lei «Come ti senti? Ti va di mangiare qualcosa?»

Io scossi la testa. «La ringrazio, Signora… davvero, per tutto quello che si è offerta di fare per me… ma questo non me li riporterà… né i miei né Nic…»

Lei abbassò lo sguardo.

«Alex…» fece Kevin, lasciando capire che non aveva idea di come continuare.

«Lascia stare, Kevin…» lo interruppi io «Sai… una volta Nic mi aveva raccontato di un tipo… un vecchio filosofo, mi pare… un certo Epicuro, sai? Beh questo tipo sosteneva che non bisogna temere la morte… diceva che quando ci siamo noi lei non c'è… e che quando c'è lei non ci siamo noi, perché siamo già morti… e allora di che preoccuparsi? Beh… sai che ti dico, Kevin?»

Lui era perplesso… e sconfortato nel vermi così, credo. Non rispose… si limitò ad una smorfia…

«Beh, penso che dopo tremila anni non ci voglia un coglione come me per capire che se è qualcun atro a morire, noi ci siamo eccome mentre c'è la morte… e l'unica cosa che possiamo fare è raccogliere i cocci e piangere il vaso…»

«Sei un bravo ragazzo, Alex…» disse la madre di Kevin, con fare sincero. Se solo avesse saputo dove avevo trascinato il figlio quella stessa notte avrebbe parlato ancora in quel modo? Non credo…

«Sei un bravo ragazzo, davvero…» riprese «…ma c'è una cosa sbagliata in quanto hai detto… Credimi, sei davvero maturo per l'età che hai… ma fidati di una persona che ha sofferto come te, di una donna che ha perso suo marito… raccogliere i cocci non rimetterà insieme il tuo vaso, ragazzo mio… ma se solo ti volti indietro vedrai che ci sono dei vasi bellissimi nella vetrina della vita, che vorrebbero solo poter abbellire la tua casa… e sono pronti a farlo, se glielo permetterai… c'è un altro vaso Alex, non credi?»

Non aveva ancora finito di parlare che un pensiero mi attraversò la mente. Come un fulmine nel cielo, durante un temporale.

«Kevin, posso usare la moto?»

«Cosa?»

«La moto, Kevin!»

Lui esitò.

«Alex, ma dove…»

«Da lei!»

Uno sguardo. Bastò quello… eh, si… Kevin era il mio migliore amico non per nulla, in fondo.

Si frugò in tasca e mi lanciò il mazzo di chiavi.

«Beh…» mi disse sorridendo «…che fai ancora qui?»

Un istante dopo fu il vento. Io fui il vento.

Vento sull'asfalto.

Aria… per non essere preso…

Per fuggire, anche solo per un pomeriggio…

Ero inconsistente per scappare alla morsa del dolore…

Ero vento, ed ero amore…

Come se tutto a un tratto mi fossi ricordato che esisteva anche quello nella mia vita.

Sfrecciai fino a casa sua… e lei lo sapeva… era sulla porta che guardava la strada… bella come non mai.

Feci appena in tempo a togliermi il casco e a gettarlo a terra che e sue braccia già mi stringevano il collo…

«Alex…»

«Giulia…»

«Taci…»

E mi baciò. Mi strinse così forte e mi fece sentire tutto il calore che avevo perso…

Mi ricordò che esisteva… e che esistevo anch'io…

E non poteva esistere un regalo più bello… Questo immagino che lo capirete bene, o almeno spero…

Passai tutto il pomeriggio tra le sue braccia, a piangere e farmi scaldare… una parte di me si vergognava a farsi vedere così, e ogni volta che lei lo percepiva, questo mio dolore, mi rassicurava…

Piansi ogni lacrima che potevo, mentre cercava di contenere il mio male…

Ogni fottuta lacrima…

E alla fine mi sentii vuoto…

Non un vuoto negativo, eh… più un "vuoto da ogni cosa", pronto ad essere riempito di un sentimento più positivo… o almeno più pronto a vedere il mondo con occhio sereno.

Fu una tregua con me stesso, con la mia testa…

E sapevo già che non sarebbe durata a lungo, ovviamente, ma credo converrete con me nel dire che anche se è solo un attimo, solo un periodo di non tristezza nel mare del dolore, la felicità è così affascinante e preziosa da dover essere comunque apprezzata.

Il suo unico difetto è che abituarcisi è dannatamente facile... ma quel giorno, quel pomeriggio, ero sicuro... fottutamente sicuro, che, per me, non sarebbe stato così.

Passai con lei tutto il pomeriggio... verso l'ora di cena arrivai persino a sorridere, e vidi che le si illuminarono gli occhi non appena lo notò.

Gioiva della mia felicità e si rattristava del mio dolore... e io con lei.

Eravamo innamorati, questo credo...

Nei mesi che erano passati avevamo condiviso ogni nostro pensiero... un po' come facevo con Kevin, ma con Giulia era diverso. C'era una timidezza vinta nella tenerezza di uno sguardo...

Kevin e io ci capivamo, anche solo con un cenno...

Ma io e Giulia...

Noi ci sentivamo... era una cosa totalmente diversa... non meglio, non peggio...

Diversa...

E se una era speciale... l'altra era magica.

Stetti a cena da lei quella sera. I suoi genitori erano via per lavoro e sarebbero tornati solo una paio di giorni più tardi, così si era offerta di prepararmi qualcosa...

Fu un disastro, sia chiaro.

Ma fu stupendo comunque.

Passammo un'ora a cucinare insieme, provando ogni genere di cosa e finendo per bruciarne la maggior parte. Ci eravamo dilettati dalla pasta asciutta, scotta, alle bistecche, bruciate.

Insomma… più che altro era un pretesto per divertirci che finì con l'arrivo del ragazzo delle pizze a salvar la situazione…

Niente candele, non né aveva in casa. E nemmeno vino rosso… quel bel vino servito in calici di cristallo che si vede sempre alle cene dei due innamorati dei film…

Macché. Una pizza con la salsiccia e una stria bruciacchiata, da gustarsi con una prelibata coca-cola… calda, perché in frigorifero non ci stava.

Ma non potete capire…

Non potete, nonostante tutto questo, lo so, sia anche parte di voi…

Ma non potete comprendere quella magia che si respirava nell'aria… dove anche solo un suo sorriso mi riempiva il cuore… Ora, io non so se i miei sentimenti… le mie emozioni… fossero in qualche modo amplificate dagli eventi del giorno prima… ma non mi importa.

Quel che sentivo era Amore, e avevo la certezza che per Giulia fosse lo stesso.

Ridemmo… e passammo una serata stupenda, carica di vita e di un emozioni che tutt'ora porto nel cuore.

Quel che successe dopo, beh, non so bene ancora come cominciò… credo fu lei a fare il primo passo verso di me.

Mi mise una mano intorno al collo, infilando le dita tra i miei capelli… io la abbracciai.

«Non sei solo, lo sai?» sussurrò.

Io la fissai e le sorrisi.

«Lo sento…»

Lei ricambiò il mio sguardo.

«…così forte…»

«…così intenso…»

Le mie mani scivolarono intorno ai suoi fianchi, e sentii che tremava leggermente.

«Cosa c'è?»

Lei mi fissò.

«Ti amo, Alex…»

Io le sorrisi. Di nuovo, con tutto l'amore che era dentro di me, e mi portai due dita alla bocca…

«Sai una cosa, Giulia?»

Lentamente passai le dita sulle sue labbra, inumidendole appena…

«Ti amo anch'io… con tutto me stesso…»

E in un attimo…

…quel famoso attimo che bisogna saper cogliere…

Io… la baciai.

In un bacio che non avevo mai dato o ricevuto prima…

…e da lì in poi fu chimica.

Un sacco di ormoni che si libravano nel mio cervello, e nel suo… il battito del cuore che accelerava… il suo profumo che mi stordiva… le mia mani che facevano tremare la pelle che accarezzavano…

Già, la chimica… ma se non sai che di chimica si tratta, diresti che è pura magia… e in fondo, pur mentendo a me stesso, mi piace pensare che si tratti di questo.

Magia… un fluido magico che ci legò, soggiogando i nostri sensi e le nostre menti, trascinandoci sul tappeto del salotto…

Le baciai il collo, quasi lo mangiai… la volevo… la desideravo… Amavo Giulia e volevo sentirla come una parte di me, la volevo stringere così forte, come per fondermi con lei…

Dolcemente, prendendosi tutto il tempo necessario, lei fece scorrere le sue dita sul mio petto, sotto la maglietta… dapprima con delicatezza… poi sempre con più forza…

Io, ansimando, feci altrettanto con quella sua schiena che mi faceva impazzire…

Neanche ce ne eravamo resi conto ma le nostre T-shirt, ormai, stavano a qualche metro da noi… e poco alla volta ci coricammo sul tappeto…

Sentendoci sempre più uniti…

Sempre più unici, e speciali…

Non più io…

Non più lei…

Soltanto, semplicemente, noi.

E così, poco alla volta, restammo insieme tutta la notte, sperimentando insieme le nostre insicurezze e le esperienze dell'amore…

Quel che ho scritto… Quell'inchiostro che fin ora ho posato su questi fogli, poco alla volta, si mescolerà con le mie lacrime e la pioggia che gocciola dal finestrino…

Ed io non andrò oltre. Perché dopo… il resto… fu nostro, e nostro soltanto.

Quel che accadde dopo, non lo scriverò perché già sta scritto… e a costo di causare qualche diabete precoce, vi dirò che è scritto nel mio cuore.

Capitolo XVI

Il Resto della Vita di Nic, il Resto della Mia

Era già nella mia testa, quando mi svegliai tra le braccia di Giulia, il germe di quell'idea.

Perché tutto deve essere già scritto? Perché…

Non può essere. Semplicemente perché se si appura che ognuno di noi è libero di operare qualsiasi decisione, nel bene o nel male, allora nulla può essere prestabilito.

C'è sempre… inevitabilmente… la possibilità che una qualche scelta porti a una decisione differente da quella presupposta…

Capite cosa intendo?

Il concetto finale, in soldoni, era che non si può prevedere il futuro, e di conseguenza non si può, relativamente, evitare di commettere degli errori a priori…

Il futuro… che cosa affascinante…

Mi avevano sempre interessato, fin da bambino, le storie di viaggi nel tempo, di portali verso altre galassie... universi paralleli... eh, Dio solo sa quanti dei papiri di Asimov mi fossi sbranato nell'estate tra la terza media e la prima superiore!

E, probabilmente anche a causa di tutto ciò, non lo nego... anche se io stesso mi prendevo con le pinze quando maturavo pensieri del genere... mi ripetevo spesso che un fondo di verità, venendo al succo, ci doveva pur essere...

Quando mi svegliai, quella mattina, nell'abbraccio di Giulia, smisi di prendermi con le pinze.

Realizzai che sapevo già tutto...

Avevo già capito tutto da tempo. E nelle ultime trentasei ore avevo solo confermato la mia ipotesi...

Se avevo la certezza... e ce l'avevo, perché *lo sentivo*... Nic ed io eravamo la stessa, identica, fottuta persona...

La mia prima idea, la più plausibile, se di plausibilità si può parlare con supposizioni del genere, era che il siero di cui Nic aveva parlato con papà gli avesse permesso... in qualche modo... beh... di clonarmi il cervello... tipo...

Una cazzata, lo so... anche perché poi, a che scopo?!

No... quella mattina, al mio risveglio, avevo chiara un'altra idea... ancora più folle, se possibile...

E realizzai che Nic mi aveva dato una chiave. Una chiave per lo scrigno delle risposte...

Su tutto.

Sul perché i miei genitori fossero dovuti... beh, su quel perché... e sul mistero attorno a Nicolas stesso...

Non esitai quella volta.

No... capii che non avrei resistito...

Un'ora dopo, alle dieci del mattino, stavo con Kevin davanti alla porta della casa di Nic, pronto, o speranzoso, di fare un po' di luce su tutto quanto.

«Non mi hai ancora detto cosa speri di trovare...» commentò Nic quando sfilai la chiave di casa dal vaso di fiori affianco alla porta.

«Onestamente?»

Kevin annuì.

«Onestamente non lo so, Kevin... qualcosa, qualsiasi cosa... voglio sapere *perché*...»

«No, guarda...» replicò il mio amico trattenendomi per la maglietta mentre ormai stavo già varcando la soglia della casa di Nic «...credo che, certe volte, non sapere non sia proprio un male... e poi se ne sta già occupando la polizia, Alex... davvero...»

Io sbuffai.

«Cosa credi che troveranno, quelli?!»

Kevin scrollò le spalle, lasciandomi andare.

«Ecco...» aggiunsi «...te eri mezzo catatonico... non hai visto quei due bastardi sparire nel nulla con il corpo di Nic... non puoi capire...»

«Ma che cazzo dici, Alex?! Li ho visti... solo... non riuscivo a reagire...»

Non lo potevo vedere, ma sapevo che il mio volto aveva assunto un'aria sprezzante.

«Troppe cose da giù di testa, Kevin... troppe! Dai... tipo com'è morto tuo fratello...»

«Non era più mio fratello... da un sacco di tempo, direi...»

«Non importa... hai capito...»

Lui annuì. È vero, non ne avevamo parlato... ma entrambi sapevamo che i proiettili non spuntano dal nulla...

«Kevin... io non so come dirtelo... ma credo che la porta di questo scantinato protegga tutte le risposte che sia io che te stiamo cercando...»

Ci fu un attimo di silenzio, poi il mio amico scosse la testa.

«No, Alex... semmai le risposte che... *tu*... cerchi... Io ne ho avuto abbastanza di rivelazioni... avrei preferito continuare a pensare all'incidente stradale, te lo giuro... ora invece dovrò fare la bella faccia con mia madre... e tenermi il segreto... il segreto che in realtà so come è morto... il segreto che quel bastardo è passato a "spero peggior" vita... e chissà poi se la polizia ha trovato il suo cadavere...»

Io fissai il vuoto...

«Kevin, deciditi... o stai, o vai...»

Lui sbuffò. «Ovvio che sto…»

«Bene… non ti nego che ci speravo… ho un po' di caga a pensar a cosa potrebbe esserci la sotto…»

Kevin annuì. «Diamoci una mossa, allora… via il dente, via il dolore, giusto?»

Aveva ragione. Chiusi la porta dietro di noi e deglutii, quindi ci dirigemmo nel seminterrato.

Conoscevo quel posto a memoria ormai… e ad ogni passo un ricordo affiorava alla mente… tutti quei pomeriggi, quei bei momenti… Era inutile negarlo a me stesso: mi ero affezionato a Nic come ci si affeziona ad un fratello… e avrei sentito la sua mancanza, terribilmente.

Una volta sceso l'ultimo gradino, giunti davanti all'entrata del garage dove stava quella specie di poligono fatto in casa, per la prima volta continuai a seguire il corridoio. Non avevo mai chiesto a Nic dove portasse… Ma la stanza in questione doveva trovarsi lì per forza… era l'unico posto dove non fossi mai stato!

Dopo qualche metro le mie teorie furono confermate: una porta in acciaio, estremamente massiccia, senza nemmeno una maniglia.

«È questa?» chiese Kevin con un tono che lasciava chiaramente intendere quanta poca voglia aveva di sentirsi dire di si.

«Non so…» risposi «Io… beh, credo di si…»

«Okay allora!» commentò Kevin strappandomi di mano la chiave e infilandola nell'unica fessura che c'era in quella porta.

318

Io non dissi nulla… mi limitai a fissare il vuoto…

Un istante dopo, senza che né io né Kevin facessimo niente, la porta emise un ronzio, come se un qualche meccanismo elettrico fosse stato attivato, e la chiave prese a girare da sola… lentamente…

Alla fine, con un cigolio che definirei senza alcun dubbio "non poco sinistro", la porta si aprì.

Oltre la soglia c'era solo il buio…

Impiegai qualche istante a mettere a fuoco, cercando di abituare gli occhi all'oscurità, ma senza successo.

«Ci vedi qualcosa?» fece Kevin sospirando.

Io scossi la testa.

«Ho capito…» commentò «Beh, vediamo che succede!»

Con mio indiscutibile stupore, un piede dopo l'altro, il mio amico si avventurò oltre quella porta… e in un paio di passi il buio lo inghiottì completamente, un istante prima che delle lampade automatiche lo accogliessero illuminando a giorno l'intera stanza.

Era… strana…

O perlomeno non era certo la cantina che ti aspetteresti di trovare nel seminterrato di un amico, ecco.

Come stanza era piuttosto piccola, neanche quattro metri per quattro, forse… e lo spazio sembrava anche minore per via di tutti gli scaffali alle pareti, pieni di faldoni di vari colori. Un paio di tavoli stavano invece al centro, ben illuminati dalle lampade, ed ospitavano alcuni macchinari da laboratorio…

Kevin ne era letteralmente affascinato…

Ma io no… mentre lui si lanciava a curiosare in mezzo a quella roba, la mia attenzione era già stata catturata da un faldone lasciato aperto su uno dei due tavoli… era una pila di fogli, scritti interamente a mano, probabilmente dal pugno di Nic in persona…

«Kevin, vieni a vedere!»

«Mm? Che c'è?»

«Guarda…»

Lui si staccò dal microscopio attraverso il quale si stava guardando un dito, senza successo, e decise di prestarmi attenzione.

«Lo ha lasciato per me…»

Kevin strabuzzò gli occhi. «Alex… non per deluderti, eh… ma qui c'è scritto: "Appunti sulla mia vita e sulla prevenzione degli errori" … non vedo cosa c'entri tu…»

Io trassi un lungo respiro. «Kevin, ti prego, non prendermi per pazzo, ma… ecco, io… io credo… che…»

«Che?» incalzò lui.

«Beh, io credo che Nic ed io… credo che siamo la stessa persona…»

L'avevo detta davvero grossa. Giusta, per una volta, ma grossa comunque… Kevin mi fissava con estrema perplessità, indeciso nel capire se lo stessi deliberatamente prendendo in giro o se fossi realmente uscito di senno.

«Ah...» commentò ad un tratto «Perciò, Dottor Jekyll... mi vorrà scusare se non ho capito subito che Nicolas era in realtà il terribile Mister Hyde...»

Io sbuffai. «Kevin... sono serio...»

«Certo... come no...»

«Kevin, ti prego, stammi a sentire!»

«Lo sto facendo...»

«No, mi stai sfottendo...»

Lui sbuffò. «Beh, scusa... ma che cosa pretendi che faccia?! Cioè, vieni a dirmi una stronzata del genere e ti pare che ti prendo sul serio... ad ogni modo... anche se tu fossi realmente convinto di quel che dici... puoi star tranquillo: non è possibile...»

Io sospirai. «Perché no?»

«Beh... perché no! Ma che domande fai...»

«Ah... già...» replicai «Perché invece è possibile che i proiettili appaiano dal nulla e ti salvino il culo, eh?! Quello è possibile... e che due tizi che prima non c'erano, e non c'erano, spariscano con il corpo di Nic dopo aver... beh...»

Kevin mi si avvicinò appoggiandomi le mani sulle spalle e fissandomi dritto negli occhi.

«Alex, sei solo scosso… è successo solo due giorni fa… è normale che tu non sia in te…»

«No! No, vedi…» sbottai scostandomi da lui «…non capisci…»

«Cosa… cos'è che non capisco, Alex…»

«Che io so che è così… *lo sento*…»

Kevin mi fissò… con aria quasi stizzita, credo.

«Lo… *senti*…?»

Mi sentivo stupido, si… ma ero fermamente convinto di quanto stessi dicendo.

«Facciamo un patto, Kevin… ti va?»

Lui si guardò intorno, con sufficienza.

«Sentiamo…»

«Noi adesso leggiamo quello che Nic ha scritto… se le cose stanno come dico io sicuramente avrà lasciato trasparire qualcosa… altrimenti vorrà dire che hai ragione tu…»

Kevin sbuffò.

«Non me ne faccio nulla della ragione, Alex… ascoltami… anch'io vorrei sapere di più su quello che è successo, cosa credi?! È solo che… beh, voglio restare con i piedi per terra o finirò per impazzire… e Dio, non voglio… non voglio diventare… *come lui*…»

Ora capivo. Ma certo… avrei dovuto esserci arrivato molto prima… quello che frenava Kevin era così ovvio…

«Ascoltami...» ripresi io con più calma «Una letta soltanto, male non può farci...»

Kevin fece un lungo respiro e fissò il soffitto per qualche istante, prima di tornare a guardarmi.

«Alex... ammettiamo per assurdo che sia come dici tu... mi dici come sarebbe possibile una cosa del genere? Cioè, tipo... vi sareste "sdoppiati"... o qualcosa del genere... e poi lui nemmeno ti somiglia...»

«Non né ho idea...» risposi «...per questo dico di leggere quegli appunti...»

Kevin, lentamente, si avvicinò al faldone e ne passò qualche foglio fra le dita, titubante...

«Va bene, Alex...» sussurrò «...Leggo io... ma una volta soltanto, e poi ce ne andiamo, intesi?!»

Io annuii e lui voltò la prima pagina, quindi mi fissò, come aspettando qualcosa...

Come una conferma...

«Te lo prometto, Kevin... una volta soltanto...»

- - -

Un errore.

Un solo, semplice, devastante errore... non serve nient'altro a rovinare la vita di un uomo.

Un errore che puoi commettere tu, oppure qualcun altro, non è importante... ciò che conta è che se quello sbaglio viene fatto, inevitabilmente, non si può tornare indietro.

E qui nasce il concetto di rimpianto…

Che, porca miseria, credo sia tra le cose più letali per l'anima di una persona!

Ecco… io penso che tra il perdere mia madre e il non averle detto quanto le volessi bene, prima di quella notte, la cosa che mi addolora tutt'ora non sia la morte… ma il rimpianto stesso.

E tu questo lo sai bene, non è vero?

Alex… so che probabilmente Kevin è lì con te, e se così non fosse, ti prego, rendilo partecipe di quello che stai leggendo. Riguarda anche lui…

Perché in fatto di sfortune e di rimpianti, forse, ne sa anche più di te…

Quel che voglio raccontarvi, ragazzi miei, è una storia che ha ben poco di normale, ma vi scongiuro di credermi: non avrei motivo di mentirvi…

Io ho sconfitto il rimpianto…

Ho sconfitto l'inevitabilità… anche se di questa seconda cosa non ho la certezza, ed ecco perché sto mettendo tutto quanto per iscritto, capite? È da considerarsi una sorta di polizza nel caso le cose andassero come devono andare…

Se così fosse… è importante che voi sappiate… che voi abbiate la consapevolezza che è possibile, o non avrete la forza di andare fino in fondo.

E dove sapere... beh, quanto basta per non commettere i miei stessi sbagli... sbagli che, logicamente, se state leggendo queste pagine, io ho già ricommesso...

Beh, che dire di più...

Niente... anzi, tutto...

Direi che è il caso di cominciare...

Per prima cosa, Alex... so che sei un ragazzo sveglio, e nel mio cuore sento che poco alla volta ci stai arrivando... quando poco fa ti ho raccontato la storia sulla morte dei miei genitori, credo tu abbia capito...

Se così non fosse vedrò di essere più chiaro... Il mio vero nome è Alex Karin, ragazzo... e noi due non siamo omonimi... Gerry era anche mio padre, Monika anche mia madre... e Giulia... Dio solo sa quanto l'amavo...

Alex la verità è che esiste una chiave, una porta, per una possibilità impressionante...

Sto parlando di riscrivere il tempo stesso...

Che cazzo, mi sento ridicolo solo a legger questa riga, ma è la verità...

Quel siero di cui mi hai sentito parlare con tuo padre... è questo che fa, capisci?

Il progetto nasce dalle ricerche di Gerry... è dalle sue teorie che ho preso spunto... tutte quelle cose strampalate di cui ha sempre parlato a cena, hai presente? Quelle che ti appassionavano tanto fin a qualche anno fa e che ora ti facevano solo vergognare di lui? Si... Alex io sono te... so tutto quanto... come ti senti... quello che vedi... perché io l'ho già visto e sentito... e quando morirono...

Beh... decisi che non poteva essere finita. No...

Mi misi al lavoro... studiai i suoi appunti... e terminato il liceo mi iscrissi alla facoltà di psicologia... Larry Mercer, quel bastardo, mi aveva sussurrato qualcosa prima di sparire nel nulla, la notte in cui uccise i miei genitori insieme a quell'altro... lui mi disse un nome...

Il nome del professor Graspan... per l'appunto insegnante di neuroscienze presso la facoltà di psicologia... fu per quel motivo che mi iscrissi lì...

Presto cominciai ad entrare in sintonia con quest'uomo... lui era, beh... entusiasta delle mie teorie...

Avevo scoperto la chiave che mancava all'equazione di Gerry... il motore di tutto quanto...

E pensare che era sempre stata accanto a me, per tutto quel tempo...

E se hai fatto come ti ho detto, ora, con tutta probabilità, è anche accanto a te, Alex...

Con il suo sangue tutto prese una svolta... ogni cosa! Lui... beh, ne aveva già la facoltà, evidentemente... quello che feci non fu altro che permettere ad un'altra persona di incorporare quella sua peculiarità genetica... Io... il mio merito, onestamente, fu solo quello dell'idea... al resto pensò tutto Graspan...

Non voglio annoiarti a lungo, Alex, e a dire il vero non ho nemmeno troppo tempo per scrivere... devo andare in un posto… e se riuscirò nell'impresa questi fogli non serviranno più a niente…

Ad ogni modo sono ben poche le altre cose di cui devi essere al corrente…

Perché ora tocca a te, ricominciare…

Alex, io ho viaggiato nel tempo…

Dio, suona così strano poterlo dire senza la consapevolezza di esser pazzi… ma comunque non importa. Ora devi ricreare quel siero, ragazzo mio… Kevin è l'unica persona che può aiutarti, ovviamente…

Quando ci sarai riuscito, vedrai, loro si faranno vivi…

Quei due, dico… Ho scoperto chi sono, alla fine.

Si potrebbero definire… tipo… una "Polizia del Tempo", ecco… suona molto pittoresco, lo so, ma è quello che sono, in fin dei conti…

I miei genitori sono morti perché solo così avrei nutrito quei sentimenti, quelle emozioni, che mi hanno portato alla creazione del siero… Ho parlato con un altro di loro, un certo Erik, e mi ha spiegato un po' di cose…

Nel giro di trent'anni, ragazzi, il mio siero sarà perfezionato e reso riproducibile su scala industriale… e così nascerà il bisogno di un corpo di forze dell'ordine specializzate, questo credo sia comprensibile!

Che bella cosa, eh…

Comunque, quando i miei morirono, decisi di prendere il nome di quel mio amico, Nicolas, che in realtà era me… e così via… Quando scoprii questo circolo vizioso caddi nello sconforto più totale, puoi immaginartelo…

Ma il motivo più importante per cui ti scrivo tutto questo, Alex, è perché tu sappia che c'è speranza!

Molte delle cose che ricordavo si sono sviluppate diversamente… è come se il tempo stesso cercasse di spezzare questo loop, capisci? C'è speranza!

E questa speranza sei tu…

Loro faranno di tutto perché il siero venga creato… provare ad astenersi dal farlo li spingerebbe soltanto a fare ancora del male, e comunque, ormai, è troppo radicato nel tessuto del tempo stesso perché possa essere eliminato così facilmente…

No… va estirpato alla radice…

Il modo, Alex, lo lascio decidere a te…

Ferma quello che ho… *che abbiamo*… creato…

Mi auguro che questa, per davvero, sia l'ultima volta…

Addio Alex…

Sei stato come un fratellino per me…

E mi hai reso orgoglioso di me stesso…

E tu, Kevin… Sei stato il migliore amico che io abbia mai avuto, perciò so che Alex potrà contare su di te!

Buona fortuna!

Ps: In questo faldone ho lasciato alcune altre cose… troverai tutte le pagine che ho scritto in questi mesi chiuso qua sotto… ho messo su carta alcuni momenti della mia vita nell'ultimo periodo… dal mio compleanno, quando ancora stavo nel mio tempo, a quando sono arrivato qua, dopo aver fatto un balzo più indietro…

Eh, già… come pensi che mi sia procurato questa casa e tutta l'attrezzatura?

Prima di arrivare in questo tempo sono stato nel 2013… ho conosciuto il Professor Graspan dell'epoca… Dio, non ti dico la sua faccia quando gli ho spiegato chi ero e da dove venivo…

Insieme abbiamo messo a punto un sistema di investimenti con i quali si è procurato i soldi per compare tutto questo e farmelo trovare… io invece, aspettato un anno per dare il tempo al siero di rigenerare le potenzialità neuronali, ho fatto un balzo di due anni avanti, e lì ho ripreso il mio racconto… dovresti ricordarti di quel giorno… è stata la prima volta che ci siamo incontrati…

Va beh, bando ai sentimentalismi, ti lascio anche tutti gli appunti sulla formula del siero, sulla produzione, e sulle metodologie di utilizzo…

Ah… Alex… un ultima cosa…

Fai attenzione…

Non perderli, mai. Loro sono ciò che più hai di importante, tienilo a mente!

Capitolo XVII

L'Alfa e l'Omega

Terminata la lettura, né io né Kevin avemmo il coraggio di dire una sola parola.

Quello che Nic… che… *Alex*… aveva scritto… sembrava il delirio di un folle, ma sapevamo che era tutto vero… tutto tornava…

«Parlava di me, non è vero?» sussurrò appena Kevin, quando ormai eravamo fuori dalla porta di casa.

«Riguardo a cosa?» chiesi io sapendo già la risposta.

«Dai… la chiave… il sangue… "probabilmente era già in grado di farlo"…»

Io sospirai. «Non so cosa dirti, Kevin…»

«Lo so io, però!» replicò lui mordendosi le labbra «Lo so eccome… quel proiettile… non è venuto dal nulla… sono stato io… ero… spaventato… e poi ho sentito un grande formicolio… tutto il corpo, Alex… tutto! Ho desiderato come non mai che non ci colpisse… e poi, all'improvviso, ho sentito tutte le mie forze che sparivano… e del proiettile nessuna traccia… capisci, Alex? Io… credo di averlo spedito nel futuro… solo di qualche istante… poi lui è venuto avanti… è il colpo lo ha preso da dietro… tutto quadra!»

Quadrava, si. Se non che era impossibile…

Ma d'altro canto, di cose impossibili ne avevo già viste un bel po'… perciò convenni con lui.

E così, quel giorno, cominciò la mia nuova vita… tra studi, ricerche, e un sacco di cose che non capivo…

Non lo raccontai mai a Giulia, non le raccontai nulla… avevo paura che se glielo avessi detto l'avrei messa in pericolo… e così cominciai a tenerle dei segreti…

Cominciai a diventare solo, solo dentro di me… solo con me stesso…

Tre anni più tardi, dopo aver imparato almeno ad utilizzare un microscopio come si deve, cominciai ad avere i primi risultati…

Lavoravo giorno e notte. Non uscivo mai…

Il mio affidamento, dopo qualche tempo, era stato dato in maniera definitiva alla famiglia di Kevin, sotto mia esplicita richiesta, ma non stavo quasi mai da loro…

Ormai la casa di Nic era mia a tutti gli effetti, dal momento che in quel faldone ne avevo trovato tutti i documenti a mio nome, e così mi ci ero trasferito, per poter continuare a lavorare al progetto.

All'inizio Kevin mi aiutava… ma col passare del tempo cominciammo ad allontanarci…

Lui continuava a sostenere che buttavo via il mio tempo... che avrei dovuto andare avanti e cancellare il passato dalla mia mente...

Ma come osava... come si permetteva?!

Come puoi dimenticare un passato che sai che puoi cambiare... come?!

No... è a dir poco impossibile!

Ma lui, questo, non lo capiva... e così, quando ormai eravamo all'anno della maturità, non ci vedevamo neanche più... Mi faceva trovare una volta al mese una sacca del suo sangue, e io gli facevo avere un nuovo kit per un auto-prelievo... così continuavo le mie ricerche...

Quando mi iscrissi a Psicologia non lo vidi più.

Lui... era... beh, se ne era andato, chissà dove... a vivere la sua vita... ed io, come un'idiota, ero ancora inchiodato alle mie idee... alle mie ricerche...

Ricordo ancora l'ultima frase che mi disse, l'ultima volta che lo vidi...

«Smettila Alex...» mi fece «Piantala di vivere nel passato... o ti perderai anche il presente...»

Ma io non capii. Non capii che aveva ragione... Non capii che di quello già ero stato avvisato... No...

Continuai per la mia strada nel pieno autolesionismo...

Poi un giorno riuscii nell'impresa, e nemmeno ne fui felice... non so bene perché, a dire il vero...

Credo che la causa sia fin troppo semplice: se sai già di potercela fare, nemmeno c'è gusto nel riuscirci…

Fatto sta che la brodaglia che mi sparai in vena fu terrificante e ci volle tutto l'amore e tutte le cure di Giulia per sopportarmi nella settimana seguente.

Il mio corpo ci mise un sacco ad abituarsi a quello schifo… forse, pensai, almeno lui aveva capito che bisognava starne alla larga…

Ma io no… ero convinto di fare la cosa giusta, capite? Lo sapevo! Perché… beh, le cose stavano andando diversamente da Nic… io non avevo nemmeno avuto bisogno di andare all'università e incontrare quel professore… ero riuscito nell'intento… solo che ora, beh… non avevo idea di che fare…

Questo, il mio amico, non me lo aveva detto…

E guardandomi indietro… ripensando agli anni appena trascorsi… mi rendevo conto di quanto tempo avessi buttato via… e di come fossi stato uno stupido a lasciare che Kevin se ne andasse dalla mia vita…

Ma, ormai, era troppo tardi…

E così, nel creare una cura al rimpianto, me ne procurai un altro, tutto nuovo, apposta per me…

E piansi un casino a riguardo… Dio, non avete idea…

Sto piangendo anche adesso…

Avevo diciannove anni e piangevo come un bambino…

E continuai a piangere… tra le braccia di Giulia… finché non esaurii anche le sue forze, e cominciammo a litigare…

Litigavamo ogni giorno quasi… e sentivo che la stavo perdendo… ma non immaginavo fino a che punto…

Quella sera… Questa sera… Noi… stavamo litigando, come da mesi ormai…

Lei piangeva… io urlavo…

Finché non se ne andò, sbattendo la porta… ed io rimasi lì, impalato, ebete e inerme agli aventi… con un potere terribile nel corpo, e nemmeno la forza di rialzarmi e reagire alla mia vita…

Lei uscì nella pioggia di quella notte ed io la guardai dalla finestra…

Mentre camminava alla luce dei lampioni…

Mentre i vapori della strada la avvolgevano e se la portavano via…

Mentre quell'auto accostava…

E quei due uomini… dopo tutti quegli anni…

Dopo tutte quelle sofferenze…

Mentre quei due la tramortivano caricandola in auto, io mi pietrificavo… e mi rendevo conto che era tutto perduto…

Evidentemente avevo sbagliato qualcosa…

Qualcosa di grosso… se l'avevano presa era solo per spingermi ad usare quello che avevo creato…

E che nemmeno avevo avuto le palle di testare…

E mentre morivo…

Mentre anche il mio cuore piangeva lacrime amare nel mio sangue…

Kevin decise di farmi il suo ultimo regalo, dopo un anno che nemmeno lo vedevo più…

La sua voce, così familiare, così ben accolta, mi rieccheggiò nella testa, in quell'attimo così provvidenziale.

"Alex… ce la puoi fare, lo so…"

Era una voce che veniva dal passato… delle prime volte che provavamo a compiere le nostre "grandi imprese"… se solo avessi saputo dove mi avrebbero portato…

Se solo avessi saputo che Nic mi aveva cercato per prepararmi al futuro che mi attendeva…

Se solo avessi avuto anche il minimo sospetto che le teorie di papà fossero fondate…

Io sarei stato alla larga da tutti loro…

Ma ormai era tardi…

Troppo tardi per riparare a quegli errori, forse…

Ma non così tardi per impedirne un altro, il peggiore di tutti…

Giulia era mia. E questo, quei due stronzi, avrebbero dovuto ficcarselo nel cervello… a qualunque costo!

Il tempo di prendere la pistola e corsi in strada mentre l'auto già partiva…

Se solo non avessi esitato…

Se solo… eh…

Ma non era andata così, e quel che dovevo fare, in quella notte di pioggia e di lacrime era correre… correre dietro a quell'auto prima che fosse troppo tardi!

E lo feci… con tutto il cuore!

Trasformai quella notte nella mia catarsi personale… fu la mia corsa verso ciò che amavo… verso quello che volevo per la mia vita…

Verso la sua vita…

Verso la nostra.

E così, correvo…

Correvo nella pioggia. Correvo. Senza fermarmi, senza neanche voltarmi. Correvo, semplicemente, correvo.

In ogni fibra di ciascuno dei miei muscoli scorreva l'energia di tutto quello che può essere riassunto con un'unica semplice parola: speranza.

Una speranza nuova, travolgente. Uno di quei pensieri che ti pervade e ti restituisce la vita.

La vita… già, non è qualcosa che comprende solamente il semplice respirare. Non è solo lo svegliarsi alla mattina e trascinarsi in un letto la sera.

È qualcosa di più. La vita può essere, quando ti viene tolta, una cosa senza la quale non puoi stare.

La vita può essere un bicchiere d'acqua per l'uomo smarrito nel deserto. Può essere un biglietto vincente della lotteria per chi ha perso ogni cosa. Può essere un amico, un cane, un fiore, un'idea…

Per me la vita era lei.

Lo era sempre stata e io l'avevo sempre saputo.

Ma me l'avevano portata via, avevano distrutto ogni certezza che possedevo, avevano massacrato la mia anima.

Ora l'avrebbero pagata, e con il sangue.

E mentre me ne convincevo, mentre fomentavo ciascuno di questi concetti nel profondo di me stesso, continuavo a correre, e correre.

Ma ormai quell'auto era lontana, non ce l'avrei fatta.

La terribile consapevolezza che non l'avrei raggiunta, come un pugnale di rabbia che ti entra nel petto e viene rigettato dal tuo corpo in un fiume di collera.

E poco a poco, mentre mi fermavo, e affannavo, ingoiando l'aria e l'acqua e quel che avevo intorno, mentre mi accasciavo a terra, capii che avrei dovuto scegliere.

Una scelta che speravo non avrei mai dovuto operare, ma che, alla fine, sapevo da tempo mi si sarebbe posta dinnanzi.

Ne avevo la certezza, anche se continuavo a illudermi.

Ora era lì, insieme a me, per terra, a mischiarsi con il sudore, il fango e le lacrime.

Cosa avrei ritenuto più importante...

La vendetta, o l'amore.

Avrei potuto tornare indietro e salvarla... ma così quei bastardi avrebbero raggiunto il loro scopo... io avrei usato la mia capacità sotto la loro analisi, dando modo agli eventi di compiersi...

Oppure... beh, avrei potuto usare il mio potere per trovarli e porre fine alla loro vita... ma così facendo, non avrei rivisto Giulia... mai più...

E fu in questo modo... poco alla volta... che maturai una nuova idea... malsana forse... e terribilmente in contrasto con quello che volevo...

Ma era questo il punto... avevo fatto del male alle persone che amavo, e spettava a me rimediare... a qualunque prezzo.

Ed eccoci qui... quindi. Vedete...

Non ce l'ho fatta a sparire senza lasciare una traccia di me... voi, dovevate sapere... *dovevate*...

Per questo ho scritto tutto quanto, capite?

Anche ora... mentre la pioggia continua, e le gocce che passano dal finestrino si mischiano alle mie lacrime...

So che ha funzionato.

Tornerò indietro… e farò in modo che la famiglia di Kevin si trasferisca… Senza le violenze del marito, costretto a star sul luogo per lavoro, tutta la famiglia starà meglio… ed io… Alex… non incontrerà Kevin… e senza di lui questo siero non si inventerà mai…

Tutto questo ha un prezzo, però…

Alex e Kevin non saranno amici… non vivranno quelle emozioni che, almeno su carta, questa notte ho salvato dall'oblio…

Senza Kevin, Alex non è niente… senza la sua forza io non sarò niente… niente…

E non avrò mai il coraggio di parlare a Giulia… così, forse, almeno non le farò del male… ma priverò entrambi di una storia d'amore senza eguali…

Eh… non è facile fare la cosa giusta, questo, ormai, l'ho capito fin troppo bene…

Tuttavia è una scelta che devo fare…

Per il bene di tutti… e così, né sono certo, domani… beh…

…Domani sarà un giorno migliore.

Un giorno senza di me e senza il male che ho causato.

È giusto che vada…

E non tornerò più qui… credo che mi fermerò nel passato, e mi farò una vita, da solo… Senza la possibilità di fare ancora del male…

Ma voi, che ci crediate o no, dovevate sapere…

Ho inserito quelle pagine che aveva scritto Nic nei punti che intrecciano la mia storia… e una volta che sarò tornato indietro, consegnerò tutto ad un notaio in modo che ve lo faccia avere proprio oggi…

Ed è così, che mentre finisco di scrivere… mentre mi accorgo che ce l'ho fatta… mentre tutto il mondo intorno a me sta cambiando proprio in questo momento, in seguito alla scelta che ho già compiuto… ecco, mentre piango su questi fogli… io, in quest'auto, finisco di scrivere la mia vita… e vi guardo…

Attraverso il finestrino… scorgo appena le vostre ombre in quella finestra…

Ho dato istruzioni al notaio apposta perché leggeste il tutto in quella casa, sta sera…

Per potervi vedere un'ultima volta…

Un'ultima volta mentre già sento che sto svanendo e uno strano formicolio mi pervade…

Ho preso la mia decisione…

…e sono contento di averlo fatto…

L'unico rammarico è che mi mancherete, come l'aria…

…e mancherete ad Alex…

Se mai doveste incontrarlo… e sono sicuro che lo riconoscerete… beh, mostrategli che splendide persone siete, e fategli sentire quell'affetto che avete già dato a me…

Ne ha più bisogno di quanto lui stesso immagina…

…ne ho un bisogno che non so descrivere…

…davvero…

Ti voglio bene Kevin…

Ti amo, Giulia.

Indice

Made in the USA
San Bernardino, CA
30 November 2013